Milliardenschwer und unerschrocken

EIN MILLIARDÄR VOLLER LEIDENSCHAFT

Zane

J. S. SCOTT

Ebenfalls von J. S. Scott

Inhalt

Prolog

Vor sieben Monaten...

»Oh mein Gott! Das ist nicht möglich. Nicht meine liebe Chloe«, flüsterte Ellie Winters leise und entrüstet vor sich hin. Da sie sich allein in der Arztpraxis aufhielt, in der sie arbeitete, hörte keine Menschenseele die Pein in ihrer krächzenden Stimme. Sie war entsetzt über die Videos, die sie sich gerade auf James Laptop angesehen hatte – rein zufällig – als sie nach einer Datei gesucht hatte, die ihr Arbeitgeber angefordert hatte.

Eigentlich hatte sie also nach einem medizinischen Dokument gesucht, das sie für ihn ausdrucken sollte. Dann war sie aber von einem Dateisymbol abgelenkt worden, das als »Chloes Videos« bezeichnet war, und hatte der Versuchung nicht widerstehen können, sich die, wie sie vermutete, fröhlichen Fotos ihrer besten Freundin anzusehen, obwohl ihr bewusst gewesen war, dass sie das wahrscheinlich nicht tun sollte.

Sie hatte erwartet, einige lustige Schnappschüsse ihrer Freundin zu Gesicht zu bekommen, einer lächelnden Chloe, die sie offen gesagt schon seit einer Weile nicht mehr gesehen hatte. Seit Kurzem war ihre Freundin zerstreut und ungewöhnlich nervös und Ellie wünschte, sie wüsste den Grund dafür. War doch Chloe Colter einer jener Menschen, die von Natur aus nett und freundlich waren.

Leider waren die Szenen in dem Video ganz und gar nicht unterhaltsam, sondern außerordentlich erschreckend.

Ellie arbeitete erst seit ungefähr einer Woche für den Arzt, mit dem Chloe verlobt war. Er war recht fordernd, doch was sie gerade gesehen hatte, ließ sie erkennen, dass er weit mehr als nur ein Arschloch war.

Er war der Teufel in Person!

Tränen strömten Ellie über das Gesicht, als sie den Laptop herunterfuhr und vom Stromnetz nahm. Sie wusste, sie musste so schnell wie möglich zu Chloe.

Ich muss mit ihr reden. Sie darf ihn nicht heiraten. Warum zur Hölle ist sie überhaupt noch mit ihm verlobt? Der Hurensohn sollte hinter Gittern sitzen!

Verdammt! Ellie ärgerte sich über sich selbst, dass sie sich nicht verstärkt bemüht hatte herauszufinden, warum Chloe so verändert schien, seitdem sie nach Rocky Springs zurückgekehrt war. Sie hatte angenommen, ihre Freundin sei lediglich verstört und müsse sich erst wieder daran gewöhnen, wieder zu Hause zu sein, nachdem sie so lange fort gewesen war, um den Beruf einer auf Pferde spezialisierten Tierärztin zu erlernen. Auch könnte sie sich wegen der bevorstehenden Hochzeit mit James gestresst fühlen. Zu heiraten und eine Hochzeit zu planen *war* stressig, richtig? Besonders, da Chloe noch mitten in dem Versuch steckte, sich in ihrem Beruf zu etablieren.

Bezüglich dieser Geschichte gibt es noch viel mehr, das ich nicht verstehe. Ich muss mit Chloe reden und herausfinden, warum sie die Tatsache verschweigt, dass James sie missbraucht.

Wilder Beschützerinstinkt flammte in Ellies Magen auf, als sie sich an all die Gelegenheiten erinnerte, bei denen Chloe ihr während ihrer mehr als zwanzigjährigen Freundschaft unterstützend zur Seite gestanden hatte. Wie viele Male hatte Chloe ihr Hilfe angeboten, als sie noch Kinder gewesen waren und Ellie in einer verarmten Familie aufwuchs? Sie konnte es nicht mehr zählen; sie konnte sich einfach nicht mehr daran erinnern, wie oft Chloes Familie sie zum Essen eingeladen hatte, als ihre Mutter hatte arbeiten müssen, oder wie oft sie ihr neue Schuhe oder Kleidung geschenkt hatten, von denen Chloe behauptet hatte, dass sie ihr nicht passen würden, weil sie wollte, dass Ellie sie bekam.

So viele Freundlichkeiten haben mir Chloe und ihre Mutter im Laufe der Jahre erwiesen.

Ellie würgte die Traurigkeit hinunter. Sie war fest entschlossen, dafür zu sorgen, dass ihre beste Freundin nicht mit dem leibhaftigen Teufel als Ehemann enden würde. Chloe verdiente den allerbesten Mann, den es gab.

Warum? Warum deckt sie das, was James ihr antut?

Ellie kannte die Antwort nicht, doch sie würde sie, verdammt nochmal, herausfinden. Wenn es sein musste, würde sie Chloe schreiend und tretend aus dieser Beziehung herausboxen, bevor sie der Hochzeit als Trauzeugin beiwohnen und zusehen würde, wie ihre Freundin einen Pakt mit dem Teufel schloss.

Ungestüm nahm sie ihre Handtasche, bereit, Chloe aufzusuchen. Ellie hatte überlegt, sie anzurufen, doch sie musste Chloe persönlich mit der Angelegenheit konfrontieren. Sie zweifelte nicht daran, dass Chloe nichts von den Videos wusste und wahrscheinlich entsetzt sein würde, wenn sie sie sich anschauen würde.

Chloe Colter war seit der Grundschule ihre beste Freundin und Ellie wusste, dass Chloes entsetzliche Schreie des Schmerzes und der Pein keinesfalls irgendeiner Art von persversem Sexspiel entsprangen. Chloe war traumatisiert und verängstigt gewesen und hatte James angefleht aufzuhören.

Doch das hatte das Arschloch nicht getan. Welche Art von kranken Spielen inszenierte er und wie hatte Chloe da jemals hineingeraten können? Warum hatte sie ihn nicht einfach verlassen? Immerhin war sie eine Colter und *brauchte* keinen Mann. Chloe war ausreichend vermögend und hochgebildet, sodass sie ihr eigenes Leben führen konnte. Außerdem besaß sie vier ältere Brüder, die James zu Tode geprügelt hätten, wenn sie bemerkt hätten, was dieser ihr antat. Dann war da noch die wichtigste Frage: Warum hatte Chloe ihm nicht die Polizei auf den Hals geschickt? Es *musste* eine Erklärung dafür geben, doch diese kam Ellie nicht in den Sinn, da sie es so eilig hatte, die Praxis zu verlassen.

Plötzlich hörte Ellie, wie jemand an der Klinke der geschlossenen Eingangstür rüttelte, und brach in Panik aus. Sie drückte den Laptop fest an sich und sprang hinter dem Schreibtisch hervor. Mit rasendem Herzen beobachtete sie, wie sich die Tür öffnete.

Sie sah nicht erst nach, wer hereinkam. Nur wenige Leute besaßen einen Schlüssel und sie war eine davon. Selbst, wenn es sich nur um das Reinigungsteam handeln sollte, wollte sie es nicht riskieren, auf die Bestätigung zu warten. Sie wurde einzig und allein von dem Gedanken beherrscht, zur Hintertür zu laufen, ihr Auto zu erreichen und sich direkt auf den Weg zu Chloe zu machen.

»Ellie!«

James Gebrüll, das aus dem Empfangsbereich herüberschallte, verdreifachte ihren Herzschlag und kopflos rannte sie zum Hinterausgang.

Ich muss nur zu meinem Auto gelangen. Ich muss zu Chloe.

Ellie hörte, wie James schwere Schritte ihr im Flur folgten, doch sie lief immer weiter. Sie atmete schwer vor Panik, als sie schließlich den Hebel der Hintertür herunterdrückte und ohne zu zögern durch die Metalltür flüchtete.

Sie hasste sich dafür, dass sie an diesem Morgen Schuhe mit hohen Absätzen angezogen hatte, und lief, so schnell es ihr die Schuhe erlaubten, während sie den Laptop so fest an sich presste, als ob ihr Leben davon abhinge.

Ich muss zu Chloe. Ich muss zu Chloe. Bitte, lass es mich bis zu ihr schaffen!

Sie war fast bei ihrem zerbeulten Kleinwagen angelangt – dem Wagen, den sie schon vor langer Zeit *Blaue Schildkröte* getauft hatte, weil er zwar äußerst langsam fuhr, jedoch unverdrossen immer weiterlief – als James auf sie prallte. Sie gingen beide zu Boden, doch unglücklicherweise drückte sein Körper sie auf den kalten Asphalt.

❦ ❦ ❦

»Gehen. Sie. Von. Mir. Herunter!« Ihre Stimme war ein atemloses Fauchen, während sie darum kämpfte, sich unter seinem Körper herauszuwinden.

»Gibt es einen Grund dafür, warum Sie mit meinem Laptop davonlaufen, Miss Winters?«, fragte James und schlang einen Arm um ihren Hals.

»Ich werde heute Abend zu Hause arbeiten.« Das war eine lahme Entschuldigung, doch alles, was Ellie einfiel. Chloe hatte immer behauptet, Ellie sei eine schlechte Lügnerin. Doch was auch immer sie sagen würde, James würde es nicht glauben, war sie doch vor *ihm* davongelaufen, obwohl er sie nur gebeten hatte, ein Dokument zu suchen und es auszudrucken.

»Du hast die Videos gesehen«, beschuldigte er sie drohend. »Du wolltest geradewegs zu Chloe gehen. Du neugierige Schlampe! Ich habe dich gebeten, eine Sache auf dem Computer zu erledigen und du hattest nichts Besseres zu tun, als dir Dinge anzuschauen, die du oder irgendjemand anderes nicht sehen sollten. Zumindest nicht jetzt. Du wirst alles ruinieren. Ich bin froh, dass ich zurückgekommen bin, als mir eingefallen ist, dass du dich vielleicht nicht nur um deine Angelegenheiten kümmern würdest.«

Du solltest auf einem Computer, der nicht nur dir allein zugänglich ist, nichts speichern, das kein anderer sehen soll, du Dumpfbacke!

Ellie schaute sich unglaublich gern Krimiserien an, daher war es für sie offensichtlich, dass James entweder zu schlampig oder zu psychotisch war, um früher auf den Gedanken zu kommen, dass sie die Möglichkeit hatte, die Videos zu betrachten. Sie spürte seinen fest um ihren Hals geschlungenen Arm und war sich ziemlich sicher, dass das Letztere zutraf.

»Warum wollen Sie Chloe wehtun?« Ellie gab es auf, ihm etwas vorzutäuschen, so begierig war sie auf Antworten. »Sie würde Ihnen so etwas niemals antun. Sie liebt Sie.« Die Tatsache, dass Chloe sich überhaupt für so ein Monster wie James interessierte, brachte Ellie beinahe dazu, sich zu übergeben. Der Hurensohn hatte es noch nicht einmal verdient, sich im selben Raum wie Chloe aufzuhalten.

»Natürlich liebt sie mich«, grunzte James. »Wir werden heiraten und niemand wird mich aufhalten. Ich werde endlich das bekommen, was ich verdiene.«

Ellie wünschte, er würde das bekommen, was er *wirklich* verdiente: Handschellen und eine sehr unbequeme Gefängniszelle für den Rest seines Lebens. Offensichtlich glaubte James, ein Recht auf Chloes Anteil des Colter-Vermögens zu besitzen, eines fast unermesslichen Reichtums.

»Sie verdienen es, im Gefängnis zu sitzen«, stieß Ellie keuchend mit der wenigen Luft aus, die sie einatmen konnte.

»Halt die Klappe! Wir werden jetzt aufstehen. Ich habe eine Waffe und wenn du das geringste Geräusch von dir gibst, werde ich dich umbringen!«, krächzte er drohend.

Ellie hegte keine Zweifel, dass James seine Drohung in die Tat umsetzen würde. Nachdem sie gesehen hatte, wie er Chloe behandelte, war sie davon überzeugt, dass er zu fast allem fähig war.

Er zog sie hoch und sie brauchte nicht lange, um in dem Dämmerlicht auf dem menschenleeren Parkplatz das Glänzen von Stahl zu erkennen. Er hatte definitiv eine Waffe und war bereit, sie zu benutzen. Sie überlegte, so laut wie möglich zu schreien, doch sie bezweifelte, dass das zu etwas anderem führen würde, als sie für immer zum Schweigen zu bringen. Das Praxisgebäude war ein alleinstehendes Haus am Ende einer Sackgasse. Es war bereits dunkel und es war kalt. Die Chance, dass irgendjemand sie hören würde, war sehr gering. Sie sah ein, dass sie auf eine Fluchtmöglichkeit warten musste, wenn sie nicht sterben wollte.

Was als Nächstes geschah, warf ihren Plan über den Haufen.

»Ich habe Chloe gesagt, du seist nutzlos. Du hast keinen Wert für sie. Du bist genauso arm wie deine Familie. Ich habe dich nur eingestellt, um ihr das Maul zu stopfen!«, rief James drohend aus, bevor er ausholte und ihr ins Gesicht boxte.

Schmerz durchfuhr Ellies Kopf. Benommen von dem brutalen Schlag konnte sie sich nicht wehren, als er sie zu seinem Wagen führte, den er auf der anderen Seite des Parkplatzes abgestellt hatte.

Als er sie gegen sein Auto schleuderte, begann sie schließlich zu sprechen. Sie fragte sich verzweifelt, ob er sie töten würde, obwohl sie nicht geschrien hatte. »James, das wollen Sie doch nicht tun! Was ist mit Chloe? Was ist mit Ihrer Karriere? Hören Sie auf damit und ich werde nichts sagen. Lassen Sie mich nur nach Hause gehen!« Sie begann, das Blaue vom Himmel herunterzulügen, um ihn dazu zu bringen, sie gehen zu lassen.

»Du glaubst, ich bin so dumm, das zu glauben?«, fragte James mit immer schriller werdender Stimme, die so verrückt klang, dass Ellie begann, sich zu Tode zu fürchten.

Er wird mich töten.

Ellie erkannte den krankhaften Ton in seiner Stimme.

Er nahm ihr den Laptop und die Handtasche weg und warf beides auf den Rücksitz, bevor er sie zum Kofferraum zerrte. Als Ellie hörte, wie der Kofferraumdeckel aufschnappte, begann sie, um ihr Leben zu kämpfen.

Keine Versuche mehr, James zu überzeugen.

Kein Betteln mehr, sie gehen zu lassen.

Sie kämpfte mit ihm und setzte alles ein, worüber sie verfügte, versuchte, ihm die Augen zu zerkratzen und ihm in den Unterleib zu treten. Er überwältigte sie jedoch und schließlich begann sie zu schreien. Sie wusste, wenn er es schaffen würde, sie in den Kofferraum zu verfrachten, wäre sie eine tote Frau.

»Halt die Klappe!«, knurrte er drohend und packte ihren langen blonden Pferdeschwanz. Dann zog er so fest daran, dass Ellie die Tränen in die Augen traten.

Sie hörte nicht auf zu kämpfen, selbst als er sie hochhob und versuchte, sie in den beengten Raum zu werfen.

Ich soll verflucht sein, wenn ich es ihm leicht mache.

Ihr Hintern landete auf dem harten Boden des Kofferraums, doch sie setzte ihre Arme ein, um zu verhindern, dass er den Deckel schließen und sie in den behelfsmäßigen Sarg einzwängen konnte.

Er wird mich niemals am Leben lassen.

»Neeeeein! Helft mir! Bitte!« Ellie schrie weiter und kümmerte sich nicht mehr um James Drohung, doch niemand kam ihr zu Hilfe.

Ein weiterer brutaler Schlag seiner Faust auf ihren Kopf brachte sie zum Schweigen und ließ ihre Welt dunkel werden.

Nun war Ellie bewusstlos und unfähig, sich noch weiter zu wehren. James schloss den Deckel des Kofferraums und setzte sich in seinen Wagen. Mit ihrem jetzt schlaffen Körper, der versteckt und eingezwängt in der Dunkelheit lag, fuhr er in die Nacht hinaus.

Kapitel 1

Heute...

»Wo zum Teufel ist sie?«, murmelte Zane Colter zornig, während er mit seinem Bentley Geländewagen eine steile Piste hinauffuhr, die ihn zu *einer weiteren* Hütte in den öden Bergen führen würde.

Wie lange war er bereits auf der Suche? Ein Tag war dem anderen gefolgt, doch Zane war so fokussiert auf seine Aufgabe, dass er lediglich darauf geachtet hatte, genügend Wasser zu trinken.

Er war dankbar, dass er sich gerade vor ein oder zwei Monaten den neuen Geländewagen gekauft hatte. In dieser Höhe schneite es heftig und er steuerte den Wagen auf den glitschigen Bergpisten mit einer Geschwindigkeit, die mehr als waghalsig erschien. Er wusste, dass er für die sich schnell verschlechternden Wetterverhältnisse viel zu schnell fuhr. Doch das Problem bestand darin, dass er am Verzweifeln war. Er wusste, in welchem Gebiet er nach Ellie suchen musste, denn er hatte sowohl von James alten Schuhen als auch von den Reifenprofilen eines alten Wagens in James Garage Bodenproben genommen. Nachdem er im Haus des Arschlochs ein kleines Stück einer welken, seltenen Blume gefunden hatte, die auf einem Erdbröckchen klebte, hatte er beides mitgenommen, und diese intuitive Handlung hatte sich nach einer intensiven Analyse bezahlt gemacht. Denn er hatte genau lokalisieren können, wo diese Pflanzenart wuchs und welchen Boden sie benötigte. Die verschiedenen Erdproben, die er eingesammelt hatte, hatten dann seine Vermutung bestätigt. Er bezweifelte, dass James seinen alten Pritschenwagen für etwas anderes benutzte, als in den Bergen herumzufahren. Die Schuhe waren alt und zerschlissen und so ein oberflächliches Arschloch wie James würde sie nur in schlammigen Gegenden tragen, wo ihn niemand sehen konnte. Nachdem er die Bodenproben und die möglichen Standorte der verwelkten Blume miteinander abgeglichen hatte, hatte Zane das Gebiet, in dem Ellie versteckt sein musste, recht gut eingrenzen können. Aber eine Überprüfung der entsprechenden Hütten und Grundstücke hatte ergeben, dass James dort kein Eigentum besaß, daher musste er unterstellen, dass es sich um ein Gelände handelte, das nicht unter James richtigem Namen eingetragen war.

»Wo hat er sie versteckt? Verdammt nochmal!«, knurrte er und schlug vor Frustration mit der Hand auf das Lenkrad. Er wusste, die Zeit lief ihm davon. Die Chance wurde immer größer, dass er eine Leiche finden würde anstatt Ellie zu retten.

Das. Wird. Nicht. Geschehen.

Er schüttelte den Gedanken ab, Ellie könnte tot sein, und hielt weiter auf eine kleine Hütte zu, die sich ein bisschen weiter oben an der beinahe nicht existierenden Piste befand, die sein Wagen gerade hinaufkletterte.

Er wischte sich mit einer Hand den Schweiß von der Stirn und fuhr mit den Fingern gereizt durch seine Haare, während er geschickt mit der anderen Hand den Wagen steuerte, der auf Eis und Schnee ins Schleudern geraten war. Dann fuhr er weiter die steile Piste hinauf.

Ich werde recht bald der Wahrheit ins Auge sehen müssen; habe ich doch bereits beinahe jede einzelne Hütte und jedes Haus in dieser Gegend durchsucht und kein Glück gehabt.

Zane hatte keine Ahnung, wie lange er schon nicht mehr geschlafen hatte. Er hatte die Analyse der Bodenproben durchgeführt, die er gefunden hatte, und im Anschluss daran gearbeitet, die Gebiete zu lokalisieren, in denen er suchen wollte. Er war vollkommen erschöpft, doch in seinem Kopf tickte eine Uhr und falls James Ellie tatsächlich am Leben gelassen hatte, fehlten ihr wahrscheinlich Wasser und Nahrung. James war tot und bevor er sich umgebracht hatte, war er schon einige Zeit handlungsunfähig gewesen. Also war sie jetzt schon viel zu lange allein.

Ich kann nicht aufhören zu suchen. Das habe ich Chloe versprochen. Ich werde nicht rasten, bis ich sie gefunden habe.

Abwesend schüttelte er den Kopf. Ihm war bewusst, dass das eine gute Entschuldigung dafür war, hier draußen auf der Suche zu sein. Doch seine verbissene Beharrlichkeit gründete sich nicht allein auf die Tatsache, dass Ellie die beste Freundin seiner kleinen Schwester war. Ein Instinkt nagte an seinen Eingeweiden und hörte nicht auf.

Er kannte Ellie gut genug, um zu wissen, dass sie geflohen wäre, wenn sie dazu in der Lage gewesen wäre. Einige Leute behaupteten, Ellie sei eine stille Person, doch als sie noch Kinder gewesen waren hatte er erlebt, wie herrisch sie sein konnte. Und auch als Teenager hatte sie sich nicht verändert. Sie hatte nie ein Problem damit gehabt, ihre Meinung zu vertreten. Nicht ihm gegenüber.

Ehrlich, ihr schon fast krankhaften Bedürfnis, alles zu organisieren, hatte ihn nie sonderlich gestört. Im Gegenteil, es hatte ihm sogar irgendwie imponiert, da er in seinem Privatleben nicht gerade sehr ordentlich war und es auch niemals gewesen war. Wenn es um seine Arbeit als Wissenschaftler ging, war er äußerst akribisch, doch alles andere außerhalb seines Labors wurde vom Chaos beherrscht. Ehrlich gesagt hatte es ihn immer fasziniert, wie Ellie so viele Dinge gleichzeitig regeln und sich um alles auf eine wohlorganisierte Weise kümmern konnte. So war sie immer gewesen, auch als Erwachsene.

Zane konnte sich eingestehen, dass er Ellie in der High School sehr gemocht hatte. Aber da Ellie die beste Freundin seiner Schwester war, war sie für ihn für alles andere als Freundschaft tabu gewesen, als sie erwachsen geworden waren. In der High School war sie zu jung und zu sehr mit seiner Familie verknüpft gewesen. Ganz zu schweigen von der Tatsache, dass er damals zu linkisch gewesen war, um den Mut aufzubringen, sie um ein Date zu bitten, selbst wenn sie nicht zu jung gewesen wäre. Doch er hatte sie auch als Freundin geschätzt und hegte immer noch tiefe Gefühle für sie, obwohl er sie nach Abschluss der High School nur noch sehr selten gesehen hatte. Danach war er zum College gegangen und hatte niemals wieder dauerhaft zu Hause in Rocky Springs gelebt.

Er stöhnte, als er die Hütte erreichte, nach der er gesucht hatte. »Mist! Sie sieht eher danach aus, als würde sie nur in den Sommermonaten benutzt werden.«

Obwohl die Behausung gut in Schuss war, entsprach sie nicht dem, was einem Arzt gehören könnte. Sie war winzig und wirkte eher wie eine Jagd- oder Fischerhütte.

Schnee war gegen die Tür geweht und es sah so aus, als ob niemand mehr hier gewesen war, nachdem der erste Schnee gefallen war. Die weißen Flocken wirbelten umher und fielen in großen Mengen vom Himmel, als er aus seinem Wagen sprang, ohne sich darum zu kümmern, die Tür zu verschließen. Zur Hölle, bei diesem Schneesturm würde niemand diese abgelegene Hütte aufsuchen.

Er schleppte sich durch das Schneetreiben und befreite die Tür von der Schneewehe. Dann drückte er die Klinke hinunter, doch die Tür war verschlossen. Verärgert und entschlossen, nichts unversucht zu lassen, drückte er mit der Schulter dagegen, bis das schwache Schloss nachgab und er die Tür öffnen konnte.

»Ellie!«, brüllte er, obwohl die Hütte so klein war, dass er wahrscheinlich nicht zu schreien brauchte.

Er schritt hastig durch den Wohnbereich, dem eine kleine Küche gegenüberlag. Er warf schnell einen Blick in das winzige Badezimmer, bevor er in der Tür zu dem einzigen Schlafzimmer abrupt stehenblieb. Sein Körper spannte sich an, als er die beinahe nicht zu erkennende Person in einer Ecke entdeckte: gefesselt, wie ein Embryo zusammengerollt und vollkommen nackt.

»Verdammt!«, stieß er hervor, als er den Raum betrat und sich neben die Frau kauerte, von der er nicht wusste, ob sie tot oder lebendig war.

Er strich ihr die verfilzten Haare aus dem Gesicht. »Ellie?«, fragte er zögerlich und suchte an ihrem Hals nach dem Pulsschlag. Sein Blut begann zu kochen, als er die kaum verheilten Schrammen und Schnitte auf ihrem Körper, ihrem Gesicht und ihren Gliedmaßen sah.

Neben ihr stand ein tragbares WC, aber offensichtlich hatte es ihr an Kraft gemangelt, es zu benutzen. Arme und Beine waren mit schwerem Metall gefesselt und ließen ihr sehr wenig Bewegungsfreiheit. In der Ecke stand ein leerer Wasserkrug und eine leere Plastiktüte lag auf dem Boden.

Zane bekam keine Antwort, doch sein Herzschlag beschleunigte sich, als er einen schwachen Pulsschlag spüren konnte.

Schnell lief er in die Küche, fand ein Glas und füllte es mit Wasser, verdammt froh, dass die Hütte im Inneren über fließendes Wasser verfügte.

Er kümmerte sich nicht darum, wie schlecht die Frau roch, als er sie in seine Arme zog und sie zwang, sich aufzusetzen. »Ellie? Öffne deine Augen für mich. Du brauchst Wasser. Du bist dehydriert.«

Sie war allerdings nicht nur beinahe verdurstet. Sie war außerdem auch fast verhungert. Doch er konnte nur ein Problem nach dem anderen lösen. Ellie war eigentlich eine kurvige Frau. Nun hatte sie keinerlei Fleisch mehr auf den Knochen.

Er führte das Glas an ihre Lippen und neigte es langsam. Ihre Augenlider flatterten, öffneten sich aber nicht. Er hoffte inständig, dass ihr Schluckreflex noch funktionierte; er wollte unbedingt vermeiden, dass sie Wasser in die Lunge bekam.

»Schluck es herunter, mir zuliebe, Ellie! Mach schon!« Er beobachtete sie aufmerksam, während er ihr langsam das Wasser in den Mund tropfte. Erleichtert sah er, dass sich die Muskeln an ihrem Hals bewegten, um die Flüssigkeit hinunterzuschlucken.

Sie brauchte Nahrung, doch zuerst fuhr er damit fort, ihr genügend Flüssigkeit einzuflößen. Dann ging er in die Küche, um etwas – irgendetwas – zu suchen, das sie würde zu sich nehmen können.

Doch bevor er mit dem Durchwühlen der Schränke beginnen konnte, erinnerte er sich plötzlich daran, dass er in seinem Wagen ein paar proteinreiche und andere Getränke mit sich führte, die ihr helfen würden, die Elektrolyte zu ersetzen, an denen es ihr mangelte.

»Flüssiges ist besser«, murmelte er abwesend vor sich hin, als er mit der Flüssignahrung und den Werkzeugen, die er brauchte, wieder in die Hütte zurückkehrte. Dann begann er, Ellie weitere Flüssigkeit und Nahrung einzuflößen.

Er musste äußerst langsam vorgehen, was ihn wahnsinnig nervös machte. Er wollte ihr alles geben, was ihr gefehlt hatte, und er wollte, dass ihre beinahe leblose Gestalt zu vollem Leben erwachte.

Er wollte Ellie zurückhaben und egal um welchen Preis, er würde sie wieder heil und lächeln sehen, und wenn es ihn das Leben kosten sollte.

Ich werde nicht aufgeben. Ich gebe niemals auf.

Es dauerte eine Weile, bis er Ellie mit den Werkzeugen aus seinem Wagen von den stählernen Fesseln befreit hatte. Währenddessen fluchte er wild vor sich hin.

Wenn James nicht ohnehin schon tot gewesen wäre, hätte Zane den Hurensohn ohne mit der Wimper zu zucken umgebracht.

Nachdem er Ellie so viel Flüssignahrung zugeführt hatte, wie er es wagte, ihr auf einmal zu geben, hob er sie vom Boden hoch. *Mein Gott!* Sie war so leicht, dass er sich zu Tode ängstigte. Geduckt trug er sie ins Badezimmer und hoffte, dass die Warmwasserleitung funktionierte. Er drehte den Duschhahn auf und bemerkte erleichtert, dass sich das Wasser nach und nach erwärmte.

Er setzte sie behutsam auf dem Boden ab und entledigte sich hastig seiner Kleidung. Dann nahm er sie wieder auf den Arm und stellte sich mit ihr unter die Dusche. In der Hütte herrschte zwar eine gewisse Wärme, doch es war immer noch verdammt kalt. Ellie besaß kein Fleisch mehr auf den Knochen, das sie vor der Kälte des Bodens hätte schützen können. Er musste leicht und behutsam beginnen und vorsichtig ihren Körper wieder erwärmen.

Er fand eine Flasche Flüssigseife, mit der er ihren Körper und ihr Haar einseifte, bis sie wieder sauber war. Ein kleiner, schwacher

Seufzer entrang sich ihren Lippen, der seine Hoffnung nährte, dass sie mit der Zeit zu sich kommen würde. Sie zitterte in seinen Armen, ein weiteres gutes Zeichen. Die langsame Zufuhr von Wärme begann, ihre niedrige Körpertemperatur zu erhöhen.

Zane war frustriert, da er wusste, dass es wegen des Schneesturms, der außerhalb der Hütte tobte, keine Möglichkeit gab, sie zu einer medizinischen Einrichtung zu bringen. Wenn ihnen auf dem Weg durch die abgelegene Wildnis etwas zustoßen würde, hätte sie keine Chance zu überleben. Er war immerhin Arzt. Zugegeben, er arbeitete in der Forschung, doch immerhin hatte er Medizin studiert. Da er akademisch begabt war, hatte er alle Prüfungen im Handumdrehen durchlaufen und sich dann auf Biotechnologie konzentriert. Trotzdem wusste er, was er zu tun hatte und was sie im Moment brauchte. Unglücklicherweise verfügte er aber nicht über die Mittel oder die Ausrüstung, um ihr in dem Ausmaß zu helfen, wie es nötig gewesen wäre.

Er drehte den Wasserhahn zu und trocknete sie beide so gut wie möglich mit den abgenutzten Handtüchern ab, die er im Badezimmer gefunden hatte. Dann trug er Ellie ins Schlafzimmer zu dem einzigen Bett, das ihr wegen ihrer Fesselung verwehrt gewesen war. Er schlug den Bettüberwurf zurück und bemerkte erleichtert, dass die Bettwäsche einigermaßen sauber wirkte. Er bettete sie unter die Decken und Laken und setzte sich neben sie. Er wagte es, ihr die langen Haare mit den Fingern zu bürsten. Ellie hatte wundervolles hellblondes Haar, das sich bereits wieder hübsch zu locken begann, jetzt, da es wieder sauber war. Er strich ihr die Haare aus dem Gesicht, da er sich die heilenden Schrammen und Schnitte noch einmal genauer ansehen wollte.

Er hatte sie bereits untersucht, während er sie gewaschen hatte, und nichts Lebensbedrohliches bemerkt, was die äußeren Verletzungen betraf. Doch es machte ihn stinkwütend, dass James Ellie auch nur berührt hatte.

Zane erhob sich und machte sich daran, das Chaos in der Ecke zu beseitigen, den Boden aufzuwischen und die metallenen Fesseln und das tragbare WC zu entfernen. Als er damit fertig war, wickelte er sich eine Decke um den nackten Körper, zog seine Stiefel an und sprintete zu seinem Geländewagen, wo er sich die Tasche schnappte, die alles Notwendige für eine Übernachtung beinhaltete und die er immer im Laderaum mit sich führte.

Er zog die Reservekleidung an und wünschte sich, er hätte etwas mehr, das er Ellie überziehen konnte, als nur eines seiner Flanellhemden, das er in der Tasche gefunden hatte.

Nachdem er ihr das Hemd angezogen hatte, gab er ihr noch ein bisschen Flüssigkeit. Dann durchsuchte er die kleine Hütte in der Hoffnung, irgendetwas Brauchbares zu finden. In einem der Schränke stieß er zwar auf Ellies Handtasche, doch von ihren Kleidern war keine Spur zu sehen. Also wusch Zane seine schmutzigen Kleider mit der Hand im Waschbecken und hängte sie zum Trocknen ins Badezimmer. Er glaubte allerdings nicht, dass er sie brauchen würde, da er vorhatte, Ellie so schnell wie möglich den Berg hinunterzubringen. Es war eher seine rastlose Energie, die ihn nicht zur Ruhe kommen ließ.

Er fand ein paar Grundnahrungsmittel, größtenteils Konserven, doch immerhin besser als nichts.

Da die veraltete Heizungsanlage nur sehr wenig Wärme produzierte, füllte er den alten Ofen mit Holz, das sich an der Wand stapelte, und entzündete ein Feuer, das schon bald zu flackern begann. Dann schloss er die metallene Klappe, froh, dass das alte Stück noch funktionierte. Die Hütte war so klein, dass sie sich schnell erwärmen würde.

Da er bereits alle Schränke durchsucht hatte, schritt Zane unruhig zwischen dem Schlafzimmer und dem kleinen Fenster neben der Tür auf und ab und wünschte sich, es würde aufhören zu schneien.

Ellie braucht so viel mehr, als ich im Augenblick für sie tun kann. Sie braucht intravenös verabreichte Flüssigkeit und außerdem muss sie geröntgt und untersucht werden.

Zur Hölle, er wusste, dass es ihr schlecht ging, doch er hatte keine Ahnung, ob sie schwerer verletzt war, als er es nur durch Hinsehen und eine oberflächliche Untersuchung feststellen konnte.

Leider wütete draußen immer noch der Schneesturm und er war frustriert, dass es nichts gab, was er für Ellie tun konnte, außer ihr von Zeit zu Zeit etwas einzuflößen, ohne ihren geschrumpften Magen zu überfüllen.

Er half ihr, etwas von der Flüssignahrung hinunterzuschlucken.

Dann ging er auf und ab.

Und noch etwas Flüssignahrung.

Und wieder auf und ab.

Immer und immer wieder versuchte er, sein Handy zu aktivieren, aber er befand sich in einem Empfangsloch. Doch er wollte Ellie keinesfalls verlassen, um einen Platz zu finden, an dem er ein Signal empfangen konnte. Höchstwahrscheinlich war dies in der näheren Umgebung sowieso unmöglich. Er war sich beinahe sicher, dass dieses ganze gottverlassene Bergland außerhalb des Empfangsbereiches lag.

Als es dunkel wurde, warf er einen antiquierten Generator an, sodass sie etwas Licht haben würden. Dann fütterte er den hungrigen Ofen mit Holz und bemerkte erleichtert, dass es in der Hütte bereits wärmer wurde.

Als er sich wieder auf die Bettkante setzte, um Ellie zum Trinken etwas aufzurichten, bemerkte er voller Freude, dass sie schon bereitwilliger schluckte.

»Mach schon, Ellie! Noch ein bisschen!«, summte er, um sie zu ein paar weiteren Schlückchen zu ermutigen.

Sie fügte sich und er stellte das Glas zufrieden auf einem kleinen, rustikalen Nachttischchen ab.

»Zane?« Das schwache Geräusch war kaum ein Flüstern.

Aber er hörte es.

Sein Kopf flog zu Ellie herum und sein Herz begann zu rasen, als er sah, wie ihre Augenlider flatterten und sich dann vollkommen öffneten.

Für einen kurzen Moment huschte ein Ausdruck des Entsetzens über ihr Gesicht, doch dann fokussierte sich ihr Blick auf ihn. »Zane?«, fragte sie noch einmal unsicher. Ihr Flüsterton klang panisch und verängstigt.

»Ja. Ich bin es, Ellie, Zane.« Er strich ihr behutsam mit der Hand übers Haar. »Du bist in Sicherheit. Hab keine Angst!« *Mein Gott!* Wie er es hasste, diesen erschrockenen Ausdruck auf ihrem Gesicht zu sehen.

»James«, krächzte sie.

Er legte ihr die Finger auf die Lippen. »Versuch, nicht zu sprechen! James ist tot. Er kann dir niemals mehr wehtun. Du musst dich ausruhen, Ellie! Ich versuche, dich zu rehydrieren. Du bist ziemlich schwach und ich muss dich unbedingt ins Krankenhaus bringen. Das Wetter ist miserabel. Ruh dich einfach aus, bis ich dich von hier wegbringen kann, okay?«

Sie nickte schwach, als ob sie ihn verstanden hätte. Dann fielen ihr die Augen wieder zu.

Zane wollte sich wieder erheben, doch Ellie sagte leise: »Geh nicht, Zane! Bitte! Ich glaube, ich bilde mir nur ein, dass du da bist, aber ich möchte, dass der Traum anhält.«

Schnell streifte er sich die Stiefel von den Füßen, drehte sich herum und streckte sich neben ihr aus. »Das ist kein Traum und dass ich hier bin, ist keine Illusion. James ist tot und wird niemals zurückkehren. Ich kann dich jetzt nicht den Berg hinunterbringen. Draußen tobt ein Schneesturm. Aber sobald es möglich ist, werde ich dich in Sicherheit bringen.«

Zärtlich legte er seine Arme um sie und ließ ihren Kopf an seiner Brust ruhen. Dann strich er ihr sanft und rhythmisch über ihre inzwischen trockenen Haare.

»Ich glaube, ich bin bereits in Sicherheit«, sagte sie zögernd und kuschelte sich an ihn.

»Da hast du verdammt Recht. Ich werde nicht zulassen, dass dir irgendetwas passiert, Ellie. Ich verspreche es dir.«

Sie seufzte leise und begann, gleichmäßig und tief zu atmen. Zane wusste, dass sie schlief und nicht wieder in die Bewusstlosigkeit abgedriftet war.

Erleichterung überkam ihn und er entspannte sich. Er schlang beide Arme beschützend um Ellie und wiegte sie sanft in dem

Bemühen, sie zu beruhigen, doch vielleicht auch ein kleines bisschen für sich selbst, da er so verdammt dankbar war, dass sie lebte.

Schließlich fiel Zane mit Ellie sicher und warm an ihn gekuschelt in einen erholsamen Schlaf.

Kapitel 2

Verwirrt öffnete Ellie die Augen.
Wo bin ich? Was ist geschehen?
James!
Getrieben von Panik sah sie sich um. Sie hatte schreckliche Angst, dass sie dadurch geweckt worden war, dass James in die Hütte zurückgekehrt war. Die Furcht schnürte ihr die Kehle zu, doch sie bemerkte, dass ihr Mund nicht mehr so trocken wie die Wüste war.

Ellies Puls raste und sie atmete abgehackt; sie reagierte mit purem Entsetzen. Sie begann, sich wie wild in der Hütte umzusehen, und hoffte, es wäre niemand da.

Oder... war sie gar nicht mehr in der Hütte? Ihr Verstand begann zu arbeiten und sie versuchte langsam, ihre Umgebung genauer wahrzunehmen.

Sie brauchte nicht lange, um zu erkennen, dass sie sich in einem Krankenhaus befand. Das medizinische Personal hastete umher und lief in einem Tempo durch die offenstehende Tür zum Flur, das sie schwindlig machte.

Die weißen Laken und Decken, mit denen sie zugedeckt war, die Infusion in ihrem Arm und all die an ihrem Körper angebrachten Kabel halfen ihr, die Örtlichkeit zu bestimmen.

Sie spürte, wie Panik in ihr aufstieg. Sie verstand nicht, warum sie im Krankenhaus lag und wie sie dort hingelangt war. Doch plötzlich hörte sie *seine* Stimme.

»Gott sei Dank! Du bist aufgewacht.«

Sie hob den Kopf und sah neben ihrem Bett einen erschöpft aussehenden Zane Colter sitzen, mit zerknautschten Kleidern und so zerzausten Haaren, als ob er sie sich immer und immer wieder gerauft hätte.

Ihre Vermutung bestätigte sich, als er sich sogleich wieder mit der Hand durchs Haar fuhr, entweder vor Erleichterung oder aus Frustration. Manchmal war es schwer zu sagen, was Zane dachte. Aber, ob er nun stoisch war oder nicht, sie war froh, dass er da war, und sie spürte, dass sich ihr Körper zum ersten Mal seit langer Zeit entspannte.

»Was ist geschehen?« Ihre Stimme war so schwach wie ihr Körper. »Wie bin ich hierhergekommen?«

»Du erinnerst dich an nichts mehr?«, fragte Zane stirnrunzelnd.

Ellie forschte in ihrem Gedächtnis, konnte sich aber nur vage daran erinnern, Zanes Stimme gehört zu haben, die ihr versicherte, alles würde gut werden. »Ich habe gedacht, du seist ein Traum.«

»Ich glaube kaum, dass ich irgendjemandes Traum bin«, erwiderte Zane trocken.

Ellie erinnerte sich plötzlich, warum sie sich in diesem desolaten Zustand befand. Furchterregende Erinnerungen tauchten in ihrem Gedächtnis auf und sie versuchte, sich im Bett aufzusetzen. »Oh Gott! Ich muss mit Chloe sprechen. James –«

Er drückte sie sanft in die Kissen zurück. Sie verfügte noch nicht über die Kraft, sich zu bewegen, geschweige denn, sich aufzusetzen.

»Ist tot«, beendete Zane ihren Satz. »Er hat Selbstmord begangen, Ellie. Zuvor war er im Krankenhaus, weil er so dumm gewesen war, unserer kleinen Schwester wehzutun. Deshalb hat er dir weder Nahrung noch Wasser bringen können. Du warst in einem äußerst schlechten Zustand, als ich dich endlich in der Hütte gefunden habe.«

»Chloe –«

»Meine kleine Schwester befindet sich in den Flitterwochen. Sie hat Gabe Walker geheiratet, einen Mann, der sich gut um sie kümmern wird.«

Ellie schwirrte der Kopf, als er sie darüber aufklärte, was Chloe widerfahren und wie sie erpresst worden war. Sie hatte so viel verpasst und so vieles war geschehen, während sie von James gefangen gehalten worden war.

»Gott sei Dank!«, flüsterte Ellie und ließ ihren Kopf ins Kissen zurückfallen. »Nachdem ich die Videos gesehen hatte, habe ich mich so um Chloe geängstigt.«

»Er wusste, dass du Kenntnis von ihnen hattest?«

Ellie nickte. »Er hat mich mit seinem Laptop erwischt. Ich war auf dem Weg zu Chloe, als er mich im Büro gekidnappt und mich in den Kofferraum seines Wagens geworfen hat.«

»Verdammt!«, fluchte Zane ungestüm.

»Für eine Weile war ich bewusstlos, daher wusste ich nicht, wie weit er gefahren war. Ich wusste nicht einmal genau, wo er mich versteckt hielt. Ich wusste nur, dass ich mich in einer Art Hütte in einer wahrscheinlich sehr abgelegenen Gegend befand. Ich habe nie herausgefunden, warum er mich nicht einfach getötet hat.«

»Seine Versicherung«, knurrte Zane. »Ich glaube nicht, dass es ihn nach der Hochzeit noch interessiert hätte, ob du tot oder lebendig gewesen wärst.«

»Alle haben mich für tot gehalten?«, fragte sie leise.

»So ziemlich alle«, bestätigte er. »Aber Chloe und ich haben die Suche nie aufgegeben. Da dein Wagen vermisst wurde, haben die meisten Leute angenommen, du seist entweder weggefahren oder bereits tot.«

Ellie schauderte. Ihre arme *Blaue Schildkröte* hatte auf dem Parkplatz gestanden. Offensichtlich hatte James sie entsorgt. »Ich glaube, ich *war* beinahe tot. Am Ende wusste ich nicht mehr, ob ich mir wünschen sollte, dass James zurückkehrte oder dass er mich einfach sterben ließ. Er hat mich nur unregelmäßig aufgesucht, doch immer waren seine Besuche von Schmerzen begleitet.«

»Sag so etwas nicht«, krächzte Zane. »Ich weiß, dass er dich brutal geschlagen hat. Aber hat er dich auch vergewaltigt, Ellie?«

»Nein«, erklärte sie verlegen. »Am Anfang war ich ihm zu fett und ich glaube, er hatte mehr Spaß daran, mich zu quälen. Nachdem ich dünner geworden war, nannte er mich ein dreckiges, abstoßendes Schwein.«

Zane strich ihr abwesend über die Haare. »Es tut mir so leid, dass ich dich nicht früher gefunden habe.«

Schwach lächelte sie zu ihm auf. »Ich bin dankbar, dass du mich *überhaupt* gefunden hast.« Sie zögerte, bevor sie sagte: »Ich frage mich, was er mit meinem Auto angestellt hat. Die Schlüssel hätte er leicht an sich nehmen können, aber ich frage mich, wo er meine alte *Blaue Schildkröte* versteckt hat.«

»Deine was?«, fragte Zane verwirrt.

Ellie seufzte. »Ich habe meinen Wagen immer *Blaue Schildkröte* genannt. Ich hatte ihn so lange und er hat noch immer tapfer durchgehalten. Mit der Zeit ist er lediglich ein bisschen langsamer geworden.«

»Er wurde nie gefunden«, klärte Zane sie auf.

»Ich nehme an, dass du mich hierher gebracht hast, nachdem du mich gefunden hattest. Wo sind wir?«

»In Denver. Es war näher und ist für den Zustand, in dem du dich befunden hast, besser medizinisch ausgestattet. Während des Schneesturms in der ersten Nacht habe ich alles getan, was mir möglich war, doch als dein Zustand sich am nächsten Tag nicht verbesserte, habe ich mich mit dir auf den Weg bergab gemacht. Der Schneefall hatte kurz ausgesetzt, sodass ich die Chance ergreifen konnte, dich zur Behandlung irgendwohin bringen zu können.«

»Ich habe das Gefühl für die Zeit verloren. Wie lange hat James mich gefangen gehalten?« Ellie hatte nach und nach ihre Sinneswahrnehmung eingebüßt und die Tage und Nächte waren ineinander übergegangen.

»Ungefähr sieben Monate«, antwortete Zane widerstrebend.

Ellie blieb vor Schock der Mund offen stehen. Während der ersten Zeit hatte sie noch die Tage und Wochen gezählt, die an ihr vorüberflossen, doch mit der Zeit hatte sie die meiste Zeit verschlafen, wenn James nicht da gewesen war. Nachdem sie über alle Möglichkeiten, sich selbst zu befreien, nachgedacht hatte, war die Hoffnung auf Rettung geschwunden. Nach und nach hatte sie ihre Energie verloren und sie hatte begonnen, Nahrung und Wasser zu rationieren, da sie nie wusste, wann sie wieder etwas bekommen würde... oder ob sie überhaupt *jemals* wieder damit rechnen konnte.

»Meine Mutter. Wahrscheinlich bricht es ihr das Herz.« Wenn sie schon seit Monaten vermisst wurde, war ihre Mutter wahrscheinlich krank vor Sorge.

»Ich habe sie angerufen. Es wäre eine Untertreibung zu sagen, sie sei glücklich gewesen. Sie ist auf dem Weg von Montana hierher.« Er wartete einen Moment, bevor er fragte: »Willst du, dass ich Chloe informiere?«

»Nein«, antwortete sie sogleich. »Sie verdient es, Zeit für sich zu haben, nach allem, was James ihr angetan hat. Ich kann mich mir ihr treffen, wenn sie zurückgekehrt ist. Ich hoffe, dass ich gesünder bin, wenn ich ihr dann gegenübertrete.«

Ellie brauchte keinen Spiegel, um zu wissen, dass sie grässlich aussah. Und sie wollte auf keinen Fall, dass Chloe sich schuldig fühlte. Nun, da sie die ganze Geschichte kannte, wusste Ellie, dass Chloe genug durchgemacht hatte. Obwohl Ellie sich verzweifelt nach ihrer besten Freundin sehnte, wollte sie nicht, dass diese sie so sah. Kannte sie Chloe doch gut genug, um zu wissen, dass diese sich Vorwürfe machen würde.

»Wir haben ihnen nichts gesagt. Sie weiß noch nicht einmal, dass James tot ist. Ich habe das Gefühl, dass Blake es vielleicht Gabe erzählt hat.« Zane hörte sich leicht unbehaglich an. »Ich glaube, dass Chloe sich ärgern wird, dass ich ihr nicht erzählt habe, dass ich dich gefunden habe.«

»So ist es trotz allem wahrscheinlich besser, selbst wenn sie ein bisschen wütend wird. Ich werde ihr sagen, dass ich es so gewollt habe. Sobald sie sich erst einmal wieder gefangen hat, wird sie mit all dem besser umgehen können. Sie wird sich weniger aufregen, wenn ich wieder zu Kräften gekommen bin.«

»Ich denke, sie wird sich besser fühlen, wenn sie weiß, dass du am Leben bist«, widersprach Zane trocken.

»Noch nicht. Bitte!« Ellie kannte Chloe und es würde ihr das Herz brechen, wenn sie Ellie jetzt so sehen würde, ausgezehrt und verletzt von James andauernden Prügeln. Sie wollte nicht, dass ihre beste Freundin sie so sah, nicht, wenn Chloe selbst so viel durchgemacht hatte.

»Mach dir keine Sorgen mehr um Chloe! Im Moment geht es ihr weitaus besser als dir. Brauchst *du* irgendetwas?«, erkundigte sich Zane zögernd. Er wirkte ungeduldig, als ob er eine Beschäftigung brauchte.

Sie würde eine ganze Menge an Dingen benötigen, doch sie weigerte sich, jetzt darüber nachzudenken. »Nein. Wie lange bin ich schon hier?«

»Zwei Tage«, erwiderte er schroff.

»Ich erinnere mich nicht«, gab sie zu, unfähig, sich den Transport zum Krankenhaus ins Gedächtnis zu rufen.

»Vollkommen verständlich«, bemerkte Zane. »Du warst verwirrt wegen deines dehydrierten Zustands. Glücklicherweise wirst du keine dauerhaften Schäden davontragen, sobald du erst einmal wieder gesund bist. Nun, da du bekommst, was du brauchst, wirst du von allein heilen. Es wird einige Zeit dauern, bis du dein Gewicht wiedererlangt und dich von der Schwäche erholt hast, doch du wirst vollkommen wiederhergestellt.«

Ellie bemerkte, dass Zane vollkommen geschafft aussah. Er wirkte übermüdet, seine Augen waren blutunterlaufen und unter seinen ausdrucksvollen grauen Augen lagen tiefe Schatten.

»Hast du überhaupt Schlaf bekommen? Du besitzt ein Haus hier in Denver, richtig? Vielleicht solltest du nach Hause gehen und dich etwas ausruhen.« Diese Worte nur auszusprechen, nur zu denken, er könnte sie allein lassen, verursachte ihr bereits Herzschmerzen. Zwar sagte ihr der Verstand, dass sie sich nicht mehr in Gefahr befand, doch egoistischerweise wünschte sie sich, dass Zane noch etwas länger bei ihr blieb.

»Glaubst du ehrlich, ich würde jetzt irgendwohin gehen? Mein Gott! Ich habe beinahe ganz Colorado auf den Kopf gestellt, um dich zu finden. Ich werde jetzt nicht gehen«, widersetzte er sich dickköpfig und kreuzte seine Arme vor seinem breiten Oberkörper.

»Dann gönne dir wenigstens heute Nacht ein bisschen Schlaf!« Sie blickte durchs Fenster und bemerkte, dass es draußen dunkel war. Und neben ihr stand ein weiteres Bett.

»Ich kann nicht glauben, dass du dir Sorgen um mich machst. Mein Gott, Ellie! Du wärst beinahe gestorben und hast sieben Monate in Ketten verbracht. Dass ich ein bisschen Schlaf bekomme, ist jetzt nicht weiter wichtig.«

Sie wusste, wenn sie jetzt beginnen würde, die letzten sieben Monate noch einmal zu durchleben, würde sie zusammenbrechen. »Manchmal ist es einfacher, nicht daran zu denken. Jetzt bin ich hier. Ich lebe. Und nur deinetwegen. Ich werde gut versorgt und ich bin wach und unterhalte mich. Es gibt keinen Grund, warum du dich nicht ausruhen solltest.«

»Ich werde mich hinlegen, sobald du eingeschlafen bist. Ich habe das Gefühl, dass das nicht mehr lange dauern wird.«

Ellies Augenlider fühlten sich bereits schwer an, aber sie kämpfte gegen die willkommene Leere der Dunkelheit an, die sie fürs Erste vergessen lassen würde, was geschehen war. »Wann kann ich nach Hause gehen?«

»Wenn der Arzt sagt, dass du über den Berg bist«, antwortete Zane vorsichtig.

»Ich weiß nicht einmal, ob ich noch ein Zuhause *habe*. Ich besitze kein Auto mehr.« Sie begann zu hyperventilieren, als sie daran dachte, was sie alles verloren hatte. Bevor sie die Stelle bei James angetreten hatte, war sie vollkommen pleite gewesen, und sie hatte noch nicht einmal lange genug bei ihm gearbeitet, um den ersten Gehaltsscheck zu erhalten.

»Mach dir über all das im Moment keine Sorgen!«, verlangte Zane bestimmt. »Alles wird sich regeln. Du kannst mit zu mir nach Hause kommen. Du wirst noch nicht wieder vollständig bei Kräften sein, wenn du entlassen wirst. Außerdem müssen deine Wunden verheilen und dein Körper muss die Defizite ausgleichen.«

Sie reckte das Kinn. »Ich kann mich um mich selbst kümmern.« Das Letzte, was Ellie brauchte, war Zanes Mitleid.

»Nach all dem, was passiert ist, bist du so stur und kannst keine Hilfe von Freunden annehmen?«

»Mir bleibt vielleicht gar keine andere Wahl«, gab Ellie zu. Sie wusste nicht, ob ihr ihre Wohnung immer noch zur Verfügung stand, sie besaß keinerlei Einkommen und hatte noch nicht einmal die Möglichkeit, sich um einen neuen Job zu bemühen.

»Soweit ich weiß, bleibt dir keine andere Möglichkeit. Ich werde dich mit zu mir nach Hause nehmen, selbst wenn ich dich über die Schulter werfen und dorthin schleppen muss. Du brauchst Unterstützung und nach dem, was dir zugestoßen ist, werde ich dich nicht mehr aus den Augen lassen.«

Freunde? Waren sie und Zane wirklich Freunde? Ja, damals in der High School hätte sie das so nennen können, obwohl sie hauptsächlich in ihn vernarrt gewesen war. Doch seitdem hatte sie ihn nur ein halbes Dutzend Mal gesehen und besonders viel miteinander geredet hatten sie auch nicht. Wirklich, er war der Bruder ihrer besten Freundin und einfach nur irgendein Kerl, in den sie in den frühen Jahren auf der High School verknallt gewesen war. Er hatte keinen Grund, so an ihr zu kleben. Nichtsdestoweniger schien es ihm offensichtlich wichtig zu sein, was aus ihr wurde.

»Ich bin froh, dass du hier bist«, gestand Ellie ein. »Ich fühle mich ein wenig verloren.« In Wahrheit fühlte sie sich *vollkommen* verloren, wollte es aber nicht zugeben. Seitdem sie körperlich so schwach war, schienen ihr die Hindernisse, die auf sie zukamen, unüberwindlich. Psychisch sah sie sich beinahe nicht in der Lage, angesichts ihrer Zukunft nicht in Panik zu geraten.

»Eines Tages wirst du dich mit dem auseinandersetzen müssen, was dir widerfahren ist. Aber dieser Tag ist *nicht* heute. Du musst dich ausruhen und gesund werden. Ich werde hier sein und nirgendwohin gehen«, erklärte Zane ihr stur.

Ellie schauderte; sie fürchtete sich vor dem Tag, an dem sie sich mit ihrer Gefangenschaft würde auseinandersetzen müssen, den Erinnerungen daran, nie zu wissen, ob James, wenn er das nächste Mal auftauchen würde, ihr Nahrungsmittel bringen... oder sie einfach töten würde.

Ihre Augenlider fühlten sich an, als ob schwere Gewichte auf ihnen lasteten, und schließlich gab sie den Kampf auf, wach zu bleiben, und schloss die Augen. »Eines Tages«, flüsterte sie und fragte sich, ob sie jemals stark genug sein würde, um tatsächlich über ihre Erlebnisse zu reden, wenn doch das Vergessen so viel einfacher schien.

»Schlaf, Ellie!«, sagte Zane mit tiefer, hypnotischer Stimme und streckte eine Hand nach ihrer aus. Dann drückte er diese fest.

Ellies Instinkt wehrte sich zuerst gegen seine Berührung, da jeglicher menschlicher Kontakt nur zu Schmerzen geführt hatte. Doch nach und nach entspannte sie sich unter der Freundlichkeit seiner beruhigenden Geste. Sie versuchte, seine Finger zu drücken, doch es kostete sie zu viel Anstrengung. Beruhigt durch Zanes Nähe schlief sie schließlich ein.

Während der nächsten paar Tage verbrachte Ellie viel Zeit mit Schlafen. Ihre Mutter war zu Besuch gekommen und es hatte ein freudiges, aber kurzes Wiedersehen gegeben, da ihre Mutter daheim in Montana ihrem Ehemann geschäftlich zur Seite stehen musste. Weil Ellie wusste, dass ihre Mutter bereits mehr als ihren fairen Anteil an Armut erhalten hatte, wollte sie diese auf keinen Fall in finanzielle Schwierigkeiten bringen. Lebte sie doch immer noch von der Hand in den Mund ohne je zu wissen, wie viel der nächste Monat ihr einbringen würde. So war Ellie froh, dass ihre Mutter ein warmes Zuhause, genügend Essen auf dem Tisch und einen sie liebenden Ehemann besaß. Ihre Mutter war endlich glücklich und Ellie wollte nicht der Auslöser dafür sein, dass ihr diese Zufriedenheit wieder genommen würde.

Aileen, das weibliche Oberhaupt der Colters, gehörte ebenso zu den ständigen Besuchern wie Tate und Lara Colter, Chloes jüngster Bruder und seine Frau.

Chloes Schwägerin war gerade damit beschäftigt, für Ellie Beratungsgespräche mit derselben Psychologin zu vereinbaren, die sie auch Chloe vermittelt hatte, einer gewissen Dr. Natalie Townson. Offenbar war sie eine der besten Psychologinnen der Welt für Frauen, die unter häuslichem Missbrauch litten.

Ellie war sich nicht sicher, ob die Bezeichnung *häuslich* auf ihr Erlebnis zutraf, doch zumindest war es definitiv traumatisch und gewalttätig gewesen. Selbst jetzt noch konnte sie James teuflisches Gesicht vor sich sehen und auch seine barschen, brutalen Worte drängten sich immer noch in ihren Kopf. Desgleichen erinnerte sie sich noch gut an seine heftigen Schläge. Es fiel ihr schwer, die Augen zu schließen, ohne dass er vor ihr stand, und nichts war ihrem Gedächtnis entfallen. Schrittweise holte die Zeit als Gefangene sie wieder ein. In manchen Augenblicken waren die Bilder so lebhaft, so real, dass es ihr schwerfiel, sich davon zu überzeugen, dass sie in Sicherheit war.

Manchmal wünschte sie sich, die Erinnerungen würden im Verborgenen bleiben oder nur verschwommen in ihrem Kopf herumgeistern, doch ob es ihr nun gefiel oder nicht, sie *erinnerte* sich an alles. Seit Kurzem litt sie unter so intensiven Albträumen, dass sie entsetzt und keuchend aufwachte. Glücklicherweise gab sie während ihrer schlechten Träume nicht viele Geräusche von sich, denn Zane wachte niemals auf, obwohl er jede Nacht in dem anderen Bett in ihrem Zimmer schlief.

In manchen Nächten hätte sie gern die Hand nach ihm ausgestreckt, doch das hatte sie sich untersagt. Immer schon hatte sie auf sich selbst achtgegeben. Vielleicht war das Geld knapp, doch sie hatte es sowohl emotional als auch körperlich geschafft. Es war wichtig, dass sie wieder zu dem wurde, was sie vorher gewesen war: einer selbstständigen Frau, die allein ganz gut zurechtkam. Das bedeutete, sie musste lernen, allein mit ihren Problemen fertigzuwerden, auch mit den Albträumen.

Während der geschäftigen Tage im Krankenhaus, zwischen den verschiedensten Besuchern und Behandlungen, aß Ellie so viel, wie man es von einer Frau erwarten konnte, die monatelang gehungert hatte. Sie hatte sehr langsam zu essen begonnen, bis sie schließlich feste Nahrung zu sich nehmen konnte, und litt ständig unter Hunger. Leider ließ das Krankenhausessen zu wünschen übrig, doch sie verschlang alles bis zum letzten Bissen, weil sie immer noch von den Erinnerungen an Hunger und Durst geplagt wurde.

Zanes ständige Präsenz war das Einzige, was ihr Sicherheit vermittelte. Er war immer um sie herum, immer zugegen. Er schlief in dem Bett neben ihr und seine beschützende Gesellschaft vertrieb die Furcht, die sie verspürte, wenn sie unvermittelt voller Entsetzen aufwachte. Ihn nur in dem Bett neben ihr zu sehen reichte aus, um sie zu beruhigen

Ich darf mich nicht an ihn hängen. Ich darf mich nicht daran gewöhnen, ihn ständig um mich zu haben.

Sie seufzte und klappte ihren Kindle zu, ein Geschenk von Zane, damit sie keinen Krankenhauskoller bekam, und legte ihn neben dem Bett ab. Der heutige Tag war ruhig verlaufen. Ihre Mutter war nach Montana zurückgekehrt und bis jetzt hatte niemand anderes sie besucht. Selbst Zane war seltsamerweise abwesend.

Ich kann nicht erwarten, dass er hier herumsitzt und für immer den Babysitter für mich spielt. Er ist ein wichtiger Mann und hat ein großes Unternehmen zu führen.

Gerade als ihr der Gedanke durch den Kopf ging, kam Zane zur Tür herein und schloss sie hinter sich.

»Was ist das?« Sie wies mit dem Kopf auf die riesige Tasche auf seinem Arm.

»Schmuggelware«, erwiderte er mit einem seltenen Grinsen. »Wir wissen beide, dass die Krankenhausverpflegung nicht die allerbeste ist.«

Sie hielt den Atem an, als sie den schelmischen Ausdruck über sein unwiderstehlich gutaussehendes Gesicht huschen sah. Wenn Zane lächelte, war es beinahe ansteckend. Zumindest für sie. Er war immer so ernst, dass seine jetzige belustigte Miene ihr Herz jagen ließ und Wärme ihren Körper durchflutete.

Ellie sah zu, wie er mehrere Schachteln mit chinesischem Essen auspackte, außerdem noch einiges an Junkfood und schließlich noch eine Tüte mit ihrer Lieblingsschokoladenspezialität. Dann zauberte er Papierteller aus der Tasche hervor, belud einen mit den Köstlichkeiten und stellte ihn zusammen mit Plastikbesteck vor Ellie hin. »Iss!«, forderte er sie auf, während er die Süßigkeiten neben ihren Teller legte. Er zog noch ein Sodawasser hervor und öffnete es für sie.

Der Geruch der orientalischen Küche ließ Ellie das Wasser im Munde zusammenlaufen. Sie aß tatsächlich am liebsten chinesisch. »Woher wusstest du das?« Er hatte ihre Lieblingsgerichte bestellt.

Er zögerte, bevor er antwortete: »Du und Chloe seid oft chinesisch essen gegangen. Ich habe angenommen, dass du es gern magst.«

»Und die Süßigkeiten?« Auch mit diesen hatte er genau ihren bevorzugten Geschmack getroffen. Allerdings gönnte sie sich diese Köstlichkeit nicht oft, weil sie sehr teuer war.

Er zuckte mit den Schultern. »Das ist Schokolade, richtig? Du magst Schokolade. Oder zumindest hast du sie gemocht, als wir noch jünger waren.«

Ellie war überzeugt, dass ihn sein wissenschaftlicher Verstand zu diesen sehr wohlüberlegten Vermutungen geführt hatte.

»Damit hast du auch meine Lieblingsschokolade getroffen. Danke schön.« Unfähig, noch länger auf ihre erste anständige Mahlzeit seit Monaten zu warten, nahm Ellie die Gabel zur Hand und bereitete sich darauf vor, sie in ihr Essen zu tauchen. »Zumindest muss ich mich nicht schuldig fühlen, eine Tonne Kohlenhydrate und Schokolade zu mir zu nehmen.«

Zane runzelte die Stirn. »Warum solltest du Gewissensbisse haben?«

Sie verdrehte die Augen. »Ich war immer ziemlich dick, Zane. Wenn ich so weiteresse, werde ich bald genau so viel wie vorher wiegen.«

»Gut. Du warst niemals dick. Iss!«, verlangte er.

Sie *war* übergewichtig gewesen, doch im Augenblick war sie das nicht und musste tatsächlich ein paar Kilos zulegen. Das war eine ganz neue Erfahrung für sie, da sie seit ihrer Kindheit pummelig gewesen war. Ohne Schuldgefühle essen zu können, war der einzige Lichtblick in diesem ansonsten so albtraumhaften Erlebnis.

Während sie die Speisen in ihren Mund schaufelte, spürte sie, dass Zane sie beobachtete, doch als sie zu ihm blickte, sah er weg und begann, einen Teller für sich selbst zu füllen.

Zwischen zwei Bissen erklärte sie:»Mein Gott, dies ist entweder wirklich gute Küche oder ich bin so hungrig, dass mir alles gut schmeckt, was genießbarer ist als das Krankenhausessen.«

»Es schmeckt gut«, bestätigte Zane, setzte sich auf einen Stuhl neben ihrem Bett und begann zu essen.»Es ist das beste asiatische Restaurant in der Gegend. Ich habe jedes einzelne ausprobiert. Auch ich habe ein Faible für die chinesische Küche.«

Verstohlen beobachtete Ellie ihn, während sie aß. Ihr Herz schlug Purzelbäume, wie immer, wenn sie Zane sah. Nun, da er zu ihrem Retter geworden war, wurde ihre jugendliche Verliebtheit wieder entflammt.

Es ist Heldenverehrung. So muss es sein. Zane hat mir das Leben gerettet. Ich bin überhaupt nicht wirklich verliebt in ihn.

Sonderbarerweise musste Ellie jedoch feststellen, dass sie nicht vollkommen davon überzeugt war, dass ihr Verlangen, ihn zusammen mit ihrer Mahlzeit zu verschlingen, nicht allein der Tatsache entsprang, dass er sie gerettet hatte.

Etwas an Zane Colter hatte sie immer angezogen wie ein riesiger Magnet. Sie hatte niemals herausgefunden, ob das daran lag, dass er so überragend klug war, oder weil er der heißeste Typ war, den sie jemals gesehen hatte. Sein dunkles Haar war ein bisschen zu lang und gelegentlich fiel ihm eine dieser schwarzen Strähnen in die Stirn, was ihn zugänglicher wirken ließ. Er besaß die typischen grauen Colter-Augen, die abhängig von seiner Stimmung ständig im Ton changierten.

Sie konnte sagen, dass Zane nett war, doch andere Leute bemerkten das nicht. *Sie* wusste es, weil sie mit ihm vertraut war. Er war oft zerstreut oder still, aber nicht, weil er ein Trottel war, sondern weil er einfach nichts zu sagen hatte.

Ellie war sich ziemlich sicher, dass ihm sein Image oder seine Kleidung vollkommen egal waren. Meist hatte sie ihn in Jeans und Flanellhemden gesehen. Im Sommer trug er T-Shirts. Und seine großen Füße steckten normalerweise in Wanderstiefeln. Seine Haare schienen immer unordentlich und noch nicht einmal richtig geschnitten zu sein. *Nein,* er war definitiv nicht der Typ Mann, der eine Menge Zeit in den *Versuch* investierte, trendig auszusehen. So war er nie gewesen. Vielleicht hatte sie ihn deshalb immer schon gemocht. Er war von Natur aus heißer als die Hölle, verhielt sich aber niemals so, als ob er das wüsste.

Damals in der High School war er ein ebensolcher Außenseiter gewesen wie sie. Während die Leute ihn für schüchtern hielten, hatte sie ihn nie auf diese Art gesehen. Zane war lediglich zu klug, um sich bei einer Unterhaltung wohlzufühlen, die er für unwichtig hielt. Er war zu sehr mit dem Versuch beschäftigt gewesen, jedes wissenschaftliche Geheimnis auf dem Planeten zu erforschen. Die meisten anderen Jungs auf der High School waren nur daran interessiert gewesen, mit jemandem ins Bett zu steigen.

»Ich bin satt«, stöhnte sie und schob ihren Teller von sich weg.

Er sah von seinem Teller auf. »Du hast kaum etwas gegessen.«

»Mein Magen ist kleiner geworden«, erinnerte sie ihn.

»Du bist zu mager«, antwortete er barsch.

Ellie lachte. »Das Problem hatte ich noch niemals zuvor.« Sie war immer noch dünn, doch nun, da sie mit Nährstoffen und Wasser vollgepumpt worden war, würde sie wahrscheinlich nicht lange brauchen, um zuzunehmen. Das war ihr noch nie schwergefallen.

Sie lächelte ihn an. Ihr gefiel es, dass er nie ein Blatt vor den Mund nahm und sagte, was auch immer er dachte. Seine Worte waren selten zensiert und es schien nicht so, als ob es ihn scherte, ob sie besonders taktvoll waren.

»In ein paar Tagen werden sie dich entlassen. Ich dachte, wir könnten in meinem Haus in Denver wohnen, doch dort veranstalten sie einen regelrechten Medienzirkus. Ich glaube, in Rocky Springs bist du sicherer aufgehoben. Mein Haus dort ist abgesichert und falls sie einen Fuß auf das Eigentum der Colters setzen, werden sie festgenommen. Wir können von dem Hubschrauberlandeplatz auf dem Dach des Krankenhauses starten.«

»Zane, ich kann nicht mit zu dir nach Hause gehen. Ich werde für eine Weile bei Aileen bleiben, falls es nötig ist, und versuchen herauszufinden, wie es weitergehen soll. Du hast schon genug Zeit damit verloren, mich zu suchen und dich um mich zu kümmern. Ich muss mein Leben ziemlich schnell wieder in geordnete Bahnen bringen.«

»Du wirst bei mir bleiben, selbst, wenn ich dich über die Schulter werfen und zu meinem Haus tragen müsste. Das Haus meiner Mutter ist nicht sicher. Verdammt, sie besitzt noch nicht einmal eine Alarmanlage. Mein Besitz ist eingezäunt. Ich habe mir ein kleines Labor eingerichtet, das geschützt werden muss.« Er nahm ihren Teller und leerte ihn, nachdem er seinen eigenen leeren Teller in den Abfalleimer geworfen hatte.

»Meine Wohnung –«

»Ist vermietet worden. All deine Sachen wurden zu meinem Haus gebracht und die Möbel wurden eingelagert.«

Ellie sank das Herz. »Ich hätte nicht gedacht, dass meine Vermieterin mich hinauswerfen würde.«

In einem freundlicheren Tonfall antwortete Zane: »Niemand hat mehr daran geglaubt, dass du noch am Leben bist, Ellie. Du wurdest sieben Monate lang vermisst. Man kann es nicht gerade ›hinauswerfen‹ nennen.«

Du hast an mich geglaubt, sonst hättest du nicht weitergesucht. Ellie wunderte sich immer noch darüber, dass Zane die Suche nicht aufgegeben hatte, obwohl selbst die Polizei die Hoffnung aufgegeben hatte, sie lebend zu finden.

Sie seufzte und begann, nervös an der weißen Decke zu zupfen. »Ich nehme an, das Leben ist auch ohne mich weitergegangen.«

»Nicht für jeden. Und niemals für mich«, erklärte Zane mit rasselnder Stimme, während er ihren jetzt leeren Teller entsorgte und die Tüte mit den Süßigkeiten öffnete.

»Warum habt ihr beide, du und Chloe, nicht aufgegeben? Warum habt ihr nicht einfach angenommen, ich sei tot oder weggegangen?«

Ellie wusste, Zane besaß einen analytischen und rationalen Verstand. Er war Wissenschaftler. Nachdem sieben Monate ins Land gezogen waren, musste ihm doch die Wahrscheinlichkeit, sie noch lebend finden zu können, sehr gering erschienen sein. Ein so rationaler Kopf wie Zane musste sich doch gesagt haben, eine weitere Suche sei sinnlos.

Er blickte sie durchdringend an, seine Augen waren rauchig und dunkel. Dann nahm er eines der vom Papier befreiten Schokoladenbonbons und hielt es ihr vor den Mund.

Es war eine seltsame Empfindung, dass ein Mann sie fütterte, doch sie öffnete die Lippen und sog die Schokoladenkugel ein. Süße explodierte in ihrem Mund und sie musste ein entzücktes Stöhnen unterdrücken.

Schließlich antwortete Zane: »Weil ich es nicht glauben wollte, Ell. Bevor ich nicht einen positiven Beweis für dein willentliches Verschwinden gehabt hätte, hätte ich nicht aufgehört zu suchen. So einfach ist das.«

Der Gebrauch ihres abgekürzten Vornamens überraschte Ellie. Niemand außer ihm hatte sie je so genannt und auch das war seit ihrer Kindheit nicht mehr geschehen. Sie hatte es immer irgendwie gemocht, als sie jung gewesen waren. Ellie blickte zu ihm auf und war fasziniert über seinen wilden Gesichtsausdruck. Zane war Wissenschaftler. Natürlich hatte er ihrer Familie und Chloe zuliebe ihre Leiche finden wollen, doch sie spürte, dass seine Beweggründe irgendwie… anderer Natur gewesen waren. Wie eine persönliche Mission, die er nicht hatte abbrechen wollen. »Aber es war doch so hoffnungslos.«

»Schwachsinn. Ich hatte die Hoffnung nie aufgegeben, Ellie. Ich kenne dich gut genug, um zu wissen, dass du eine Kämpfernatur besitzt, und Chloe weiß das ebenfalls. Keiner von uns beiden hat je an die schwachsinnige Annahme geglaubt, dass du einfach mit deinem Auto losgefahren und niemals zurückgekehrt bist. Das ergab keinen Sinn. Wir beide haben die Theorie sogleich verworfen, als die Polizei sie aufgestellt hat.«

Gott sei gedankt dafür! Wenn er nicht so hartnäckig gewesen wäre, wäre sie jetzt tot.

»Ich danke dir«, flüsterte sie. »Ich bin dir dankbar, dass du niemals aufgegeben hast, mich zu finden.« Wenn er das getan hätte, hätte sie es nicht mehr lange allein durchgehalten. Ihre Ärzte hatten ihr offen gesagt, dass sie wahrscheinlich keinen einzigen weiteren Tag mehr ohne Wasser, Nahrung und Wärme überlebt hätte.

»Ich hätte niemals aufgegeben«, knurrte er.

Er fütterte sie mit einem weiteren Stückchen Schokolade, sodass sie einer Antwort enthoben wurde. Irgendwann würden sie über seinen Plan, sie mit zu sich nach Hause zu nehmen, reden müssen. Bis dahin würde sie beides genießen: die zärtliche Behandlung und den Mann, der sie ihr schenkte.

Sein Verlangen, ihr zu helfen, und seine schroffe Zärtlichkeit offenbarten eine Seite an Zane, die sie nie zuvor kennengelernt hatte. Gewiss, sie hatte ihn wenig gesehen, seit er aufs College gegangen war, und dann hatte er sich zu einem Musterexemplar eines erwachsenen Mannes entwickelt. Sie hatte nur nicht genügend Zeit mit ihm verbracht, um zu erkennen, zu was für einem besonderen Menschen er herangereift war.

Wie auch immer, er hatte genug für sie getan und mit der Zeit würde er einsehen, dass es Sinn machte, wenn sie bis zu ihrer vollständigen Genesung bei Aileen blieb. Die Presse würde eine andere Geschichte aufstöbern und nach einer Weile aufhören, sie zu verfolgen.

Sie wusste, dass sie sich aus der Abhängigkeit von Zane lösen musste. Er war ihr Retter und das war genug. Irgendwie würde sie sich selbst wieder auf die Reihe bringen und sich von den Schäden an Körper, Geist und Seele erholen.

Als er ihr ein weiteres Bonbon anbot, schüttelte sie den Kopf. Sie musste lernen, Versuchungen zu widerstehen. Irgendwie wusste sie, dass in naher Zukunft das Ablehnen von Schokolade nicht die schwerste Prüfung für sie sein würde, doch es war definitiv ein Anfang.

Kapitel 3

Zwei Tage später hatte Ellie Zane immer noch nicht zur Vernunft bringen können. Sie konnte nicht mehr mit Sicherheit sagen, wann er so stur und herrisch geworden war. Er konnte wirklich unbarmherzig und kompromisslos sein, wenn er etwas wahrhaft wollte oder es für die beste Lösung hielt.

Sie wusste, dass sie sich jetzt von ihm lösen musste, oder es würde damit enden, dass sie ihn immer brauchen würde, wenn sie sich fürchtete.

»Ich werde nicht mit zu dir nach Hause gehen«, erklärte Ellie dickköpfig, während sie im Rollstuhl von einer Krankenschwester zum Fahrstuhl geschoben wurde, nachdem sie entlassen worden war.

»Ich glaube, du hast keine Wahl. Ich biete dir die einzige Möglichkeit, hier rauszukommen. Das Krankenhaus wird rundum von Medienvertretern belagert. Ich denke, dann wirst du hierbleiben müssen«, hielt Zane ihr die Tatsachen vor Augen, während er neben ihrem Rollstuhl herging.

Ellie kreuzte die Arme vor der Brust und blickte zu ihm auf. »Du hast das alles so eingefädelt. Aileen geht nicht ans Telefon und Tate und Lara habe ich seit zwei Tagen nicht gesehen.«

Zane zuckte ein bisschen zu unschuldig mit den Schultern. »Vielleicht sind sie zu beschäftigt.«

Ellie mochte Zane, doch jetzt war er unvernünftig und außerdem irgendwie manipulativ. »Ich mochte dich eigentlich«, murmelte sie vor sich hin.

»Hast du etwas gesagt?«, fragte er höflich.

»Nein. Sieh mal, du weißt, dass ich nach Rocky Springs zurück will. Und du wirst wahrscheinlich *hier* in deinem Labor gebraucht. Für mich macht es keinen Sinn, allein bei dir zu Hause zu bleiben. Ich besitze noch nicht einmal mehr ein Auto und ich muss in der Lage sein, mich fortzubewegen. Ich muss mich nach einem Job umsehen und alles regeln, was sich inzwischen angehäuft hat. Das ist doch alles vollkommen unvernünftig. Du hast genug für mich getan, Zane.«

»Bis es dir wieder besser geht, werde ich für dich da sein, Ellie«, krächzte Zane, als sie über eine Außenrampe auf das Dach gelangten. Er hob sie aus dem Rollstuhl und nickte der Krankenschwester zu, die sich vollkommen still verhalten hatte und genauso schweigend verschwand.

Ellie war verwirrt, als Zane sie in einen eleganten Hubschrauber setzte, die Tasche mit ihren wenigen Habseligkeiten auf den Rücksitz warf und dann auf den Pilotensitz kletterte.

»Wir fliegen wirklich nach Hause?«, kreischte sie, immer noch verblüfft, während er sich bereits einen Kopfhörer mit angeschlossenem Mikrofon aufsetzte und auch ihr vorsichtig einen über den Kopf streifte.

»Es wäre eine lange Fahrt mit dem Auto. Ich werde dich doch nicht durch den Medienmob Spießrutenlaufen und dich dann so lange in einem Fahrzeug sitzen lassen.« Methodisch legte er ihr die Gurte an und sicherte sich dann selbst. »Ich hatte dir doch gesagt, dass wir fliegen würden.«

Sie zuckte zusammen, als sie seine raue Stimme durch den Kopfhörer wahrnahm. Zane *hatte* ihr in der Tat mitgeteilt, dass sie mit einem Hubschrauber vom Dach starten würden, doch das wirkliche Szenario hatte sie sich niemals vorstellen können. Da Ellie bereits so lange mit Chloe befreundet war, vergaß sie leicht, wie unglaublich wohlhabend die Colter-Familie in Wirklichkeit war. Trotz ihres Reichtums standen die meisten Mitglieder der Familie mit beiden Füßen auf der Erde. Gewiss, sie verfügten über einen enormen Besitz, doch nicht einer von ihnen trat wie ein wohlhabender Snob auf. Chloe war die netteste Frau, die Ellie jemals kennengelernt hatte, und sie verabscheute es, das Leben der Superreichen zu teilen. Ihre Freundin verbrachte ihre Zeit lieber mit Pferden als auf einer Party mit anderen vermögenden Leuten.

Als er den Motor startete, erkundigte sie sich neugierig: »Kannst du dieses Ding wirklich fliegen?« *Hatten nicht die meisten reichen Kerle einen eigenen Piloten?*

Er zuckte mit den Schultern. »Natürlich. Das macht es mir leichter, mich zu bewegen. Für meinen Jet habe ich einen Piloten, doch meinen Hubschrauber und meine kleineren Flugzeuge fliege ich selbst. Ich bin vielleicht nicht so ein teuflisch guter Pilot wie Tate, aber ich verfüge über genügend Kompetenz.« Er begann mit den Sicherheitskontrollen und kommunizierte dann mit einer Art von Flugkontrollzentrum, wie sie annahm.

Ellie hegte keine Zweifel, dass Zane bei allem, was er tat, äußerst fähig war. Als sie schließlich abhoben, fühlte sich ihr Magen an, als ob er bis auf ihre Füße hinuntergesunken wäre. »Oh Gott! Ich bin noch niemals geflogen.« Sie legte sich eine Hand auf den Bauch.

»Wird es dir auch gutgehen?« Seine Stimme klang besorgt.

Als sie sich schließlich in der Luft befanden, begann Ellies Angst zu schwinden, und interessiert betrachtete sie die Szenerie unter ihnen, nachdem sie die Innenstadt von Denver überflogen hatten. »Ja. Ich meine, mir wird nicht schlecht werden oder so. Es ist nur so… anders.«

»Halte durch! Mit dem Hubschrauber dauert es nicht so lange.«

»Lass dir Zeit!«, erwiderte sie atemlos, überwältigt von dem Erlebnis, Colorado aus dieser Höhe zu sehen. »Es ist irgendwie faszinierend.«

»Und du bist wirklich noch niemals geflogen? Noch nicht einmal in einem kommerziellen Flugzeug?«

»Nein. Ich habe Colorado noch niemals verlassen.« Ehrlich, sie hatte sich noch niemals weit von ihrer Heimatstadt entfernt. »Als es wirklich schlimm wurde und ich mir sicher war, sterben zu müssen, war eines der Dinge, die ich am meisten bedauert habe, die Tatsache, dass ich die Welt außerhalb von Rocky Springs nie kennengelernt habe.«

»Was hast du noch bedauert?«, erkundigte er sich heiser.

Dass ich dich niemals geküsst habe!

Ellie würde ihm nicht alle ihre Offenbarungen verraten, die sie erfahren hatte, als sie gedacht hatte, ihre Zeit auf Erden sei abgelaufen. »Vieles. Es ist merkwürdig, woran man denkt, wenn man plötzlich erkennt, wie wenig man in seinem Leben gemacht hat, und sich ziemlich sicher ist, dass man sterben wird.«

»Woran hast du gedacht?«, hakte er nach.

Ellie seufzte. »Ich hatte gerade ein kleines Nebengeschäft angefangen, als James mich entführt hat. Es brachte noch nicht viel ein, doch es wuchs langsam. Es tat mir leid, dass ich nicht früher damit angefangen hatte, um zu sehen, ob den Leuten meine Produkte gefielen.« Sie hielt inne, bevor sie hinzufügte: »Und ich war weder jemals wirklich verliebt noch war jemals ein Mann so verrückt nach mir, dass er mich romantisch umworben hätte.« Sie hatte niemals Blumen geschenkt bekommen oder war auch nur zu einem Abendessen eingeladen worden. »Und ich bin niemals so leidenschaftlich geküsst worden, dass ich den Rest der Welt vergessen und danach atemlos gewesen wäre«, gab sie widerstrebend zu.

»Aber du bist doch ausgegangen?«, erkundigte sich Zane.

»Manchmal«, räumte sie ein. »Aber die Dates sind immer recht gewöhnlich verlaufen. Ich war übergewichtig, daher war ich nicht gerade so attraktiv, dass sich viele nach mir umgedreht hätten. Und die Jungs, die mich ausführen wollten, fühlten sich ziemlich schnell gelangweilt. Ich habe nicht gerade ein aufregendes Leben geführt und eigentlich war ich mehr daran interessiert, mein neues Geschäft aufzubauen als auszugehen.«

»Du warst immer sehr hübsch, Ell. Welche Art von Geschäft?«

Wieder hatte er ihren intimen Spitznamen benutzt und sein beiläufiger Kommentar über ihr Aussehen überraschte sie.

»Lediglich ein bescheidener Online–Handel. Ich stelle Kerzen, ätherische Öle, Lotionen und Seifen her. Ich versuche mich ein bisschen in eigenen Parfums, doch hauptsächlich beschäftige ich mich mit Aromatherapie.« Sie sah aus dem Fenster und bemerkte, dass sie nun über spärlicher besiedelte Gebiete hinwegflogen und die Aussicht auf die schneebedeckten Spitzen der vorderen Rocky Mountains beeindruckte sie. Obwohl sie die Berge ihr Leben lang vor Augen gehabt hatte, sahen sie aus der Luft doch ganz anders aus.

»Du glaubst an die Heilkraft von Düften?«

Ellie hätte nicht sagen können, ob Zane sie auslachte oder einfach nur neugierig war. »Bis zu einem gewissen Punkt, ja«, antwortete sie aufrichtig. »Ich glaube zwar nicht, dass man damit Krankheiten heilen kann, doch ich bin davon überzeugt, dass gewisse Düfte den Gemütszustand beeinflussen und ein Wohlgefühl hervorrufen können. Ich interessiere mich bereits seit Jahren für dieses Gebiet und all mein Wissen beziehe ich aus dem Selbststudium. Ich liebe es, diese Produkte herzustellen. Mir gefällt es, dafür zu sorgen, dass sich die Menschen… glücklicher fühlen.«

»Und das hast du alles in deiner kleinen Wohnung bewerkstelligt?« Sobald sie die Täler zwischen den Bergspitzen erreicht hatten, begann Zane, den Hubschrauber sinken zu lassen.

»Ja. Es war nicht einfach. Ich bin mir fast sicher, dass all meine Waren und Utensilien verloren gegangen sind.«

»Sie werden bei mir zu Hause sein«, versicherte er. »Nichts wurde weggeworfen.«

»Gewiss bin ich von einigen Kunden mit E-Mails überhäuft worden, denn ich habe einige Bestellungen nicht ausliefern können, da ich doch…«, sie schluckte heftig, »nicht verfügbar war.«

Zane manövrierte das Fluggefährt professionell auf die kleine Landebahn und setzte es sanft auf dem Boden ab.

»Alles wird gut werden«, sagte er zuversichtlich. »Gib dir Zeit, Ellie!«

Sie nahm den Kopfhörer ab und wunderte sich, dass Zane immer zu wissen schien, woran sie gerade dachte. Ihre Unsicherheit musste offen erkennbar sein, denn sie fühlte sich immer noch vollkommen verloren. Und aus irgendeinem seltsamen Grund schien Zane das zu spüren.

Jemand musste seinen Wagen auf das Flugfeld gebracht haben, denn er trug sie direkt von dem Helikoptersitz in einen schwarzen Geländewagen.

Reflexartig schrak sie kurz zusammen, als er sie in seine starken Arme zog, eine unwillkürliche Reaktion auf Berührungen, die sie sich noch nicht hatte abgewöhnen können. Ihr Herz machte einen Sprung, als sie sich entspannte und ihm ihre Arme um den Nacken legte. Ihr Gesicht war ihm so nahe, dass sie seinen männlichen Geruch in sich aufsaugen konnte. »Du weißt doch, dass ich fähig bin zu laufen«, erklärte sie ihm nervös. Sein kräftiger Körper, der sie in seinen Armen barg, fühlte sich viel zu gut, viel zu sicher an.

Er blickte finster auf sie hinab. »In diesen dünnen Schuhen? Das werde ich nicht zulassen.«

Ihre Schuhe waren tatsächlich kaum mehr als Sandalen zu nennen, aber auf der Landebahn lag kein Schnee.

Sie sagte nichts mehr, als er sie auf den Beifahrersitz seines Geländewagens setzte. Währenddessen kam ein Mann aus dem Hangar und kümmerte sich um den Hubschrauber. Höchstwahrscheinlich handelte es sich um einen Angestellten. Da sie niemals auch nur eine Minute auf dem Flugfeld der Colter-Familie zugebracht hatte, war sie sich nicht ganz sicher.

Der Motor von Zanes Wagen lief und im Inneren war es warm. Ellie begann zu schwitzen unter all den Kleiderschichten, auf die Zane bestanden hatte, weil es ein kalter Tag war. Sie nahm die Mütze vom Kopf und wickelte den Schal von ihrem Hals, legte sich beides auf den Schoß und öffnete dann den Reißverschluss ihrer Daunenjacke. All diese Kleidungsstücke hatte Zane mit ins Krankenhaus gebracht, als er sie abgeholt hatte.

Zane schlüpfte auf den Beifahrersitz und schloss schnell die Wagentür. »In Kürze werden wir zu Hause sein. Ist alles in Ordnung mit dir?«

»Ja«, beruhigte sie ihn. »Aber ich habe eigentlich kein Zuhause mehr.«

»Du hast meins«, grollte Zane, während er den Wagen in Bewegung setzte. »Du solltest nicht so verdammt dickköpfig sein! Für dich ist mein Haus im Moment der sicherste Ort.«

»Ich versuche ja, nicht dickköpfig oder mürrisch zu sein. Es ist nur so verwirrend zu wissen, dass ich mich tatsächlich nicht mehr in ein eigenes Zuhause zurückziehen kann. Kannst du das nicht verstehen?«

»Doch. Das ist verständlich. Aber darüber brauchst du dir im Augenblick wirklich keine Sorgen zu machen. Zuerst wirst du ganz gesund werden und dann kannst du es wieder mit der Welt aufnehmen.«

Ellie lehnte sich in ihrem Sitz zurück. Sie wusste, sie würde akzeptieren müssen, für eine gewisse Zeit Zanes Heim zu teilen. Offensichtlich stimmte seine Familie seinen Plänen zu und kooperierte, sodass er bekam, was er wollte. Obwohl es sie ärgerte, dass Zane so eigenmächtig handelte, so war sie doch immer noch dankbar, dass er sie genügend gern hatte, um ihr sein Heim anzubieten. Wie viele reiche Jungs hätten ihr wohl so viel Zeit gewidmet, wie Zane es getan hatte? *Warum* er so viel Zeit und Mühe für sie erübrigte, konnte sie immer noch nicht verstehen, doch sie konnte seine Freundlichkeit auch nicht einfach übergehen. »Ich danke dir.«

»Es verursacht mir keine besonderen Schwierigkeiten. Ich muss ohnehin bis zum Ende der Weihnachtsferien hierbleiben. Außerdem habe ich hier ein kleines Labor, in dem ich arbeiten kann.«

»Du arbeitest hier auch?«

»Ja. Es handelt sich größtenteils um private Projekte, die eine fortlaufende Untersuchung und Wiederholungstests erfordern.«

»Was zum Beispiel?«, fragte sie neugierig. »Gefällt dir deine Arbeit? Ich weiß, dass du davon besessen warst, durch die wissenschaftliche Forschung die Welt zu ändern, als wir jünger waren. Ist das immer noch so?«

Zane zuckte mit den Schultern. »Ja, sehr. Doch damals war ich ziemlich naiv, selbst noch auf dem College. Ich habe nicht erkannt, wie viel Mist mit der Forschung einhergehen kann.«

»Was?« Zane hatte sein ganzes Leben der wissenschaftlichen Forschung gewidmet. Ellie hatte ihn niemals von der Schattenseite reden hören.

»Unverantwortliche Studien. Schwachsinnige Forschungsberichte. Einige Institute geben wissenschaftliche Studien heraus, ohne auf genügend Beweise und Wiederholungstests zurückgreifen zu können. Es werden oft nicht wirklich Kontrolltestreihen durchgeführt und die Tests sind nicht umfangreich genug, um wirklich genau zu sein. So viele wissenschaftliche Studien werden schlecht durchgeführt, nur aus Sensationshascherei oder Profitgier. Ein einziger Versuch mit Mäusen oder Ratten zeigt nur eine Möglichkeit auf und bedeutet noch nicht, dass man die Ergebnisse immer auf den Menschen übertragen kann. Doch die Medien blähen diese Studien so weit auf, bis die vagen Vermutungen als bewiesene Wahrheit angesehen werden.«

»Aber Firmen wollen Gewinne erzielen, nehme ich an«, bemerkte Ellie, die es berührte, wie ernst Zane seinen Beruf nahm.

»Mein Labor ist sehr profitabel, doch es kann sowohl profitabel sein und zur gleichen Zeit auch ethische Normen erfüllen«, betonte Zane.

»Wenn ich mich also bei dir zu Hause aufhalte, wirst du dir nicht ständig wünschen, du könntest in deinem Hauptlabor sein, weil du zu Hause auch eins besitzt?«

»Selbst wenn es nicht so wäre, wäre mir zuerst daran gelegen, dich gesunden zu sehen. Niemand verdient, was dir widerfahren ist. Und du warst vollkommen unschuldig. Du warst lediglich zur falschen Zeit am falschen Ort.«

»Warum tust du das alles für mich? Ich verstehe das nicht«, fragte sie endlich. »Es ist doch nicht so, als hätten wir viel voneinander gesehen, seitdem du die High School verlassen hast. Wir sind nicht wirklich enge Freunde.«

»Weil ich es will«, antwortete er ausweichend.

❧ 44 ❧

»Warum?« Sie lehnte ihren Kopf gegen die Kopfstütze. Sie fühlte sich sowohl emotional als auch körperlich erschöpft.

»Du magst mich vielleicht nicht als *deinen* Freund ansehen, doch ich habe niemals aufgehört, *dich* als *meinen* zu betrachten. Du hast mir damals viel geholfen. Du hast mich in der High School niemals schlecht behandelt, obwohl ich ein komischer, nur an der Wissenschaft interessierter Kauz war. Du hast mich dabei unterstützt, einige meiner Forschungsprojekte auf der High School zu organisieren, und warst immer nett zu mir. Ich habe nie aufgehört, dein Freund zu sein, nur weil ich fortgegangen bin«, erklärte er heiser.

Ellies Herz schmolz dahin, als sie die Unsicherheit hinter seinen Worten wahrnahm. Als Teenager war Zane ein Einzelgänger gewesen, hauptsächlich weil er mehr Interesse an der Wissenschaft als an den Menschen gezeigt hatte. Auf der High School hatten nicht viele Schüler ihn wirklich kennengelernt. Tief in seinem Inneren war Zane ein freundlicher, schrulliger, intelligenter Jugendlicher gewesen und als er heranreifte, hatte er sich offensichtlich nicht verändert. Zugegeben, er war viel herrischer und entschlossener geworden, sich durchzusetzen. Doch das Herz des jungen Mannes, den sie gekannt hatte, hatte sich nicht wirklich verändert.

»Ich habe ebenfalls niemals aufgehört, dich als meinen Freund zu betrachten«, gab sie zu, wohl wissend, dass sie über die Jahre viel mehr an ihn gedacht hatte, als sie es hätte tun sollen. »Du warst auch immer nett zu mir, obwohl ich übergewichtig und auf der High School nicht gerade sehr beliebt gewesen war. Das hat mir viel bedeutet.«

Tatsächlich hatten alle Brüder Chloes Ellie freundlich behandelt. Doch da Marcus und Blake älter waren, hatten sie die High School bereits abgeschlossen, als sie selbst und Chloe gerade damit begannen. Tate war zwar auch immer nett zu ihr gewesen, doch da die Mädchen sich schon immer zu ihm hingezogen gefühlt hatten, war er quasi immer von einem eigenen Harem umgeben gewesen, selbst auf der High School. Da Chloe, Tate und Zane altersmäßig so nahe beieinanderlagen, hatte sich Ellie immer schon gefragt, wie

Chloes Mutter es hatte überleben können, während mehr als zwei Jahren ständig schwanger zu sein.

Tate war zwar jünger und stand ihr und Chloe vom Alter her näher, doch mit ihm hatte sie nie mehr als eine oberflächliche Bekanntschaft verbunden. Es war Zane, der damals ihre Aufmerksamkeit erregt hatte, vielleicht weil er leichter erreichbar war und ihr mehr ähnelte. Er war fast immer allein und meinte wahrscheinlich, nicht zu den anderen Schülern zu passen. Sie waren Freunde geworden, als sie bemerkt hatte, dass es ihn frustriert hatte, mit der Organisation seiner Recherchen nicht zurechtzukommen. Sie hatte ihm angeboten, sein Material halbwegs zu ordnen, nachdem sie ihn zu den verschiedenen Schritten seiner Studien befragt hatte. Obwohl das Studienmaterial weit über ihren Verstand hinausgegangen war, hatte sie alles in eine logische Ordnung bringen können, wozu man kein Genie hatte sein müssen.

Er zuckte mit den Schultern. »Dich mochte ich, obwohl ich das nicht von vielen Menschen behaupten kann.«

Ellie lachte über seine Offenheit, eine Seite an ihm, die sie insgeheim bewunderte. Wenn er manchmal in sozialer Hinsicht ein bisschen schrullig erschien, so schrieb sie das seiner hohen Intelligenz zu. Er kommunizierte nicht auf der gleichen Ebene wie die meisten Menschen. Es war auch nicht so, als ob er das nicht könnte, sondern er tat es ganz einfach nicht, wahrscheinlich weil die meisten Menschen zu eingeschüchtert waren, um sich mit ihm zu unterhalten. Wenn sie ihn nicht so gut gekannt hätte, hätte sich Ellie gefragt, wie beängstigend es sein mochte, sich einem Mann anzunähern, der als einer der klügsten Köpfe des Landes galt. Glücklicherweise wusste sie, dass er so viel mehr darstellte als nur den Forschungsfreak, den er heraushängen ließ.

Als Ellie an all das dachte, was Chloe ihr über die Jahre über ihre Brüder anvertraut hatte, erinnerte sie sich plötzlich an etwas, das sie bis heute beschäftigt hatte. »Hast du keine Freundin, die verärgert sein wird, wenn ich bei dir bleibe? Verbringt sie die Weihnachtsferien nicht bei dir?«, erkundigte sie sich neugierig.

»Nein. An einer Frau, die mich nur wegen meines Geldes oder aufgrund des Ansehens der Colter-Familie mag, habe ich kein Interesse.«

Ihr sank das Herz bei dem Gedanken, dass die Frauen ihn wahrscheinlich *nur* deswegen bevorzugten, weil er der Milliardärsfamilie angehörte. »Nicht alle Frauen sind so, Zane. Hast du keine kennengelernt, mit der du dich auf einer anderen Ebene verbunden gefühlt hast?«

»Nein«, antwortete er schlicht.

»Aber du bist sehr wohl ausgegangen. Chloe hat mir erzählt, dass du einmal eine Freundin gehabt hast.« Ellie konnte sich noch gut daran erinnern, wie sie sich gefühlt hatte, als sie erfahren hatte, dass Zane eine ernsthafte Beziehung mit einer Frau aus Denver eingegangen war. Auch wenn sie ihn lange Zeit nicht gesehen hatte, hatte sie doch ein seltsames Gefühl des... Verlustes empfunden.

»Ja. Aber es hat nicht lange gehalten. Es wurde ihr langweilig und dann ist sie zu einem anderen gegangen. Ihr war bewusst geworden, dass ich kein glamouröses Leben voller Partys und exotischer Urlaube geführt habe. Nach einer Weile hatte sie herausgefunden, dass ich tatsächlich arbeitete. Viel. Ich gab ihr zwar alle materiellen Dinge und so viel Geld, wie sie wollte, aber nicht den Lebensstil, von dem sie geträumt hatte.«

Ellie verschränkte ärgerlich ihre Arme vor der Brust. »Dann war sie deiner nicht wert. Gut, dass du sie los bist, sage ich.« Sie zögerte, bevor sie fragte: »Hat sie dir wehgetan?«

Er schwieg einen Moment, als ob er über ihre Frage nachdenken würde. Schließlich sagte er: »Nicht wirklich. Damals habe ich herausgefunden, dass es mir ohne eine feste Beziehung besser geht. Jetzt belasse ich es beim Ficken und denke nicht mehr an ein längerfristiges Verhältnis.«

Er versuchte, lässig zu klingen, aber Ellie konnte die unterschwellige Traurigkeit aus seiner Stimme heraushören. Diese Freundin *hatte* ihn verletzt und ihn vorsichtig und argwöhnisch werden lassen. »Es tut mir leid, dass sie dir wehgetan hat«, bemerkte Ellie ruhig.

»Sie hat mir nicht wehgetan«, widersprach er heiser.

»Doch, das hat sie. Doch sie war einfach nicht die richtige Frau für dich. Ich glaube, für jeden von uns gibt es einen passenden Partner, wenn man das Glück hat, ihn zu finden«, erwiderte Ellie wehmütig.

»Warum bist du dann immer noch Single?«, knurrte er.

»Ich habe gewartet. Ich hoffe, dass eines Tages jemand wirklich *mich* sieht und nicht nur mein äußeres Erscheinungsbild.«

»Du bist verdammt hübsch. Falls jemand dich irgendwie anders sieht, ist er ein Idiot.«

»Ich bin schlicht, ich war pummelig und jetzt bin ich zu mager. Ich halte nicht viel davon, in Bars oder auf Partys zu gehen, und meist lese ich lieber ein gutes Buch oder stelle Kerzen her. Hört sich das für dich etwa attraktiv an?«, erkundigte sie sich trocken.

»Es ist nichts Falsches daran, anders zu sein, Ell«, erwiderte Zane schroff.

»Ich könnte das Gleiche zu dir sagen«, antwortete sie leichthin, doch ihr Herz lächelte angesichts seiner Worte.

Er gab keine Antwort. Gerade fuhr er vor dem Eingang seines gigantischen Anwesens vor. Die eisernen Tore waren unglaublich hoch und die Spitzen an deren oberen Ende wirkten äußerst scharfkantig. Niemand, der einen Funken Verstand besaß, würde eine der Umfassungsmauern seiner Burg übersteigen.

Sie beobachtete, wie er einen Code eingab, woraufhin sich die eisernen Tore zu öffnen begannen.

»Hältst du dich eigentlich für paranoid?«, fragte sie neugierig.

»Das muss ich sein. Schon zu viele Leute haben versucht, mir meine Forschungsergebnisse zu stehlen. Wegen der wilden Tiere kann ich zwar keine Elektrozäune installieren, dennoch ist es hier so sicher wie möglich.«

Das konnte sich Ellie gut vorstellen. Sie sah Videokameras und Bewegungsmelder, die sich einschalteten, als sie die Auffahrt hinabfuhren. »Ist es so schlimm?«

»Schlimm genug, um vorsichtig zu sein«, erwiderte er, während er seinen Wagen in eine massive Garage fuhr. »Seitdem ich hier ein Forschungslabor unterhalte, bin ich vorsichtig. Ich bin reich genug und mein Labor hat mich sogar noch reicher gemacht. Zwar geht es mir nicht ums Geld, doch mit der entsprechenden Forschung lässt sich eine Menge auf dem Gebiet der Biotechnologie verdienen.«

»Dein hiesiges Labor… es befindet sich im Haus?« Nicht, dass sie bezweifelt hätte, dass ein Labor innerhalb des riesigen Gutshauses Platz gefunden hätte, auf das sie einen kurzen Blick erhascht hatte, als sie die Zufahrt hinabgefahren waren. Aber es war schon spät und im Winter wurde es früh dunkel. Außer seiner enormen Größe hatte sie nicht viel von dem Haus erkennen können.

Er schüttelte den Kopf und stellte den Motor ab. »Nicht im Hauptwohnbereich. Es liegt unter der Erde.«

Ellie hob abwehrend eine Hand, als er auf die Beifahrerseite kam, um ihr aus dem Wagen zu helfen. »Ich kann gehen. Ich will es.« Nachdem sie so lange im Bett gelegen hatte, fühlte es sich gut an, auf zu sein und sich ein bisschen zu bewegen.

Er runzelte die Stirn. »Der Doktor hat dir für ein paar Wochen jegliche körperliche Anstrengung untersagt.«

Sie blickte ihn dickköpfig an. »Ich glaube kaum, dass man Gehen als schwere körperliche Anstrengung bezeichnen kann. Es geht mir gut. Wirklich. Bitte!«

Widerstrebend nahm er ihre Tasche vom Rücksitz und öffnete die Tür. Dann wartete er, bis sie um den Geländewagen herumgegangen war. Er sog scharf die Luft ein, als sie die wenigen Stufen hinaufstieg, die von der Garage ins Haus führten.

»Mist!«

Ellie hörte den leisen, frustrierten Fluch hinter sich. »Was?«

»Ich habe vergessen, jemanden zum Reinigen herzubestellen. Im Haus herrscht vollkommene Unordnung«, antwortete er schüchtern.

Sie hielt inne und drehte sich mit Tränen in den Augen zu ihm herum. »Glaubst du, das kümmert mich? Du schenkst mir ein zeitweiliges Zuhause. Dafür bin ich dankbar.«

Es fiel ihr schwer zu glauben, dass er sich über die Tatsache grämte, dass er nicht aufgeräumt hatte, weil sie hier wohnen würde.

»Das kümmert mich sehr wohl. Du verdienst etwas Besseres, nach dem Drecksloch, das du gezwungenermaßen monatelang ertragen musstest.« Er stellte die Tasche auf dem Boden des Hausflurs ab und drängte sie mit dem Rücken gegen die Wand. »Du bist durch die Hölle und wieder zurück gegangen. Ich möchte, dass du in den Genuss der Dinge kommst, auf die du hast verzichten müssen, während du von diesem psychotischen Arschloch gefangen gehalten wurdest.«

Ellie seufzte, als er ihr so nahe war, dass sie seinen Geruch wahrnehmen konnte, und sich ihr dann noch weiter näherte, sodass sie ihn hätte berühren können. »Was tust du?« Aufgeregt blickte sie zu ihm auf, als er je eine Hand rechts und links neben sie an die Wand legte und sie vorübergehend von seiner Hitze umgeben war.

Sein Gesichtsausdruck war leidenschaftlich und seine schwelenden grauen Augen entflammten sie auf der Stelle. »Ich gebe dir etwas, das du niemals gehabt hast. Ich werde dich atemlos machen. Küss mich, Ellie!«, verlangte er, während ihm ein paar seiner dunklen Locken über die Augen fielen.

»W–warum?«, stammelte sie und wollte nichts sehnlicher, als seiner Aufforderung zu folgen. Sie wollte, dass sich sein harter Körper gegen sie und sich sein Mund auf ihren presste und sie sich wieder lebendig fühlen ließ.

Da war nicht eine einzige flüchtige Sekunde der Panik, als er sie so gefangen hielt. Er berührte sie nicht. Doch, mein Gott, sie sehnte sich verzweifelt nach seiner Berührung.

»Weil ich es gesagt habe«, erwiderte er arrogant. »Ich will dir etwas geben, das du niemals gehabt hast. Eigentlich geht es um eine ganze Menge von Erfahrungen.«

»Und du erwartest von mir, dass ich all deinen Befehlen Folge leiste?«, fragte sie, um ihn hinzuhalten, denn sie konnte nicht glauben, dass er sie so ansah, als ob er sie wirklich küssen wollte. Allein schon seine wilde Mine zu betrachten machte sie atemlos.

»Nein. Es wäre einfacher, wenn du das tun würdest, aber ich weiß, dass das niemals geschehen wird.« Die Worte waren ihm kaum über die Lippen gekommen, als er auch schon den Kopf senkte. Seine Lippen waren den ihren nun so nahe, dass sie die Hitze seines Atems auf ihrem Gesicht spüren konnte.

Die Gefühle, die auf sie einstürmten, ließen sie erschaudern. Langsam bewegten sich ihre Hände seinen Brustkorb hinauf. Sie strich ihm das widerspenstige Haar aus den Augen und schlang ihm dann die Arme um den Hals. »Du musst das nicht tun, nur weil ich diesen dummen, unerfüllten Wunsch gehegt habe, als ich dachte, sterben zu müssen«, flüsterte sie nervös.

»So ist es auch nicht. Ich tue das auch meinetwegen«, erklärte er brüsk, bevor er ihren Hinterkopf umfasste und seinen Mund auf ihren hinabsenkte.

Kapitel 4

Sein Kuss gab Ellie alles, von dem sie jemals geträumt hatte…
und so viel mehr. Wie hypnotisiert von der Hitze seines
Mundes öffnete sie sich und ließ seine Zunge ihren Mund
erkunden. Die fordernde Süße seiner Leidenschaft zwang sie beinahe
in die Knie. Wenn er nicht einen Arm um ihre Taille geschlungen
hätte, wäre sie vielleicht wie eine Idiotin ohnmächtig geworden.

Sie vergaß alles außer dem Pulsieren des Blutes, das durch ihre
Adern gepumpt wurde, und das Gefühl von Zanes begieriger
Umarmung.

Sie wünschte sich, der Kuss würde bis in alle Ewigkeit andauern,
doch er löste sich von ihr und knabberte behutsam an ihren Lippen,
bevor er ihre Münder wieder so zärtlich miteinander vereinigte, wie
Ellie es noch nie erfahren hatte.

Als er schließlich einen Schritt zurücktrat, zitterte Ellie am ganzen
Körper und war *definitiv* atemlos.

»Hat sich dein Wunsch erfüllt?«, krächzte Zane leise und sinnlich.

»J–ja«, stammelte sie und rang weiterhin um Luft, Geist und
Körper immer noch in Aufruhr.

»Hast du alles um dich herum vergessen? Bist du atemlos
geworden?«

»Vollkommen«, gab sie eilig zu. »Und was ist mit dir? Du hast gesagt, du tätest es nicht nur meinetwegen?«

Er nickte. »Ich bin zufrieden… fürs Erste.«

Zane schnappte sich ihre Tasche, nahm Ellie bei der Hand und führte sie durch die riesige Küche ins Wohnzimmer.

Keiner von beiden schien sprechen zu wollen, als ob dies die magische Verbindung zerstören könnte, die sich im Hausflur entwickelt hatte.

Für mich war es überwältigend, aber für ihn war es vielleicht nur ein Kuss.

Sie sagte sich, es sei dumm, einen einfachen Kuss zu analysieren, und bemerkte: »Dieses Haus ist enorm groß.« Die Decke wölbte sich so hoch über ihr, dass sie den Kopf in den Nacken legen musste, um sie zu betrachten.

Zane zog seine Jacke aus und streckte dann seinen Arm aus, um ihr behilflich zu sein, sich ihrer eigenen Jacke zu entledigen. »Es ist groß«, räumte er ein. »Ich werde dich herumführen.«

Ellie verschlug es die Sprache, als er ihr einige der Schlafzimmer in der unteren Etage zeigte, jedes von ihnen war so groß wie ihre alte Wohnung und besaß ein eigenes Badezimmer. Das größte Schlafzimmer hatte einen Zugang zu heißen Quellen, die jeder der Colters in seinem Haus zu haben schien. Doch als sie ein geräumiges, mit Fliesen ausgelegtes Schwimmbad betraten, hielt sie den Atem an. »Das ist unglaublich!« Sie konnte sich nicht vorstellen, das ganze Jahr über schwimmen zu können.

»Diese Tür führt in einen Fitnessraum.« Er deutete auf einen Eingang am anderen Ende der Schwimmhalle.

Als sie den Rundgang beendet hatten, der auch die obere Etage eingeschlossen hatte, wo Ellies Habseligkeiten untergebracht waren, fühlte sich Ellie erschöpft. Müde folgte sie ihm wieder nach unten in die Küche.

»Soll ich das Zimmer nehmen, in dem du meine Sachen gelagert hast?«, erkundigte sie sich unsicher.

»Verdammt, nein. Da herrscht totales Durcheinander. Wenn du dich besser fühlst, kannst du deine Sachen durchsehen. Nimm eins der Schlafzimmer hier unten! Dann musst du nicht immer die Treppe hinauf- und hinuntersteigen. Brauchst du deine Kleider?«

Ellie schüttelte langsam den Kopf. Kein einziges ihrer alten Kleidungsstücke würde ihr mehr passen. »Ich werde sie morgen aussortieren.« Sie würde retten, was zu retten war.

Sie konnte die Spannung zwischen ihnen spüren und Ellie fragte sich, ob sie ihn einfach bitten sollte, ihr ein Zimmer zuzuweisen, um direkt ins Bett zu gehen.

»Ich werde mich nicht bei dir für den Kuss entschuldigen«, sagte Zane unvermittelt und wippte auf seinen Füßen, während er die Hände in den vorderen Taschen seiner Jeans vergrub.

Ellie war verblüfft über den abrupten Themenwechsel, doch offensichtlich hatte er während der Besichtigung des Hauses ebenso viel wie sie über diesen Kuss nachgedacht. Sie hatten sich vorher beide ihrer Jacken entledigt, doch Ellie fühlte sich immer noch überhitzt, als sie Zanes sture Mine betrachtete. Sie konnte nicht anders und ließ ihren Blick an seinem muskulösen Körper hinabgleiten, als er sich schließlich mit der Hüfte gegen die Arbeitsplatte lehnte und seine Arme vor der Brust verschränkte, wobei sich der Stoff seines hübschen grünen Pullovers spannte.

»Ich habe dich nicht darum gebeten«, erwiderte sie hastig. »Und ich werde mich auch nicht dafür entschuldigen, dass ich deinen Kuss erwidert habe.« Sie schwieg einen Moment, bevor sie vorschlug: »Vielleicht sollten wir den Vorfall einfach vergessen. Seitdem du mich gefunden hast, sind wir emotional ziemlich überlastet.«

»Ich werde ihn niemals vergessen«, erklärte er mit kehliger Stimme. »Manchmal kann ich nicht aufhören, dich zu betrachten, weil ich immer noch nicht glauben kann, dass du hier bist und dass du wirklich lebst. Ich musste dich berühren, Ell.« Er schwieg einen Augenblick und Ellie blieb das Herz stehen. Er wirkte, als ob er mehr über seine Motivationen preisgeben wollte, was jedoch nicht geschah. Abrupt drehte er sich zum Kühlschrank um und wechselte das Thema. Nun klang seine Stimme wieder lässig. »Jetzt lass uns nachsehen, ob wir irgendetwas Essbares im Haus haben! Ich habe keine Ahnung, was im Kühlschrank zu finden ist.«

»Ich bin nicht sehr hungrig«, protestierte Ellie, verwirrt über Zanes Eingeständnis. Vielleicht fühlte sich für ihn alles genauso unwirklich an wie für sie. Vielleicht hatten sie nur vorübergehend irgendeine Art von Verbindung gebraucht. »Das spielt keine Rolle. Du musst etwas essen.« Er drehte sich herum und ging zurück in den Flur, um ihre Tasche zu holen, die ihre Sachen aus dem Krankenhaus enthielt. Dann ging er den Korridor entlang, an dem die Schlafzimmer lagen. Ellie folgte ihm. Er betrat eines der Zimmer, stellte ihre Tasche ab und machte sich auf den Weg, den Raum zu verlassen. »Du kannst hier wohnen«, wies er sie an und blieb an der Tür stehen. »Ich schlafe gleich am unteren Ende des Flurs.« Er deutete auf das große Schlafzimmer, an das sich die heißen Quellen anschlossen.

Das Zimmer, das er ihr zugewiesen hatte, war wunderschön und besaß eine Sitzecke und ein eigenes Bad. Doch Ellie blieb nicht genügend Zeit, um sich umzusehen, weil Zane ihre Hand ergriff und sie in die Küche zurückzog.

Sie beobachtete, wie er die Schränke und den Kühlschrank durchsuchte. Sie lächelte, weil es so verdammt liebenswert aussah, wie er alles so genau unter die Lupe nahm und wirkte, als ob er nicht genau wüsste, was die Verpackungen enthielten und was er damit anfangen sollte.

»Lass mich raten… du kannst nicht kochen?« Sie verschränkte die Arme und lehnte sich mit ihrem Hintern gegen die Arbeitsplatte.

Er drehte den Kopf herum und warf ihr einen fragenden Blick zu. »Woher weißt du das?«

»Vielleicht weil du gerade eine Menge essbarer Sachen in der Hand gehalten, aber jede einzelne ignoriert hast, nur weil sie eine gewisse Zubereitung erfordert.« Sie ging zum Kühlschrank hinüber. »Mach mal Platz!«, instruierte sie ihn und drängte ihn mit ihrer Hüfte aus dem Weg.

Sie inspizierte den Inhalt des Kühlschranks und stellte fest, dass er nicht viel enthielt. »Du hast eigentlich fast nichts Aufgetautes hier, aber ich kann uns zum Abendessen etwas zusammenstellen.« Es gab eine Menge Eier, Käse und ein paar Scheiben Schinken. Außerdem fand sie einige Kartoffeln, die genießbar aussahen.

»Ich bin nicht wählerisch«, stimmte er bereitwillig zu. »Zeig mir, wie ich es machen muss, dann werde ich die Mahlzeit zubereiten.«

»Du kannst wirklich nicht kochen?«, erkundigte sie sich neugierig. »Wovon ernährst du dich denn?«

Er zuckte mit den Schultern. »In Denver bestelle ich mir etwas oder kaufe Lebensmittel, die ich in der Mikrowelle erwärmen kann. Ich habe eine Haushälterin, die Mitleid mit mir hat und mir Mahlzeiten hinterlässt, die ich meist nur aufwärmen muss. Wenn ich hier bin, habe ich normalerweise Zutaten für Sandwiches im Haus. Ich denke, sie sind mir ausgegangen.«

Ellie nahm einen Karton Eier und einige andere Dinge aus dem Kühlschrank, bevor sie sich auf die Suche nach einer großen Bratpfanne machte. Irgendwie erschien es ihr komisch, dass ein Mann mit seinem IQ nicht wusste, wie man ein Ei brät.

Er ist Milliardär. Er hat es nicht nötig, selbst zu kochen.

Ellie konnte sich noch nicht einmal vorstellen, wie es sein musste, so viel Geld zu besitzen, dass man einfach jemanden einstellen konnte, der die alltägliche Hausarbeit erledigte. Seltsamerweise schien er hier in Rocky Springs keine Haushälterin eingestellt zu haben. Mit seiner Bemerkung, sein Haus befände sich in einem chaotischen Zustand, hatte er durchaus Recht gehabt. Das Haus konnte eine Grundreinigung vertragen. Außerdem lagen stapelweise Papiere und andere Gegenstände herum, die niemals einen festen Platz gefunden hatten.

Er beobachtete sie, während sie arbeitete und durch die Küche schwebte, als ob sie jeden Moment vornüberfallen könnte. Es war ebenso liebenswert wie irritierend.

»Es geht mir gut, Zane. Wirklich. Ich fühle mich schon besser, einfach nur, weil ich nicht mehr im Bett liegen muss und in der Lage bin, auf meinen eigenen Füßen stehen zu können.« Eine Aufgabe gefunden zu haben, die sie für ihn erledigen konnte, ließ sie sich weniger müde und nutzlos fühlen. Außerdem lenkte es sie von ihren Problemen ab.

»Ich habe nicht daran gedacht, das Haus in Ordnung bringen zu lassen oder jemanden darum zu bitten, uns ein Abendessen zu bringen«, knurrte er.

»Das ist egal«, antwortete sie ehrlich. »Ich möchte gern helfen, solange ich hier bin.«

»Du solltest dich aber ausruhen.«

»Eine einfache Mahlzeit zuzubereiten ist doch keine Schwerstarbeit«, erklärte sie scherzhaft. »Setz dich!« Sie deutete auf den Küchentisch.

Er setzte sich und dankte ihr, als sie einen hoch mit Omelett, Toast und Bratkartoffeln beladenen Teller vor ihn hinstellte. Ihm gegenüber setzte sie einen Teller mit einer kleineren Portion ab. Sie holte noch Besteck und griff in den Kühlschrank, um zwei Dosen Sodawasser herauszuholen. Dann brachte sie alles zum Tisch und setzte sich ihm gegenüber.

»Schau! Das ist nicht schwer gewesen«, erklärte sie mit einem neckenden Lächeln.

»Bei dir sieht es ganz leicht aus«, murmelte er mit tiefer Stimme.

»Als ich ein Kind war, musste meine Mutter viel arbeiten. Ich habe das Kochen recht früh gelernt«, erklärte sie. »Sie brauchte Unterstützung im Haushalt.«

Ellie aß langsam. Hauptsächlich beobachtete sie Zane, der seine Mahlzeit verschlang, als ob es die beste wäre, die er je zu sich genommen hatte. Nachdem sie so viel gegessen hatte, wie es ihr möglich war, schob sie ihren Teller quer über den Tisch. »Ich bin satt. Möchtest du das auch noch haben?«

Er warf ihr einen missbilligenden Blick zu. »Du hast nicht viel gegessen.«

»Du weißt doch, dass ich nicht so viel zu mir nehmen kann.« Ellie wusste, ihr Körper würde sich schon bald genug wieder runden. Sie hatte bereits zugenommen und wegen ihres langsamen Stoffwechsels würde es nicht lange dauern, einiges von dem Gewicht zurückzuerlangen, das sie verloren hatte. Sie war fest entschlossen, ihr Gewicht unter Kontrolle zu halten und die überflüssigen Pfunde nicht wieder zuzunehmen.

Er nahm ihren Teller, stellte ihn auf seinen eigenen und vertilgte ihre Reste.

Als er fertig war, hielt er sie davon ab, aufzustehen und ihm beim Abräumen zu helfen.

»Du hast gekocht. Ich räume das Geschirr weg. Ich weiß, wie man es in die Spülmaschine stellt«, erklärte er und bedeutete ihr, sich wieder zu setzen.

Fügsam nahm sie wieder Platz und beobachtete, wie sich sein großer Körper effizient durch die Küche bewegte. Vielleicht konnte er nicht kochen, doch innerhalb kürzester Zeit hatte er die Spülmaschine beladen und den Spülvorgang gestartet.

Zane war groß und muskulös, doch von Natur aus geschmeidig, sein Körper ähnelte mehr dem eines Läufers als eines Gewichthebers. Sein Körper wies nicht ein Gramm überflüssiges Fett auf, was etwas enttäuschend war. Ellie wünschte sich, wenigstens eine kleine Schwachstelle an Zane zu entdecken, etwas, das ihn menschlicher erscheinen ließ. Doch sein Körper war vollkommen durchtrainiert und selbst mit den Bartstoppeln auf seinem Gesicht und dem etwas zu langen dunklen Haar sah er verdammt perfekt aus.

Ellie seufzte innerlich auf. Ihr war vollkommen bewusst, warum sie sich schon immer von ihm angezogen gefühlt hatte. Zane war perfekt, doch er war ihr ein Rätsel, ein Puzzle mit so vielen Teilen, die sie niemals alle würde zusammenfügen können. Er war nett und sündhaft gutaussehend, doch manchmal ein bisschen seltsam, was ihn jedoch liebenswert erscheinen ließ, wenn man bedachte, dass er ansonsten so verdammt heiß war.

Während sie sich umschaute, bemerkte Ellie, dass Zane sehr desorganisiert war, doch diese Schwäche konnte man ihm leicht verzeihen, wenn man in Betracht zog, dass er ein Genie war. Er konzentrierte sich hauptsächlich auf Eines: seine Arbeit.

Es gab Dinge, die sie nicht verstehen konnte… zum Beispiel warum er sie geküsst hatte. Warum er ihr half, obwohl er diese Aufgabe doch leicht seiner Mutter hätte überlassen können – oder ihrer eigenen Mutter. Ellie wusste, dass ihre Mutter bei ihr geblieben wäre, wenn sie sie wirklich gebraucht hätte, doch Zane hatte versprochen, sich an ihrer Stelle um Ellie zu kümmern, bis ihre Mutter zu einem weiteren Besuch würde zurückkehren können. In der Überzeugung, dass es ihrer Tochter gutgehen würde, war ihre Mutter nach Montana zurückgekehrt, weil sie arbeiten musste.

Zanes Beschützerinstinkt gab Ellie Sicherheit, doch er verblüffte sie auch. Sie war es nicht gewohnt, außer Chloe jemanden zu haben, der sich wirklich um sie sorgte. Sein unnachgiebiges Naturell hatte ihr das Leben gerettet und dafür war Ellie dankbar, doch sie verstand immer noch nicht, warum er nicht einfach wie alle anderen aufgegeben hatte. Sieben Monate waren eine lange Zeit.

Sie fuhr sich mit der Hand durchs Haar, was sie daran erinnerte, dass sie es ein gutes Stück abschneiden musste, damit es gesund nachwachsen konnte. Es war ziemlich beschädigt. Der Gedanke deprimierte sie, denn ihr langes blondes Haar war so ziemlich das Einzige, was ihr an ihrer Erscheinung gefiel.

»Stimmt etwas nicht? Du siehst traurig aus«, sagte er, als er sich wieder zu ihr an den Tisch setzte und einen Schluck von seinem Sodawasser trank.

»Ich muss meine Haare abschneiden lassen«, antwortete sie leise. »Es ist ziemlich kaputt und um es gesunden zu lassen, muss ich das meiste abschneiden.« Was Jahre gebraucht hatte, um gesund und lang zu wachsen, würde in wenigen Minuten verschwunden sein.

Zane sah verwirrt aus. »Dann tu das doch einfach. Es wird wieder wachsen.«

»Es ist das Einzige, was mir jemals an meinem Aussehen gefallen hat. Ich mochte meine Haare.«

Ellie wusste, es war nicht wirklich das Problem mit ihren Haaren, das sie bekümmerte. Das Ausmaß der Tortur, die sie durchlitten hatte, begann, sich bemerkbar zu machen, und der Verlust ihres Haares war nur ein Symbol für alles, was sie verloren hatte. Die Realität begann, sie einzuholen.

»Das sind doch nur Proteinfäden und tote Zellen, Ellie. Es sind nur Haare«, sagte er mit heiserer Stimme.

»Ich weiß.« Sie nickte unter Tränen. »Es ist dumm, sich über etwas so Unwichtiges Sorgen zu machen. Ich glaube, ich beginne gerade einfach nur zu realisieren, wie sehr sich alles verändern wird, um was ich mich alles kümmern muss und wie anders jetzt alles sein wird. Ich habe weder eine Arbeit noch ein Zuhause. Es ist, als ob das Leben ohne mich weitergegangen wäre, obwohl ich noch da bin. Nun sitze ich irgendwo zwischen Leben und Tod in der Falle. Ich weiß nicht, wie ich von hier aus weitermachen soll.«

Zane erhob sich, nahm sie vom Stuhl hoch, trug sie in ihr Zimmer und legte sie behutsam auf dem Bett ab. »Du brauchst Schlaf. Denk nicht so viel nach! Das überfordert dich. Mach eins nach dem anderen! Ich kann dir zwar nicht versprechen, dass du dich morgen wieder normal fühlen wirst, doch ich verspreche dir, alles in meiner Macht Stehende zu tun, damit du wieder glücklich wirst.«

»Ich fühle mich alles andere als normal«, erklärte sie außer Atem, denn sie wurde von Panik ergriffen.

Zane streifte sich die Stiefel von den Füßen, kletterte auf das große Bett und zog sie in seine Arme, bevor er antwortete: »Du wirst dich wieder normal fühlen, Ell. Ich verspreche es dir.«

Zanes Worte wirkten zwar beruhigend, doch die Erinnerungen begannen, unaufhaltsam auf sie einzustürmen. Jede einzelne war beängstigend. Trotzdem begann sie zu reden: »Manchmal hat er mich um Nahrung und Wasser betteln lassen, was auch immer er mitgebracht hatte. Ich war so hungrig und durstig, dass ich auch bereitwillig bettelte. Abhängig von seinem jeweiligen Gemütszustand war es an einigen Tagen schlimmer als an anderen. Ich wusste jedoch immer, dass er mich zusammenschlagen und als Zielscheibe für seine angestaute Wut benutzen würde, während er allen anderen ein Lächeln zeigte. Er hat sich teuflisch benommen, Zane. Wahrscheinlich ist er die psychotischste Person, der ich je begegnet bin. Ich begann, mich selbst für meine Angst zu hassen, und dafür, dass ich alles getan habe, was er wollte, um ein bisschen Nahrung und Wasser zu bekommen.«

Seine Arme schlossen sich fester um sie und er zog ihren Kopf an seine Brust. »Nicht!«, sagte er mit rauer Stimme. »Verurteile dich nicht für etwas, das du getan hast, um zu überleben. In solch einer Situation ist es ganz normal, Angst zu haben. Ich bin zwar kein

Therapeut, aber selbst ich weiß, dass man tut, was man tun muss, wenn man überleben will. Ich hasse es, dass du jemals Angst haben musstest, dass der Hurensohn jemals Hand an dich gelegt hat. Wenn er nicht bereits tot wäre, würde ich ihn für das, was er dir und Chloe angetan hat, eigenhändig umbringen.«

Ellie atmete tief durch, um ihren Herzschlag zu beruhigen und ihre Panik niederzukämpfen. Sie hatte die Gefangenschaft bei James überlebt. Alles andere war einfach nur harte Arbeit. »Er war ein sadistisches Schwein. Soziopathisch. Chloe hätte er vielleicht noch schwerer verletzt. Sobald ich ihn durchschaut hatte, befürchtete ich, er würde Chloe tatsächlich töten, um an ihr Geld zu kommen. Ich war so erleichtert, als ich erfahren habe, dass sie ihn nicht geheiratet hat und dass er tot ist.«

»Er hat sie nicht nur körperlich verletzt. Er hat auch ihren Stolz und ihr Selbstbewusstsein gebrochen. Doch sie arbeitet daran. Ich mag Walker. Ich glaube, er tut ihr gut.«

»Ich bin froh, dass sie glücklich ist«, freute sich Ellie.

»Eines Tages wirst auch du glücklich sein«, bemerkte Zane und rieb ihr tröstend mit der Hand über den Rücken. »Es wird etwas Zeit brauchen.«

»Du hast gesagt, du hättest mein Auto nirgendwo gesehen. Ich frage mich, was damit geschehen ist. Er muss es versteckt oder zerstört haben.«

»Mach dir jetzt keine Sorgen um dein Auto, deinen Job oder irgendetwas anderes. Du brauchst Zeit, um gesund zu werden«, knurrte Zane. »Morgen werden wir in die Stadt fahren und dir einige der Dinge kaufen, die du brauchst. Du weißt, dass die Polizei mit dir reden will. Das Arschloch mag vielleicht tot sein, doch sie brauchen deine Aussage, um den Fall abzuschließen.«

»Ich weiß«, sagte sie schicksalsergeben. »Ich hasse es, darüber zu sprechen, aber ich werde es tun.«

»Sorge dich um nichts, außer zu Kräften zu kommen! Schon bald wird Chloe wieder bei dir sein und im Moment hast du mich.« Seine Stimme klang unnachgiebig.

Sie entspannte sich und vertraute sich seiner Stärke an. Sie war noch niemals wirklich von jemandem abhängig gewesen. Bereits seit frühester Kindheit war sie es gewohnt, alles selbst zu organisieren und sich um alles zu kümmern.

Fürs Erste war es angenehm, jemanden zu haben, an den sie sich anlehnen konnte.

Er legte sich auf den Rücken und zog sie halb über seinen Körper, während ihr Kopf weiterhin an seiner Brust ruhte. Mit einer Hand fuhr er ihr durchs Haar und mit der anderen streichelte er ihr mit beruhigenden, kreisenden Bewegungen den Rücken.

»Ich bin müde«, gab sie zu. Sie fühlte sich emotional und körperlich so ausgelaugt, dass ihr bereits die Augen zufielen.

»Dann schlaf!«

»Ich will nicht, dass du weggehst«, gestand sie. Ihre zitternde Stimme klang verletzlich.

Sie wollte jetzt nicht mit ihren Gedanken allein sein und auf seine tröstliche Anwesenheit verzichten. Morgen würde sie sich stärker fühlen. Doch jetzt brauchte sie ihn.

»Ich werde nirgendwohin gehen, Ellie. Ich werde hier bei dir bleiben.«

Sie seufzte vor Erleichterung und kuschelte sich an die Wärme, die von seinem Körper ausstrahlte. »Danke.«

»Vertraust du mir?«, fragte Zane heiser.

»Ja.«

»Dann schlaf! Niemand wird dir je wieder wehtun«, schwor er.

Er klang so Ernst, dass sie lächelte und sich in seinen starken Armen vollkommen sicher fühlte. Als sie schließlich nach ein paar Minuten einschlummerte, fiel sie beinahe sofort in einen tiefen, traumlosen Schlaf.

Als sie am nächsten Morgen ausgeruht aufwachte, war Zane gegangen. Ellie hätte vielleicht denken können, sie hätte sich ihn nur eingebildet oder geträumt, dass er dagewesen wäre und sie auf eine solch zärtliche Art getröstet hatte, die sie Zane nicht zugetraut hätte, doch sie wusste, dass seine Anwesenheit kein Traum gewesen war.

Ihr Kopfkissen verströmte seinen Geruch und erfüllte ihre Sinne und bewies ihr, dass er in ihrem Bett gewesen, doch leise gegangen war, um sie schlafen zu lassen.

Sie rollte sich auf den Rücken und versuchte, seinen verlockenden Duft aus ihren Lungen zu verdrängen und ihrem Körper zu versagen, auf die Tatsache zu reagieren, dass er in ihrem Bett gewesen war und sie sich in der Sicherheit seiner Nähe gesuhlt hatte.

Ich darf nicht anfangen, ihn so sehr zu brauchen!

Ihr Körper und ihr Geist kämpften miteinander, als ihr Unterleib sich in einem urtümlichen Verlangen nach dem einzigen Mann zusammenzog, den sie jemals begehrt hatte.

Sie setzte sich im Bett auf und strich sich die Haare aus dem Gesicht. Sie musste sich selbst eingestehen, dass sie ihn vermisste, weil sie ohne ihn neben sich aufgewacht war. Und das jagte einer Frau, die es gewohnt war, allein klarzukommen, eine Menge Angst ein.

Kapitel 5

E inige Tage später arbeitete Zane in seinem unterirdischen Labor und überlegte, wann Ellie Winters so verdammt dickköpfig geworden war. Sie war ein süßer Teenager gewesen, doch irgendwo auf ihrem Weg hatte die Frau eine störrische, nach Unabhängigkeit strebende Ader entwickelt, die maßlos übertrieben war.

Zum Beispiel als ich ihr einige ihrer Habseligkeiten ersetzt habe: ein Mobiltelefon, einen Laptop, mit Laras Hilfe einige Kleidungsstücke und einige andere Dinge, die sie täglich benötigt. Das war doch lediglich eine Grundausstattung.

Zane hielt das, was er getan hatte, für keine große Sache. Doch er hatte Ellie emotional verärgert und wusste noch nicht einmal, warum sie geweint hatte, als er ihr diese Alltagsgegenstände geschenkt hatte. Er hatte sie nicht gefragt, warum sie weinte, da es ihn krank machte, der Auslöser für ihre Tränen zu sein. Er wollte Ellie doch nur glücklich machen und augenscheinlich hatte sie auch schon Fortschritte gemacht, wenn man von ihrer tränenreichen Reaktion auf seine Geschenke absah… bis heute.

Heute war der Tag, an dem er erkannt hatte, wie starrsinnig Ellie wirklich sein konnte.

Sie hatte buchstäblich mit dem Fuß aufgestampft, um ihre Abwehr zu demonstrieren, als er ein neues Fahrzeug mit nach Hause gebracht hatte, das er für sie bestellt hatte, und geradeheraus sein Geschenk abgelehnt. Sie hatte behauptet, es sei zu teuer. Als er erwähnt hatte, dass sie für ihren vermissten Wagen nur eine Haftpflichtversicherung abgeschlossen hatte und dass die Versicherung ihr für den Verlust ihrer alten *Blauen Schildkröte* nicht einen Cent zahlen würde, hatte sie ihn nur angestarrt und war davongegangen.

»Es ist doch nur ein BMW. Sie tut so, als ob ich ihr etwas richtig Teures gekauft hätte. Der kleine Wagen war eine vernünftige Wahl, solide und zuverlässig. Es ist doch nicht so, als ob ich losgegangen wäre und eine Menge Geld verschleudert hätte, um ihr einen exotischen Sportwagen zu kaufen«, murmelte Zane vor sich hin, während er die Forschungsreihen einer seiner führenden Wissenschaftler des Labors nachvollzog und die Ergebnisse noch einmal selbst überprüfte. »Außerdem ist es ein Geländewagen. Der ist für Colorado sehr praktisch. Viele Leute in der Gegend fahren so etwas.«

Zugegeben, er wollte erleben, dass etwas von Ellies altem Esprit wieder erwachte. Doch sie zu verärgern war wohl nicht gerade der richtige Weg, um *das* zu erreichen. Wie auch immer, sie *war* wütend. Doch ohne Rücksicht darauf, wie dickköpfig sie auch sein würde, Zane hatte beschlossen, dass sie einen zuverlässigen Wagen fahren *würde*, nämlich den, den *er* für sie ausgesucht hatte.

Nachdem er seine Arbeit beendet hatte, gab er seine Überprüfungsbestätigung in den Computer ein und räumte seine Utensilien an ihren Platz. Dabei fragte er sich, wie er Ellie dazu bringen konnte, das Unvermeidliche zu akzeptieren. Sie *würde* den Geländewagen benutzen. Er wollte, dass sie ein zuverlässiges Auto fuhr. Er wollte nicht, dass sie sich ein neues Schrottauto kaufte, so wie es ihr alter gewesen war. Er war zu klein, zu alt und zu unzuverlässig gewesen und all das war für ihn nicht akzeptabel.

Er zog sich die Schutzkleidung aus, die er über seiner normalen Kleidung trug, und warf die Maske und die Handschuhe in den Gefahrgutbehälter neben der Tür.

Zane gab gern zu, dass er desorganisiert war, doch nur *außerhalb* seines Labors. *Hier* war er äußerst sorgfältig, *hier* war das wichtig. Mit potenziell gefährlichen Organismen zu arbeiten ließ keinen Raum für Fehler.

Er wusch sich die Hände und trocknete sie ab, bevor er sich vor die Stahltüren stellte und den Fingerabdruckscanner benutzte, um die Doppeltür zu öffnen. Während er den Flur hinabging und die Treppe hinaufstieg, die zum Haus führte, überdachte er seine Optionen.

Soll ich Ellie ihren Willen lassen und den BMW zurückgeben? Nein. Das kommt nicht in Frage. Sie braucht ein sicheres Fahrzeug.

Kann ich Ellie überzeugen, ihn anzunehmen? Höchst unwahrscheinlich. Obwohl Zane zugeben musste, dass sie recht eindringlich ihre Sturheit bewiesen hatte, sein Geschenk abzulehnen, erkannte er, dass ihm *diese* Haltung gefiel. Trotz allem war das besser, als sie weinen zu sehen, doch er würde nicht aufgeben, dafür zu sorgen, dass sie einen zuverlässigen Wagen fuhr.

Sollte er Chloe um Hilfe bitten, sie zu überzeugen? Das wäre eine Möglichkeit, aber Chloe ist noch nicht zu Hause und sie weiß noch nicht einmal, dass Ellie noch lebt.

Sollte er sich Ellie über die Schulter werfen und in den Wagen setzen? Ja. Diese Idee schien verlockend, fühlte er sich doch wie ein vom Beschützerinstinkt besessener Höhlenmensch, seit der Minute, in der Ellie damals verschwunden war.

Nun, da er sie gefunden hatte, war der Drang, Ellie zu beschützen, beinahe überwältigend, ein zwanghafter, purer Instinkt, den er kaum unter Kontrolle halten konnte.

Reiß dich zusammen! Du wirst sie verängstigen. Zur Hölle, ich fürchte mich vor mir selbst.

Zane hielt sich für einen vernunftbetonten, rationalen, logisch denkenden Mann. Seine Entscheidungen fällte er aufgrund von Daten und realistischen Fakten. Neuerdings handelte er jedoch nicht mit seiner normalen Überlegtheit, sondern gab Gefühlen und Trieben nach, die er scheinbar nicht unter Kontrolle halten konnte. Niemals zuvor hatte er solche Emotionen an sich erlebt und es verwirrte ihn, dass er bei Ellie manchmal sein eigenes Verhalten oder seine Worte nicht kontrollieren konnte.

Aus irgendeinem Grund hatte er Ellie immer schon besser kennenlernen wollen, doch am Ende hatte er aufgegeben, weil er ihre Grenzen respektiert hatte. Nichtsdestotrotz hatte ihn das nicht davon abgehalten, Chloe über Ellie auszufragen. Im Krankenhaus hätte er sich beinahe verraten und Ellie wissen lassen, dass er all ihre Vorlieben kannte, weil er Chloe stets ermutigt hatte, über ihre beste Freundin zu reden. Zane wusste, dass Ellie am liebsten asiatisch aß, weil Chloe es erwähnt hatte. Vor ein paar Jahren hatte sie ihm auch erzählt, dass sie Ellie ihre Lieblingsschokolade als Geburtstagsüberraschung schicken würde. Zane hatte nach der Sorte gefragt und erinnerte sich selbst heute noch an die Firma, die das Konfekt herstellte.

Er aktivierte die Metalltür, die zu dem Gang zur Garage führte, indem er wiederum einen Fingerabdruckscanner benutzte. Dann stieß er die Eingangstür auf, eine versteckte Tür, die von der Innenseite des Hauses nicht wirklich zu entdecken war, außer man würde danach suchen.

Er schritt den Flur entlang, hielt jedoch plötzlich inne, als er Ellies Stimme hörte. Er konnte sie mit ihrem Laptop am Küchentisch sitzen sehen, ihre Augen klebten am Bildschirm, während sie redete.

Er brauchte einen Moment, bevor ihm bewusst wurde, was sie tat. Sie führte einen Videochat.

Die Therapiesitzungen!

Er hatte zwar gewusst, dass Ellie ihren neuen Laptop für Sitzungen mit einer Psychologin aus England benutzen würde, doch er hatte nicht geahnt, dass sie heute schon beginnen würden. Gewiss, heute Morgen hatten er und Ellie kaum eine Möglichkeit gehabt, sich in Ruhe zu unterhalten, bevor er sich in sein Labor zurückgezogen hatte.

Er lehnte sich gegen die Wand und verhielt sich ruhig, da er sie nicht unterbrechen wollte, und lauschte verschämt dem Gespräch.

Zu seinem Leidwesen schienen sie die Sitzung gerade zu beenden.

Ellie seufzte, als sie der Therapeutin Antwort zu geben schien. »Ich danke Ihnen, Natalie. Es hilft mir sehr, über meine Gefühle zu sprechen. Ich weiß, dass es bei Ihnen schon sehr spät ist, aber ich bin froh, dass sie bereit sind, mir zu helfen.«

Zane beobachtete, wie Ellie sich verabschiedete und einen weiteren Termin für einige Tage später verabredete. Dann schloss sie den Laptop mit einem nachdenklichen Ausdruck auf dem Gesicht.

Sie muss reden; sie braucht Unterstützung.

Er ballte die Fäuste und verfluchte sich selbst, weil er keine Ahnung hatte, wie er mit ihr reden sollte. Er wollte für sie da sein, wollte ihr seine Schulter zum Anlehnen bieten. Er wusste nur nicht genau, wie er es anstellen sollte, das zu sein, was sie gerade brauchte.

Er wusste, Ellie würde am liebsten einfach vergessen, was ihr zugestoßen war, genau wie er sich das gleichermaßen wünschte. Doch es war keineswegs gesund für sie zu verdrängen, dass sie durch ihre siebenmonatige Gefangenschaft ein Trauma erlitten hatte. Sie würde niemals wirklich heilen, wenn sie das Erlebnis in sich verschließen und es niemals ans Tageslicht holen würde, um ihre Gefühle zu verarbeiten.

Er ging in die Küche und setzte sich ihr gegenüber. »Möchtest du darüber reden? Wie ist es gelaufen?« Er hoffte inständig, dass sie ihren Ärger vom heutigen frühen Morgen überwunden hatte. Er wollte nicht, dass sie ihn ausschloss, auch wenn er nicht die geringste Idee hatte, was er sagen sollte.

Sie schüttelte den Kopf, begann jedoch trotzdem zu sprechen. »Natalie glaubt, ich würde unter posttraumatischem Stress leiden.«

Zane zog eine Braue in die Höhe. »Und was glaubst du?« Er wusste nicht viel über die menschliche Psyche, doch er hätte darauf wetten können, dass die meisten Leute, die etwas Ähnliches wie Ellie hatten durchmachen müssen, zwangsläufig unter Symptomen von posttraumatischem Stress zu leiden hatten.

»Ich nehme an, dass das wahrscheinlich bei mir der Fall ist. Ich kann kein Geräusch hören, das mich an meine Zeit als James Gefangene erinnert, ohne nervös und verängstigt zu werden. Manchmal drängen Rückblenden auf mich ein. Deshalb würde ich es am liebsten verdrängen. Doch es verfolgt mich. Mein Leben ist ein einziges Chaos aufgrund dessen, was mir zugestoßen ist. Ich fühle mich, als ob ich deshalb meine Unabhängigkeit und mein ganzes eigenes Leben verloren hätte. Und ich fürchte mich immer noch davor, was mir in Zukunft geschehen könnte.«

»Gar nichts wird dir mehr geschehen, Ellie! Du bist zu Hause und hast Leute um dich herum, die sich in dieser Stadt um dich kümmern. Du bist doch nicht abhängig, nur weil du im Moment die Hilfe von Freunden brauchst. Du hast zu viel durchgemacht, um allein damit zurechtzukommen«, erklärte er ihr vernünftig. »Nimm die Hilfe an, die ich dir anbiete! Dein Leben wird langsam wieder an Normalität gewinnen. Du brauchst lediglich Zeit.«

Zane konnte ihre Verzweiflung und ihren Kummer buchstäblich fühlen und das traf ihn wie ein Messerstich in die Brust. Er wollte für Ellie alles zum Guten wenden, fühlte sich aber so machtlos. Er konnte die Erinnerungen oder den Schaden, den James auf emotionaler Ebene bei ihr angerichtet hatte, nicht von ihr nehmen.

Sie richtete ihre saphirblauen Augen auf ihn, als sie erwiderte: »Genau darum geht es. Ich war noch niemals *nicht* in der Lage, für mich selbst zu sorgen. Die Dinge liegen gar nicht so schlecht, wie ich gedacht habe. Irgendjemand hat sich um meine Rechnungen gekümmert und mein Bankkonto weist eine erhebliche Summe auf. Das muss Chloe gewesen sein. Ich muss mit ihr darüber sprechen.«

»Das war nicht Chloe«, gestand er. »Ich war es. Ich habe deine Rechnungen bezahlt und dein Konto aufgefüllt, um alle Zahlungen zu decken, die eventuell automatisch abgebucht werden.«

Sie sah in überrascht an. »Warum?«

Zane ballte seine Hände auf dem Tisch zu Fäusten. »Weil ich niemals zugegeben hätte, dass du nicht zurückkommst, und ich wollte, dass dein Leben so normal wie möglich verlaufen würde, wenn wir dich gefunden hätten. Da du nicht hier warst, um dich um deine Angelegenheiten zu kümmern, habe ich es für dich getan. Dafür hat man doch Freunde, richtig?«

Er würde ihr nicht erzählen, dass er sich um ihre persönlichen Angelegenheiten hatte kümmern *müssen*, dass er diese Dinge hatte tun *müssen*, um *sich selbst* davon zu überzeugen, dass Ellie zurückkommen *würde*. Es war eine Art Therapie für ihn gewesen, ein Weg, sich selbst zu bestätigen, dass Ellie nicht tot war. Chloe hatte selbst mit genügend Problemen fertigwerden müssen und er hatte nicht gewollt, dass sich Chloe um Ellies persönliche Verpflichtungen kümmerte. Er hatte es selbst tun wollen.

Sie schwieg einen Moment, bevor sie leise antwortete:»Danke schön. Aber ich muss es dir zurückzahlen, wenn ich Arbeit habe.«

»Du brauchst jetzt keinen verdammten Job. Du musst dich nur darauf konzentrieren, gesund zu werden«, erklärte er schroff.

»Ich muss Arbeit finden, Zane. Ich kann sonst mit der Situation nicht umgehen. Ich kann nicht verhindern, dass ich mich normal fühlen will. Für mich bedeutet das, mein Leben selbst in die Hand zu nehmen.« Sie legte in einer Geste der Niederlage den Kopf in ihre Hände.

Zane rutschte das Herz in die Hose. Er hasste es, sie so zu sehen. Er war daran nicht gewöhnt. Ellie war ein fähiger, peinlich organisierter und doch fröhlicher Typ Frau. Sie so am Boden zerstört zu sehen brachte ihn um.

»Dann arbeite für mich, Ellie«, bot er ihr an, bevor er überhaupt über seine Worte nachdenken konnte.»Ich brauche dich. Sieh dich doch in diesem Haus um, dann wirst du verstehen warum. Ich brauche eine persönliche Assistentin, der ich vertrauen kann, und so jemand ist schwer zu finden. Ich brauche eine Organisatorin für Dinge, die meine Arbeit und das Haus betreffen.«

Sie nahm den Kopf aus ihren Händen, um ihn neugierig anzublicken.»Hast du denn keinen Assistenten?«

»Nein. Der letzte hätte beinahe Firmengeheimnisse an einen meiner Konkurrenten verkauft. Glücklicherweise haben wir ihn früh genug erwischt. Seitdem habe ich niemandem mehr vertraut und das ist jetzt schon Jahre her. Wir haben im Labor Sekretärinnen, denen Aufgaben verschiedener Vertraulichkeitsstufen anvertraut werden, doch die meisten von ihnen haben keinen Zugang zu persönlichen Dokumenten oder Forschungsergebnissen.«

Sie runzelte die Stirn.»Jemand, der für dich gearbeitet hat, hat versucht, dich zu betrügen?«

Es war nicht das erste und bestimmt auch nicht das letzte Mal gewesen, doch Ellie konnte sich nicht vorstellen, wozu Menschen bereit waren, wenn es um Millionen oder Milliarden von Dollars ging. »Ich weiß, dass du mich für paranoid hältst, weil hier alles so streng geschützt ist, aber wenn ich mich zu Hause aufhalte, habe ich eine Menge Informationen bei mir – Forschungsergebnisse und Projekte, die einige unserer Konkurrenten zu üblen Zwecken nutzen würden. Alles muss sorgfältig gesichert werden.«

»Es muss doch viele Leute geben, die weitaus qualifizierter sind, für dich zu arbeiten. Ich habe keine College-Ausbildung«, wandte sie ein. »Ich habe keine Ahnung von Biotechnologie.«

Er zuckte mit den Schultern. »Das spielt keine Rolle. Ich brauche ganz einfach jemanden, dem ich vertrauen kann, jemanden, der mir hilft, außerhalb des Labors Ordnung zu halten. Ich vertraue dir, Ellie. Wenn irgendjemand mein Chaos in Ordnung bringen kann, bist du es.«

Sie sah ihn einige Minuten schweigend an, bevor sie sich erkundigte: »Worin bestünde meine Aufgabe?«

Er grinste sie an; plötzlich wusste er genau, wie er sie dazu bringen konnte, den neuen Wagen zu benutzen. »Was auch immer ich verlange. Als Erstes musst du das Auto annehmen, das ich dir gegeben habe.« Er sah, dass sie den Mund öffnete, um zu protestieren, daher hob er schnell eine Hand. »Du wirst ein Fahrzeug brauchen. Was, wenn du Botengänge ausführen oder etwas Geschäftliches erledigen musst?«

Sie starrte ihn an, wechselte jedoch das Thema. »Worin bestünden meine Pflichten?«

»Alles zu erledigen, was ich verlange. Wenn du dich besser fühlst, wirst du sehen, wie dringend ich Ordnung in dieses Haus bringen muss. Bei meinem Haus in Denver ist das ebenfalls der Fall, obwohl es dort dank meiner Haushälterin sauberer ist. Doch sie weigert sich, meine persönlichen Gegenstände anzurühren. Mein Gehirn ist normalerweise so damit beschäftigt, über laufende Projekte nachzudenken, dass ich kaum zu etwas anderem komme.«

Je mehr er darüber nachdachte, desto mehr gefiel ihm die Idee, Ellie als seine persönliche Assistentin einzustellen. Zwar würde es ihm wahrscheinlich schwer zu schaffen machen, sie dauernd in der Nähe zu haben, doch war das immer noch besser, als sich immer darum zu sorgen, was sie gerade tat.

»Würde ich nach Denver umziehen müssen?«, fragte sie vorsichtig.

»Nein. Wenn ich mich dort aufhalte, kannst du bei mir bleiben. Mein Haus dort ist ungefähr genauso groß wie dieses hier. Wir werden hin und her reisen.« Zane wollte ab jetzt mehr Zeit in Rocky Springs verbringen. Seine Mutter wurde nicht gerade jünger und außerdem betrachtete er Rocky Springs immer noch als sein Zuhause.

»Bietest du mir das an, weil du mich wirklich brauchst oder weil du Mitleid für mich empfindest?«, erkundigte sich Ellie geradeheraus.

»Glaub mir, ich brauche dich«, antwortete Zane ehrlich. Seine Worte hatten eine doppelte Bedeutung; sein Schwanz war bereits hart, nur weil er ihr gegenüber an dem verdammten Küchentisch saß. Er musste zugeben, dass er sich verzweifelt nach ihr sehnte, aber nicht auf eine Weise, die er Ellie eingestehen konnte.

»Wirst du mir erlauben, dir von meinem Gehalt die Kosten für das Auto und die anderen Sachen, die du mir gekauft hast, zu erstatten?«

Er schüttelte den Kopf. »Nein. Für einen reichen Mann sind das Sozialleistungen. Persönliche Assistentinnen bekommen manchmal persönliche Geschenke.«

»Nicht in der Größenordnung«, murmelte Ellie und hörte sich unfroh an. »Wie hoch ist das Gehalt? Gibt es Vorsorgeleistungen?«

Zane nannte ein jährliches Gehalt und erläuterte die Zusatzleistungen, soweit er überhaupt Auskunft geben konnte. Er verfügte über eine eigene Personalabteilung, die sich um solche Dinge kümmerte.

»Oh mein Gott! Das ist viel zu viel!«

»Das ist nicht viel mehr, als ich meinem letzten Assistenten gezahlt habe«, erklärte Zane abwehrend. »Und das ist bereits einige Jahre her.« Er machte eine Pause, dann fügte er hinzu: »Ich brauche dich wirklich, Ellie. Nach dem, was ich erlebt habe, bezweifle ich, dass ich irgendjemand anderem genügend vertrauen könnte.«

Er hielt den Atem an, als er sah, wie sich ihre Brauen zusammenzogen und ihre Mine einen nachdenklichen Ausdruck annahm. Zane fragte sich, was zur Hölle sie wohl denken mochte, doch er wollte ihren Gedankengang nicht mit einer Frage unterbrechen.

»Okay. Ich nehme den Job an. Was soll ich als Erstes machen, Boss?«, fragte sie neckend.

Zane atmete erleichtert aus. »Ich möchte gern, dass du gesundest und dich glücklich fühlst«, knurrte er. »Du wirst nicht arbeiten, bevor du dich nicht bereit dazu fühlst.«

Sie nickte heftig. »Ich bin bereit.«

»Besserwisserin«, krächzte er.

»Zane. Ich habe bereits Langeweile«, schmeichelte sie. »Gib mir etwas zu tun!«

»Lass uns in die Stadt fahren! Ich brauche einen Haarschnitt und außerdem würde ich mich gern in dem neuen Buchladen umsehen.«

Ellie fuhr sich mit der Hand durchs Haar. »Ich muss mir meine Haare auch schneiden lassen. Ich wollte es eigentlich selbst tun, doch ich befürchte, es zu vermasseln, weil ich meinen Hinterkopf nicht gut sehen kann.«

»Dann lass uns gehen!« Er sprang auf und streckte wartend die Hand aus.

Komm schon, Liebes. Nimm meine Hand! Lass mich dir helfen!

»Wir müssen unbedingt einen Lebensmittelladen aufsuchen. Ich kann nicht dauernd aus nichts etwas zaubern. Wir brauchen mehr zu essen.«

Der ängstliche Ausdruck, der kurz über Ellies Gesicht gehuscht war, als sie über Lebensmitteleinkäufe geredet hatte, war Zane nicht entgangen. Offensichtlich ängstigte es sie, wenn die Vorräte zur Neige gingen. »Wir werden die Schränke auffüllen. Ich verspreche es.«

Heute Abend würde er sie zum Essen ausführen und dann könnten sie die anderen Einkäufe erledigen. Zane war sich ziemlich sicher, dass sie es sich erlauben konnten, die Stadt zu besuchen. Entweder hatte die Presse schon aufgegeben und jagte einer neuen Story hinterher, oder sie würde immer noch das Krankenhaus in Denver belagern.

Tate hatte erwähnt, dass er sich um das Problem gekümmert hatte, und Zane hatte keine weiteren Fragen gestellt. Wie er seinen jüngsten Bruder kannte, hatte der eine gute Story erfunden und alle irgendwie von Rocky Springs abgelenkt.

Zane stöhnte beinahe vor Freude, als Ellie ihre kleine Hand in seine legte und sich von ihm beim Aufstehen helfen ließ. Die Art, wie sie ihm vertrauen konnte nach allem, was sie durchgemacht hatte, bewunderte er zutiefst.

Als sein angeschwollener Schwanz den Reißverschluss seiner Jeans zu sprengen drohte, wusste Zane, wenn bereits die Berührung ihrer Hand ihn so hart werden ließ, würde es ein sehr langer Abend werden.

Kapitel 6

Ellie war erschöpft, als sie die Hauptstraße in Rocky Springs entlangging und an ihrem neuen kurzen, lockigen Haarschnitt zupfte. Ihr Haar war immer schon ein bisschen wellig gewesen, doch in einem Stil geschnitten, bei dem es kaum die Schultern berührte, jedoch bis auf den unteren Rücken hinabfiel. Jetzt waren die großen Locken stärker ausgeprägt.

Sie lächelte, als sie durch das Schaufenster eines Bekleidungsgeschäfts blickte und sich daran erinnerte, wie sehr ihr Zane geholfen hatte, indem er mit ihr in den Friseursalon gegangen war. Er hatte sich direkt neben ihr seine Haare schneiden lassen. Der kürzere Schnitt stand ihm ausgezeichnet.

Als ob er nicht schon heiß genug wäre.

Der Friseur hatte ihm die Haare sehr kurz geschnitten, was seine grauen Colter-Augen betonte und sie ausdrucksvoller erscheinen ließ.

»Und ich sehe wie ein Pudel aus«, murmelte sie vor sich hin, während sie die Locke, an der sie herumgefummelt hatte, an ihren Platz zurückspringen ließ. Der Haarschnitt war gut, doch ohne die gewohnte Länge ähnelten ihre Haare denen eines gelockten Pudels, wie sie glaubte.

Noch immer schmerzte ihr das Herz vor Dankbarkeit, weil Zane so einfühlsam gewesen war, direkt neben ihr zu sitzen, während der Friseur all ihre ausgefransten, beschädigten Haare abgeschnitten hatte.

Es sind doch nur Haare.

Gewiss, Zane hatte Recht. Ellie war keineswegs eitel und sie betrauerte auch nicht so sehr den Verlust ihres einzigen annehmbaren körperlichen Pluspunktes. Es ließ sich jedoch nicht verhehlen, dass sie den Preis für ihre monatelange Gefangenschaft zahlen musste, jetzt, da sie körperlich heilte.

Sie seufzte, als sie die Tür des Bekleidungsgeschäfts öffnete und an Zanes mahnende Worte dachte, die er geäußert hatte, als er auf die andere Straßenseite hinübergegangen war, um sich in dem Buchladen umzusehen, während sie einige weitere nötige Kleidungsstücke kaufen wollte. Zuvor hatten sie Lebensmittel eingekauft und diese in seinen Geländewagen geladen.

Komm nicht aus dem Laden heraus, ohne alles gekauft zu haben, was du gern haben möchtest!

Natürlich würde sie *nicht* alles kaufen, was sie gern haben *wollte*. Das tat sie niemals. Ellie lebte von einem bescheidenen Einkommen, doch sie besaß genügend Mittel, um für eine Weile zurechtzukommen. Dank Zane wies ihr Konto ein größeres Guthaben auf, als ihr jemals zur Verfügung gestanden hatte. Schon bald wollte sie ihre Schulden bei Zane errechnen und sie abarbeiten, während sie bei ihm angestellt war. Leider wollte er ihr nicht genau sagen, was er für sie ausgegeben hatte, doch sie würde die Summe ziemlich exakt rekonstruieren können.

Ihr Gemüt hellte sich auf, als sie daran dachte, für Zane zu arbeiten und als seine Assistentin etwas Neues zu lernen. Sie würde wie ein Schwamm so viele Informationen über Biotechnologie in sich aufsagen, wie es ihr möglich wäre. Ellie wollte für Zane einen Gewinn darstellen und sie wusste, dass sie die Fähigkeiten dazu besaß, insbesondere wenn Organisation gefragt war – die er dringend brauchte und wozu sie ein ausgesprochenes Talent besaß.

Als sie durch die Tür trat, stieß sie buchstäblich mit einer Frau zusammen, die zum Ausgang hastete.

»Oh, es tut mir leid«, entschuldigte sich Ellie.

»Mein Fehler. Ich habe es immer eilig«, antwortete die zierliche Frau atemlos. Sie stutzte, bevor sie hinzufügte: »Ellie?«

Es war ihre frühere Vermieterin, die Besitzerin ihres einstigen Wohngebäudes. »Hallo Gina.«

»Oh mein Gott! Ich kann es nicht glauben«, kreischte Gina und nahm Ellie fest in den Arm, bevor sie einen Schritt zurücktrat. »Sie sehen...«

»...müde aus?«, beendete Ellie den Satz und fühlte sich ausgelaugt. Sie war sich bewusst, dass ihr Körper so wenig an körperliche Aktivität gewöhnt war, dass es eine Weile dauern würde, bis sie ihre Kondition wiedererlangt haben würde.

»Nein, nein, nein«, wehrte Gina ab. »Sie sehen gut aus. Sie haben sich nur verändert.«

Vielleicht weil ich so mager bin und Haare wie ein Pudel habe.

»Entführt zu werden kann einen verändern«, scherzte Ellie, die immer noch nicht wusste, wie sie auf die Leute reagieren sollte, die sie anstarrten, als wäre sie ein Geist. Sie hatte ihr ganzes Leben in Rocky Springs verbracht und kannte fast alle Einwohner hier. Es kam ihr merkwürdig vor, dass sie sie anstarrten, als wäre sie von den Toten auferstanden. Also gut, vielleicht hatten sie sogar zum größten Teil Recht.

»Sie sehen gut aus.« Gina lächelte sie an.

»Es tut mir leid, dass Sie meine Wohnung ausräumen lassen mussten. Sie haben dadurch Geld verloren. Das möchte ich Ihnen gern zurückzahlen.«

Gina wirkte verblüfft. »Ich habe keinen Verlust gemacht und ich habe sie auch nicht räumen lassen. Jeden Monat wurde alles von einem der Colter-Jungs bezahlt, dem Wissenschaftler. Er hat erst vor Kurzem Ihre Sachen abholen lassen, als er Sie lebend gefunden hat.«

Sie suchte in ihrer Handtasche und reichte Ellie einen Briefumschlag. »Die Wohnung war in einem ausgezeichneten Zustand. Danke, dass Sie sie gereinigt haben. Dies ist Ihre Kaution. Ich hatte sie bereitgelegt, wusste aber nicht, wohin ich sie schicken sollte.«

Zerstreut nahm Ellie den Scheck und schob ihn in die Tasche ihrer Jeans. »Also mussten Sie meine Sachen gar nicht einlagern? Meine Miete wurde immer pünktlich gezahlt?«

»Gewiss«, antwortete Gina ernst. »Und ich hätte Sie niemals hinausgeworfen, bis ich nicht gewusst hätte, was geschehen war. Ich wusste, dass es Ihnen nicht ähnlich sieht, einfach zu verschwinden. Ich wusste, dass etwas Schlimmes passiert sein musste.«

Das bedeutete, dass Zane gelogen hatte. Aber warum?

»Ich danke Ihnen«, erwiderte Ellie unbeholfen.

Gina tätschelte ihr die Wange. »Nicht der Rede wert. Lassen Sie mich wissen, wenn ich irgendetwas für Sie tun kann.«

Ellie beobachtete, wie Gina sich herumdrehte und die Tür öffnete.

»Gina?«, rief sie impulsiv. »Haben Sie meine Wohnung wieder vermietet?«

Die andere Frau lächelte. »Gerade heute hat jemand den Mietvertrag unterschrieben.«

Heute? Sie war zuvor noch gar nicht vermietet? Noch eine Lüge?

Ellie versuchte zu lächeln und rief Gina hinterher: »Danke.«

Gina winkte und eilte hinaus.

Ellie war verwirrt und hatte den Kopf voller Fragen. *Warum hatte Zane gelogen und behauptet, ihre Wohnung sei bereits wieder vermietet? Warum hatte er ihr nicht gesagt, dass er die Miete jeden Monat bezahlt hatte? Warum hatte er sie nicht in ihre eigene Wohnung zurückkehren lassen?*

Es war klar, dass ihr Aufenthalt bei ihm nicht dem Zufall entsprang. Zane hatte das alles so inszeniert. Er hatte dafür gesorgt, dass ihr keine andere Wahl geblieben war, als bei ihm zu bleiben.

Sie war ärgerlich und wütend, dass er nicht vollkommen ehrlich zu ihr gewesen war. Sie fühlte sich in einem Konflikt gefangen, weil er doch andererseits so gut für sie gesorgt hatte. In der Hoffnung, dass Zane eine verdammt gute Erklärung für sein Verhalten hatte, begann sie, Kleidung auszusuchen.

»Ich weiß, du bist ein verdammtes Genie, aber brauchst du wirklich so viele Bücher?«

Zane erstarrte, als er direkt hinter sich die sarkastische Stimme seines Bruders Tate hörte. Er presste die Bücher gegen seine Brust, sodass sein Bruder die Titel nicht lesen konnte, und drehte sich langsam herum. Es war jedoch nicht nur Tate, sondern Blake und Marcus waren auch da, und alle drei blickten ihn fragend an.

»Mir macht es eben Spaß zu lesen, was man von euch nicht gerade behaupten kann. Ich halte gern mein Gehirn auf Trab«, verteidigte er sich. »Was macht ihr überhaupt alle hier?«

»Lara kommt heute spät von der Uni zurück und Mutter ist auch nicht zu Hause, also sind wir losgezogen, um auswärts zu essen«, gestand Tate.

Zane grinste, denn er wusste, dass nicht einer seiner Brüder auch nur ein Spiegelei braten konnte... genau wie er selbst. Seine Mutter hatte jeden von ihnen verwöhnt, als wäre sie ein Starkoch. Während ihrer Kindheit war nicht ein Moment verstrichen, in dem ihre Mutter nicht wie eine Besessene gekocht hätte, denn sie liebte diese Tätigkeit. Auch heute noch. Und Zane zog seinen Vorteil aus der Tatsache, dass seine Mutter so oft wie möglich kochte. Er wusste, wenn seine Brüder zu Hause waren, würden auch sie zur Abendessenszeit mit Sicherheit ihre Mutter aufsuchen.

Tate entwand Zane die Bücher, bevor dieser sich dagegen sträuben konnte. Ärgerlich sah Zane, wie sein Bruder die Titel las.

»Jedes einzelne dieser Bücher handelt von Beziehungen«, sagte Tate langsam und zog eine Braue in die Höhe, als er das dickste untersuchte, das mit »Wie umwerbe ich eine Frau« betitelt war.

»Ja und?« Zane riss verärgert die Bücher an sich.

»Ich wusste gar nicht, dass du ein Auge auf jemanden geworfen hast«, bemerkte Blake und klang ein wenig verletzt.

»Habe ich auch gar nicht«, wehrte Zane ab.

»Warum kaufst du dann diese Bücher?«, erkundigte sich Marcus neugierig.

Zane wollte verflucht sein, wenn er es zuließ, sich von seinen Brüdern lächerlich machen zu lassen, nur weil er Selbsthilfebücher lesen wollte. Zumindest wusste *er*, dass er Hilfe brauchte. Tate konnte sich verdammt glücklich schätzen, eine Frau wie Lara ergattert zu haben. Und Blake und Marcus waren zu sehr mit ihrer Arbeit beschäftigt, als sich um etwas anderes zu sorgen, als mit einer Frau zu schlafen, wenn es sie danach verlangte.

Blake sah einen weiteren Stapel Bücher durch, die direkt neben Zane auf dem Tisch lagen. »Sind das hier auch deine?« Er schwieg einen Moment, bevor er hinzufügte: »Diese hier behandeln ein anderes Thema – Psychologie: posttraumatischer Stress, Heilung des Gefühlslebens nach einem Trauma und Umgang mit posttraumatischem Stress.«

»Ellie?«, riet Marcus. »Wie geht es ihr?«

Zane hätte schwören können, dass Tate ihn gern noch ein bisschen geneckt hätte, so wie die Brüder es oft taten, doch Marcus Frage brachte seinen jüngsten Bruder zum Schweigen.

Zane zuckte mit den Schultern. »Es geht ihr so gut, wie es möglich ist, gemessen an der Tatsache, dass sie zusammengeschlagen und monatelang in einem Drecksloch gefangen gehalten wurde, während sie sich fragen musste, wann James sich entschließen würde, sie zu töten. Und währenddessen sie außerdem beinahe verhungert wäre.«

»Wirst du dich näher mit ihr einlassen, Zane?«, erkundigte sich Tate in einem ernsthafteren Tonfall. »Ich bin ganz dafür, dass sie bei dir bleibt, wo sie sich sicher fühlen kann. Ich habe sogar dabei geholfen, das möglich zu machen. Aber sie ist nicht geheilt –«

»Nein«, widersprach Zane seinem Bruder eindringlich. »Wir haben *nichts* miteinander. Wir sind Freunde, ich möchte sie verstehen. Ich möchte ihr helfen«, fügte er gereizt hinzu, während er sich verzweifelt wünschte, dass das alles war, was er von Ellie wollte. Doch er hatte sich selbst belogen. Eines Tages wollte er mehr, doch am meisten wünschte er sich, sie glücklich zu sehen.

»Du hast ihr geholfen«, warf Marcus vernünftig ein. »Du hast ihr das Leben gerettet. Du warst außer Chloe der Einzige, der sie nicht aufgegeben hatte. Es ist ein verdammtes Wunder, dass sie lebt, wenn du mich fragst.«

»Ich habe dich nicht gefragt«, erwiderte Zane ärgerlich. »Ich möchte nicht über Ellie reden. Sie hat genug durchgemacht.«

»Du magst sie. Wenn das nicht der Fall wäre, müsste ich mich sehr über die Wahl deiner Literatur wundern«, bemerkte Blake mit einem Lächeln.

Ehrlich, Zane hatte nicht vorgehabt, so viele Bücher zu kaufen. Doch war ihm jedes einzelne ins Auge gesprungen, als er sich in der kleinen Buchhandlung umgesehen hatte. »Ich möchte sie verstehen«, beharrte er. »Ich möchte wissen, was sie durchgemacht hat, und ihr helfen, darüber hinwegzukommen. Ihr ist ihr Leben vollkommen entglitten und das ist nicht fair. Und das alles nur wegen eines verdammten Hurensohns, der zufällig ihren Weg gekreuzt hat.«

»Sie wird nicht über Nacht gesund werden, Zane«, warnte Blake ihn. »Es kann eine Weile dauern, bevor sie sich auch nur teilweise wieder normal fühlt.«

Ungestüm warf er die Bücher neben den anderen Stapel auf den Tisch, verschränkte die Arme und sah seinen Brüdern ins Gesicht. »Es ist mir egal, wie lange es dauert. Ich werde für sie da sein.«

»Sie ist wahrscheinlich noch nicht für eine Beziehung bereit, Zane. Du hast ihr das Leben gerettet und dafür wird sie dir dankbar sein«, vermutete Tate. »Ihre Gefühle werden vollkommen durcheinandergeraten. Im Augenblick bist du ihr Held.«

Zane war sich bewusst, dass seine Brüder versuchten, ihn zu schützen, doch es ärgerte ihn maßlos, dass sie unterstellten, Ellie könnte ihm niemals echte Liebe entgegenbringen. »Mir geht es im Moment nicht um eine Beziehung. Ich versuche lediglich, für eine Freundin alles zum Guten zu wenden.«

»Warum hast du dann diese Bücher ausgesucht?« Marcus lehnte sich mit der Hüfte gegen den Tisch und kreuzte seine Arme vor der Brust. »Hast du vor, in Kürze die Frau deiner Träume zu treffen?«

»Was geht euch das überhaupt an?«, grollte Zane, der keineswegs zugeben würde, dass er Ellie die Erfahrungen schenken wollte, die sie nie erlebt hatte. *Er wollte der Mann sein, der sie wieder zum Leben* erweckte. Doch er hatte nicht die geringste Ahnung, wie man sich um eine Frau bemühte. »Ich bin ein Wissenschaftsfreak, der nicht die leiseste Vorstellung hat, der all seine Zeit im Labor verbringt. Vielleicht muss ich etwas über Frauen lernen.«

»Umsorge sie einfach, so wie du es bereits tust! Das ist alles, was du wirklich machen musst«, antwortete Tate heiser. Sein Tonfall ließ erkennen, dass er offensichtlich an seine eigene Frau dachte.

»Ganz so einfach ist es nicht«, widersprach Zane mit krächzender Stimme. Er wollte, dass sie ihn verstanden, vielleicht konnten sie ihm irgendwie helfen. »Ellie ist mir wichtig. So war es schon immer. Doch ich will mehr von ihr, als ich bisher mit ihr gehabt habe. Ich will *sie* mehr als jemals zuvor. Vielleicht waren die Gefühle schon immer da und ich habe Ellie nur als tabu betrachtet, weil sie Chloes beste Freundin war. Jetzt wünschte ich, ich hätte sie umworben, sobald wir erwachsen waren. Vielleicht wäre ihr dieses Erlebnis dann erspart geblieben. Wisst ihr, dass ihr noch niemals eine auch nur entfernt romantische Erfahrung mit einem Mann zuteil wurde? Was zum Teufel stimmt nicht mit den Männern in unserer Stadt? Sie verdient etwas Romantik. Sie hat noch niemals etwas Ähnliches erfahren und offensichtlich träumen alle Frauen davon. Ich will ihr alles geben, was sie will. Verdammt! Ich weiß, dass es zu früh ist, doch mit der Zeit denke ich, hoffe ich... « Die Stimme versagte ihm, er wusste nicht mehr, was er noch sagen sollte. Zum Teufel, er verstand ja noch nicht einmal mehr sich selbst. Er wusste nur noch, dass es ihn drängte, Ellie wieder zum Lächeln, zum Lachen zu bringen.

Zane bemerkte, dass seine Brüder einander ansahen, bevor sie sich ihm wieder zuwandten. »Du bist hoffnungslos verliebt«, erklärte Tate schlicht.

Blake und Marcus nickten übereinstimmend mit grimmigen Mienen.

»Warum?«, fühlte sich Zane genötigt zu fragen.

Tate zuckte mit den Schultern. »Du wirst es herausfinden, wenn du nur noch an Ellie denken kannst und so besessen von ihr bist, dass du die Kontrolle verlierst. Wenn du dir Sorgen um ihre Sicherheit machst oder ob sie glücklich ist oder nicht, weil du weißt, dass du ohne sie nicht mehr leben kannst.«

»An dem Punkt bin ich bereits angelangt«, gab er mürrisch zur Antwort. Er hielt seinen jüngsten Bruder für den erfahrensten, was Beziehungen betraf, da er der einzige Verheiratete war. »Ich weiß nicht viel darüber, was während der Monate ihrer Gefangenschaft passiert ist. Manchmal möchte ich nicht einmal darüber nachdenken, weil ich Angst habe, es zu vermasseln. Verdammt, manchmal habe ich sogar Albträume davon und ich war nicht einmal dabei. Ich bin unaussprechlich wütend, weil sie nicht verdient hat, was ihr widerfahren ist. Ich kann James noch nicht einmal umbringen dafür, dass er ihr so wehgetan hat, weil er bereits tot ist.«

»Ich habe das Gleiche gefühlt wie du, Bruder«, gab Tate zu. »Als Lara sich selbst in die Gewalt eines Terroristen begeben hat, um mein Leben zu retten, bin ich vollkommen durchgedreht, als er sie berührt hat. Ich verstehe dich. Doch Lara hat nicht das Gleiche durchgemacht wie Ellie. Sie hat nicht monatelang in Gefangenschaft verbracht, um so unmenschlich behandelt zu werden. Ich bin mir nicht sicher, ob ich damit zurechtkommen würde, ohne den Verstand zu verlieren. Aber Ellie muss darüber reden. Sie muss darüber hinwegkommen, bevor sie sich auf eine echte Beziehung einlassen kann. Ich weiß, dass dir das nicht weiterhilft, aber sei einfach für sie da!«

»Sie braucht Zeit«, bemerkte Blake offen. »Macht sie eine Therapie?«

Zane nickte. »Dieselbe, die Chloe gemacht hat. Dr. Townson glaubt, Ellie leidet unter posttraumatischem Stress. Verdammt! Ich will nicht, dass sie sich weiterhin fürchtet. Es ist vorbei.«

Marcus nickte. »PTSD macht Sinn. Zane, ein Mensch kann nicht einen längeren Zeitraum in einer solchen Gefangenschaft verbringen, ohne psychischen Schaden davonzutragen.«

»Sie geht gut damit um. Wirklich gut«, erklärte Zane. »Besser als die meisten anderen Menschen es tun würden. Doch manchmal kann ich die Angst in ihren Augen sehen und das bringt mich um.« Wenn ihn jemand in ein Labor versetzte, war er in seinem Element. Doch außerhalb seiner Arbeit fühlte er sich wie ein Fisch auf dem Trockenen. Er wusste nicht, was er Ellie sagen sollte oder was er tun konnte, um Ellie bei ihrem Heilungsprozess zu unterstützen.

»Dann stärke ihr einfach nur den Rücken«, schlug Blake vor. »Gib ihr Zeit!«

»Das war die Rede eines Mannes, der niemals eine Frau so verzweifelt begehrt hat, dass er alles tun würde, um sie zu bekommen«, murmelte Tate. »Wenn du mit einer Frau, die dir den Kopf verdreht, eine richtige Beziehung eingehen willst, wird es kompliziert.«

Für Zane war die Geschichte mit Ellie bereits *mehr* als kompliziert. Und mehr als alles andere verlangte es ihn danach, Ellie in der elementarsten Weise in Besitz zu nehmen. Andererseits wollte er ihr aber ein Gefühl der Sicherheit vermitteln. Wie zum Teufel sollte ein Mann mit diesen zwei miteinander in Konflikt stehenden Emotionen umgehen: zügellose Begierde und Fürsorglichkeit? Seiner Meinung nach wollte ein Mann eine Frau entweder ficken oder sie unter seinen Schutz stellen – ungefähr so, wie er seine jüngere Schwester Chloe beschützen wollte. Er hatte diese beiden Gefühle noch nie zuvor gleichzeitig erfahren.

»Ich werde damit zurechtkommen«, erklärte Zane seinen Brüdern, wobei er versuchte, weitaus zuversichtlicher zu klingen, als er es in Wirklichkeit war.

Tate schnaufte, als Zane seine Bücher einsammelte, um sie zu bezahlen. »Genau das habe ich immer gesagt, wenn mein Schwanz jedes Mal hart geworden ist, wenn ich Lara angesehen habe.«

Zane machte sich auf den Weg zur Kasse, doch seine Brüder blieben ihm auf den Fersen. »Lara ist das Beste, das dir je widerfahren ist«, antwortete Zane barsch, der alles dafür gegeben hätte, das zu haben, was Tate besaß: eine Frau, die ihn mit all seinen Fehlern liebte.

Tate zuckte mit den Schultern. »Das würde ich nicht bestreiten«, stimmte er im Brustton der Überzeugung zu. »Doch es kann die Hölle sein, bevor die Flitterwochen beginnen.«

Zane händigte der Kassiererin das Geld aus und bedeutete ihr, das Wechselgeld zu behalten. Dann nahm er die Tüte mit den Büchern und wandte sich zum Gehen. Während er sich an seinen Brüdern vorbeidrängte, blitzte er sie an und informierte sie: »Es wird keine Flitterwochen geben. Mein Gott! Ich will ihr im Moment nur helfen, klar? Sie ist durch die Hölle gegangen. Ellie braucht im Augenblick einfach nur jemanden an ihrer Seite.«

»Möchtest du, dass sie eine Weile bei mir wohnt?«, fragte Blake höflich. »Ich hätte nichts dagegen, sie als meinen Gast zu beherbergen. Ich habe Ellie immer gemocht und ich habe genügend Platz auf der Ranch.«

»Mir würde es auch nichts ausmachen auszuhelfen«, schloss sich Marcus dem Angebot seines Zwillingsbruders an. »Ich werde während der Weihnachtsferien hier sein.«

Bei dem Gedanken, Ellie bei einem anderen Mann unterzubringen, selbst wenn es sich um einen seiner Brüder handelte, sah Zane rot. Sie würden sich nicht auf die gleiche Weise wie er selbst um sie kümmern. »Zum Teufel, nein! Und falls einer von euch ihr das anbietet, werdet ihr es bereuen«, warnte er sie, bevor er um sie herumging und ohne sich noch einmal umzublicken die Buchhandlung verließ.

Die anderen drei Colter-Brüder sahen einander fragend an.

»Er ist wirklich vollkommen daneben«, stellte Tate ruhig fest. »Mist! Ich möchte, dass er glücklich ist, aber jetzt könnte er auf einem sehr steinigen Weg sein. Ellie ist verwirrt. Sie wird nicht wissen, was sie wirklich will, bevor nicht einige Zeit vergangen ist und sie eine Therapie gemacht hat.«

Blake nickte langsam. »Zane wird ihr Zeit lassen. Er wird tun, was für sie am besten ist.«

»Seid ihr beide blind? Sie ist perfekt für ihn«, warf Marcus ein. »Das war sie immer schon. Nur das Timing stimmt nicht.«

Tate sah Marcus überrascht an. »Woher weißt du, dass sie die Eine für Zane ist?«

Marcus verdrehte die Augen. »Reine Beobachtung. Während der wenigen Male, die ich sie zusammen gesehen habe, seitdem Zane Rocky Springs verlassen hat, war das recht offensichtlich. Ich habe bemerkt, wie sie einander angesehen haben. Ich bezweifle nicht, dass Ellie tiefere Gefühle für Zane hegt. Es handelt sich keineswegs um einen Fall von Heldenverehrung. Sie hat ihn immer gemocht und er hat sie immer gemocht. Es überrascht mich, dass er sich nicht schon früher um sie bemüht hat. Vielleicht weil sie Chloes beste Freundin ist. Ich glaube nicht, dass er sich bewusst war, wie sehr er sie begehrt, bis sie vermisst wurde.«

»Was, wenn du Unrecht hast?«, fragte Blake schroff.

Marcus blickte seinen beiden Brüdern für einen Moment in die Augen, bevor er mit einer Gewissheit antwortete, die an Arroganz grenzte: »Ich habe niemals Unrecht.«

Tate und Blake sahen Marcus hinterher, der sich herumgedreht hatte und auf den Ausgang zuschritt, während seine Behauptung noch in der Luft hing. Sie schüttelten die Köpfe und folgten ihm; keiner von beiden war fähig, Marcus eine besserwisserische Antwort zu geben.

Kapitel 7

Zane verstaute den schweren Stapel Bücher im Auto, bevor er die Straße überquerte, um Ellie zu suchen. Nicht, dass er sich für seine Wahl geschämt hätte, doch sie würde wahrscheinlich Fragen aufwerfen, die er jetzt nicht beantworten wollte und konnte.

Ein Bauchgefühl trieb ihn dazu, mehr darüber zu erfahren, was Ellie durchgemacht haben musste. Außerdem wollte er das Trauma verstehen, unter dem sie litt. Er fühlte sich so hilflos, wenn es darum ging, die wunderschöne Frau zu trösten, die so dringend Rückenstärkung brauchte. Das Problem bestand darin, dass er niemals der romantische Typ Mann gewesen war und ganz sicher noch niemals eine Freundin besessen hatte, die das Gleiche durchgemacht hatte wie Ellie.

Vielleicht hätte ich Chloe nach Hause zurückrufen sollen.

Er schüttelte den Kopf, als er zu dem Bekleidungsgeschäft hinüberging, denn er war sich sicher, dass seine kleine Schwester wütend werden würde. Aber alles in allem... stimmte er Ellie zu. Chloe hatte ihre eigenen Probleme zu lösen und sie verdiente ihre Auszeit. Ohne Zweifel würde sie sich schuldig fühlen, dass Ellie sich wegen ihrer Entführung in einem so schlechten Zustand befand. Zane ahnte, dass Blake Gabe wahrscheinlich schon in Kenntnis gesetzt hatte. Blake und Chloes Mann waren seit langem die besten Freunde. Offensichtlich war Gabe der Ansicht, dass es besser war zu warten, bis Chloe regulär nach Hause zurückkehren würde, denn sonst wäre seine kleine Schwester schon längst von ihrer Reise zurück, dessen war sich Zane sicher. Es wäre ein Ding der Unmöglichkeit, Chloe von Rocky Springs fernzuhalten, wenn sie wüsste, dass Ellie lebend gefunden worden war.

Zane respektierte, dass Ellie noch etwas Zeit brauchte, bevor sie Chloe treffen würde. Diese Entscheidung musste er wirklich ihr überlassen. Er hatte bereits genügend heimliche Schritte unternommen, um sie zu zwingen, Hilfe anzunehmen. Die Grenze, nicht direkt gegen ihren Entschluss zu handeln, durfte er nicht überschreiten.

Zane ging ein bisschen schneller und vergrub seine Hände in den Jackentaschen. Es war bereits dunkel und bitterkalt. Leichter Schneefall hatte eingesetzt.

Er blieb ruckartig stehen, als er Ellie vor dem Bekleidungsgeschäft entdeckte. Es war, als hätte ihm jemand einen Schlag in den Magen versetzt.

Was. Zum. Teufel?

Ellie sah entsetzt aus. Direkt vor ihr befanden sich ein Kamerateam und Reporter, Lampen strahlten ihr direkt ins Gesicht. Sie sagte kein Wort. Stattdessen schüttelte sie einfach nur andauernd den Kopf.

Zane konnte nur den Rücken des männlichen Reporters sehen, doch als er mit den Augen die Straße absuchte, erblickte er einen Transporter mit dem Logo des lokalen Fernsehsenders.

Als er mit zusammengebissenen Zähnen vorwärts stürmte, war ihm klar, dass er es diesem Reporter körperlich unmöglich machen würde, Ellie in nächster Zeit noch einmal zu belästigen.

»Mist!«, knurrte er, als er sah, wie Ellie sich einen Weg durch die Menschenmenge kämpfte und... genau in seine Richtung flüchtete.

Er fing sie einfach auf, indem er ihr in den Weg trat, sodass sie aufgehalten wurde, als sie in ihn hineinrannte. Er schlang seine Arme um sie und hielt sie in seiner Umarmung gefangen.

»Zane«, keuchte sie unter Tränen. »Es tut mir leid. Ich kann jetzt nicht mit denen reden. Ich will mich nicht erinnern. Ich will nicht darüber reden, was mit mir geschehen ist.« Ihre Stimme war voller Panik und Angst, eine Stimme, die er noch niemals zuvor von ihr gehört hatte.

»Das musst du auch nicht«, sagte er beruhigend und strich ihr mit einer Hand über den Kopf.

»Miss Winters«, sagte die tiefe, männliche Stimme des Reporters drängend, »nur ein paar Fragen.« Der junge Reporter war bis zu Ellie vorgedrungen, gefolgt von Kamera und Beleuchtung.

»Ich kann nicht«, schluchzte Ellie. »Ich kann das jetzt nicht.«

Zane spürte, wie Zorn in ihm aufstieg, ein Gefühl, das er mit solcher Intensität noch nie zuvor erfahren hatte. »Schalten Sie die verdammte Kamera ab!«, forderte er das Fernsehteam auf. »Keine Interviews.« Seine Stimme klang eher wie ein Knurren. Er konnte seinen Instinkt, Ellie vor allem zu schützen, was sie kränkte, unmöglich unterdrücken.

Wütend starrte er den Reporter an und verlangte: »Weg hier! Schaffen Sie Ihren Hintern nach Denver zurück oder ich werde dafür sorgen, dass Sie nie wieder ein Interview durchführen können! Ellie hat genug durchgemacht.« *Mein Gott, wie er diese Blutsauger hasste!* Reporter gaben niemals auf, bevor ihr Opfer nicht buchstäblich an seinen Wunden verblutete.

»Wir befinden uns hier nicht auf Ihrem Grundstück«, erwiderte der Berichterstatter abfällig. »Wir handeln in vollkommener Übereinstimmung mit unserem Recht, über Neuigkeiten zu berichten.«

Zane verlor die Geduld. »Das ist keine Berichterstattung. Sie quälen ein Opfer, eine Frau, die ohne Grund und schuldlos eine höllische Gefangenschaft durchgemacht hat. Sie wollen diese Geschichte doch nur bringen, um die Neugierigen zu unterhalten, die auf Einzelheiten scharf sind.« Er hielt inne und holte tief Luft. »Verschwinden Sie einfach nur aus Rocky Springs und kehren Sie nicht noch einmal zurück!«

»Sie können mich nicht zwingen zu gehen«, antwortete der Reporter.

»Er scheint seine Arme voll zu haben. Doch wenn er es nicht kann, kann ich das gern übernehmen«, ertönte ein Bariton hinter Zane.

Es war Marcus. Obwohl sich Blakes und Marcus Stimmen sehr ähnelten, verriet die glatte Dreistigkeit Zanes ältesten Bruder.

»Willst du, dass ich ihn festhalte?«, fragte Blake.

»Ich werde helfen«, bot Tate zornig an. »Mist! Ich dachte, ich hätte eure Spuren so gut verwischt, dass niemand sie aufspüren könnte. Es tut mir leid, Ellie.«

Zane wäre liebend gern geblieben, um den aufdringlichen Reporter irgendwo gegen eine Wand zu schleudern und ihn zum Schweigen zu bringen, aber Ellie zitterte in seinen Armen. »Komm, ich werde dich zum Wagen bringen!« Er wandte sich ab, legte beschützend einen Arm um Ellie und drängte sie zu seinem Geländewagen, der etwas weiter unten an der Straße parkte.

»Wir werden das erledigen«, bemerkte Marcus stoisch, als Zane und Ellie an ihm vorbeigingen.

Zane nickte ihm zu. »Ich weiß. Danke.« Seine Brüder würden dafür sorgen, dass die Presse die Stadt verließ, wie auch immer sie das erreichen würden.

Ellie wischte sich unwirsch die Tränen ab. »Es tut mir leid. Es war dumm von mir, mich so über einen Reporter aufzuregen.«

»Das ist nicht dumm«, widersprach Zane. »Wenn du nicht bereit dazu bist, musst du nicht darüber reden. Und falls du niemals so weit sein wirst, musst du niemals auch nur ein Wort darüber äußern.«

Ellie hatte mit der Polizei gesprochen und eine Aussage gemacht. Doch da der Schuldige tot war, hatten sie sich mit einer kurzen Erklärung ohne Einzelheiten zufriedengegeben und den Fall abgeschlossen. Zane war erleichtert gewesen, obwohl ihm bewusst war, eines Tages würde sie ihre Dämonen vertreiben müssen, indem sie darüber sprach.

Vielleicht wird sie mit Chloe darüber reden.

Zane blickte im Gehen auf ihr Profil hinab und bemerkte, dass sie erschöpft wirkte. Als sie an seinem Fahrzeug ankamen, verspürte er Gewissensbisse, dass er ihr nicht die Tüten abgenommen hatte, die sie am Arm trug. Wegen seiner blutdürstigen Rachegelüste gegenüber dem Reporter, der Ellie belästigt hatte, waren sie ihm entgangen. Es sah allerdings nicht so aus, als hätte sie viel gekauft. Sie trug lediglich zwei kleinere Tüten.

»Ich nehme dir das ab. Steig ein!« Er nahm ihre Päckchen und öffnete ihr die Wagentür, bevor er zum Laderaum ging und ihre Einkäufe verstaute.

Nachdem er auf den Fahrersitz geschlüpft und die Tür geschlossen hatte, startete er den Motor und ließ ihn warmlaufen.

Ellie versuchte, sich mit ihren kalten Fingern den Schnee aus den Haaren zu bürsten.

»Ich hoffe, du hast dir ein paar winterfeste Kleidungsstücke gekauft«, brummte er, während er vom Bordstein hinunterfuhr, ohne sich noch einmal umzublicken. Zane vertraute darauf, dass seine Brüder die Situation mit den Pressevertretern klären würden.

»Zwischen meinen Habseligkeiten muss sich noch Winterkleidung befinden. Ich habe sie bis jetzt nur noch nicht herausgesucht«, sagte sie zögernd, offensichtlich emotional noch immer in Mitleidenschaft gezogen. »Ich habe doch auch die Sachen, die du mir besorgt hast, aber ich hatte nicht damit gerechnet, mich so lange draußen aufzuhalten.« Sie holte tief Luft. »Es tut mir leid, dass ich eine solch emotionsgeladene Szene gemacht habe.«

»Haben dir diese Leute Angst eingejagt?«, erkundigte sich Zane, dessen Finger sich fest um das Lenkrad krallten. Er ärgerte sich über jeden, der Ellie in Aufruhr versetzte.

»Ich hatte nicht wirklich Angst«, erklärte Ellie seufzend. »Ich will einfach nur nicht, dass meine Demütigung der ganzen Welt verkündet wird. Ich weiß nicht, ob ich überhaupt jemals dazu bereit sein werde.«

Ellie schämte sich und das brachte Zane an seine Grenzen. »Es war nicht dein Fehler. Nichts davon hast du verschuldet.«

»Aber das macht es keineswegs weniger demütigend«, gab Ellie zurück.

Als er um eine Ecke bog, um den Weg zu seinem Haus einzuschlagen, fluchte er vor sich hin. James war ein Psychopath gewesen und er erinnerte sich noch gut daran, wie sie ihm tapfer erzählt hatte, wie er sie um Nahrung und Wasser hatte betteln lassen. »Du solltest dich nicht auch nur andeutungsweise schämen«, stieß er schroff hervor. »James war der Soziopath und du warst sein Opfer. Es erfordert eine Menge Mut, um in solch einer Situation zu überleben, Ell.«

»Ich habe ihn mit mir spielen lassen. Ich habe zugelassen, dass er mich vollkommen durcheinanderbringt«, antwortete Ellie traurig. »Ich hatte ihn durchschaut und ihm genau das gegeben, was er wollte.«

»Hattest du denn eine Wahl?«, gab Zane zurück.

Sie antwortete nicht und die folgende, langandauernde Stille machte ihm bewusst, dass sie keine Wahl gehabt hatte. All ihre Freiheit, Selbstachtung und Würde waren ihr von einem wahnsinnigen Arschloch genommen worden, dem es Spaß machte, Frauen zu quälen.

Erleichtert hörte er sie schließlich leise sagen: »Nein. Nicht die geringste Wahl. Ich konnte entweder sterben oder überleben. Der Überlebenswille in mir hat sich geweigert aufzugeben.«

»Gott sei Dank«, sagte Zane heiser. »Ich wäre ziemlich ärgerlich gewesen, wenn ich an der Hütte angekommen und dich bereits tot vorgefunden hätte.«

Ellie lachte. Das Geräusch traf Zane mitten ins Herz. Er hatte Ellie schon lange nicht mehr lachen gehört. Wenn sein schwarzer Humor sie zum Lächeln brachte, würde er frohgemut den Versuch der politischen Korrektheit aufgeben.

»Dann bin ich froh, dass ich dich nicht enttäuscht habe«, schoss Ellie schnaubend zurück.

Zane lächelte nur ein bisschen, als sie das Gelände der Colters erreichten und auf sein Haus zufuhren. »Es tut mir leid, dass ich zugelassen habe, dass ein Reporter die Möglichkeit bekam, mit dir zu reden. Ich hatte versprochen, dich zu schützen.«

»Das tust du doch. Außerdem war es nicht dein Fehler«, argumentierte Ellie. »Zane, du kannst mich nicht für immer vor der Welt beschützen, auch wenn ich es zu schätzen weiß, dass du es versuchst.«

»Doch, das kann ich«, widersprach er heftig. Er hatte versagt und sich von seinen Brüdern aufhalten lassen, anstatt sie zu beobachten. Ab jetzt würde sie sicher sein.

»Ich habe doch Angst davor«, bemerkte Ellie leise.

»Vor was?«, fragte Zane, der wissen wollte, was ihr Angst einjagte, sodass er den Grund dafür aus dem Weg räumen konnte.

Stille breitete sich im Wagen aus, während Zane über das Gelände der Colters fuhr. Die Dunkelheit des Abends verhinderte, dass er Ellies Gesichtsausdruck erkennen konnte.

Schließlich drängte er: »Rede mit mir, Ellie. Wovor hast du Angst?«

»Ich habe Angst, dass es wieder geschehen könnte«, gab sie hastig zu. »Ich weiß, dass die Chancen, noch einmal entführt zu werden, beinahe Null sind, insbesondere seitdem James tot ist. Auf rationaler Ebene verstehe ich das. Trotzdem kann ich nichts gegen die Angst unternehmen, die ich verspüre, sobald sich mir jemand nähert, selbst wenn es nicht auf bedrohliche Weise geschieht. Falls es sich um jemanden handelt, den ich nicht als einen Freund ansehe, verspüre ich den Reflex zu flüchten. Bis vor Kurzem schien ich bei Freunden die gleiche Reaktion zu zeigen – nur eben nicht so ausgeprägt wie bei Fremden.« Sie holte zitternd Luft und fuhr fort: »Ich weiß, es ergibt keinen Sinn. Ich weiß, der Mann war ein Reporter. Doch als er mir so nahe kam und mich veranlassen wollte, über mein Erlebnis zu reden, schien ich alles noch einmal erleben zu müssen.«

Zanes Zorn über den Berichterstatter kehrte zurück. »Er war ein zudringliches Arschloch, Ell. Und du besitzt das Recht, vorsichtig zu sein. Verdammt, ich halte dich für unglaublich tapfer, dass du dich überhaupt aus dem Haus wagst.«

»Ich will es. Ich kann nicht ständig in Angst leben, Zane«, erklärte Ellie. »Ich möchte mich wieder normal fühlen. Dies ist meine Stadt. Hier bin ich aufgewachsen. Hier ist mir noch niemals etwas Traumatisches begegnet, bevor...« Ihr versagte die Stimme. Sie klang, als fürchtete sie, die einzige üble Erfahrung, die sie je in Rocky Springs gemacht hatte, auch nur zu erwähnen.

Zane streckte im Dunkeln die Hand aus und suchte den Kontakt zu Ellie. Er hasste die Tatsache, dass sie im Wesentlichen allein mit ihrem Leiden zu kämpfen hatte. Er wusste nicht, wie er mit ihrer Furcht umgehen sollte... oder mit seiner eigenen Sorge um ihre Sicherheit.

Ihre Hände berührten sich und sein Herz versetzte ihm einen Stich, als sie sich hastig von ihm zurückzog. Doch dann streckte sie ihre Hand aus und schlang vertrauensvoll ihre Finger um seine. Zane schmerzte die Brust vor Zärtlichkeit, als Ellie ihm die Hand drückte und ihm wortlos zu verstehen gab, dass sie ihm vertraute und dass ihre erste Reaktion einem plötzlichen, instinktiven Reflex entsprungen war.

Nach ein paar Minuten des Schweigens fragte Ellie: »Warum hast du mir nicht gesagt, dass du dich um meine Wohnung gekümmert hast? Du hast mich belogen, als du mir erzählt hast, sie sei bereits wieder vermietet worden.«

Er wollte ihr die Wahrheit sagen, denn sie hatte es, verdammt nochmal, verdient. »Ich wollte, dass dein Zuhause auf dich wartet. Ich wollte, dass dein Leben so normal wie möglich verlaufen würde, sobald du zurückgekehrt wärst. Ich wusste doch nicht, dass ich dich halbtot auffinden würde. Als du begonnen hast, dich zu weigern, mit zu mir nach Hause zu kommen, um dich zu erholen, habe ich deine Wohnung gekündigt, damit du gezwungen warst, bei mir zu bleiben. Ich weiß, dass das nicht nett war, und es tut mir leid, dass ich dich belogen habe. Aber es tut mir keineswegs leid, dass du bei mir bist, wo du hingehörst. Im Moment *brauche* ich dich ebenso in meiner Nähe, wie du jemanden brauchst, der bei dir ist, sodass du dich sicher fühlen kannst und nicht allein bist.« *Mein Gott! Er wollte sie unbedingt jeden einzelnen Augenblick unter seinem Schutz wissen.*

»Warum?«

»Weil ich die Bestätigung brauche, dass du wirklich lebst und dich erholst«, erklärte er ihr widerstrebend. »Diese ganze Geschichte – dein Verschwinden, die lange Suche, die endlosen Tage des Grübelns, wo du sein könntest und was dir widerfahren war, mich zu fragen, ob du tot oder lebendig warst – hat mich zu Tode geängstigt. Und obwohl ich jetzt weiß, dass du lebst, begleitet die Angst mich immer noch.« Zane begann sich zu fragen, ob sie jemals vergehen würde.

Sie schwieg einen Moment, bevor sie schließlich antwortete: »Ich denke, du hast Recht. Ich glaube, im Moment muss ich wirklich bei dir sein. Der heutige Abend hat das bewiesen. Bis ich all meine

Dämonen besiegen kann, brauche ich dich, um sie für mich zu vertreiben. Ich weiß, du hast ohne Furcht gehandelt, und Gott weiß, dass ich das verstehe. Aber bitte belüge mich niemals wieder und versuche niemals wieder, mich zu manipulieren.«

Dies war ein ausschlaggebender Moment für Zane. Dies war der Augenblick, in dem er sicher wusste, dass er ihr ganz und gar verfallen war. »Ich verspreche es.« Sie war ihm viel zu wichtig, als dass er nicht alles daran setzen würde, dieses Versprechen zu halten.

Kapitel 8

Die Weihnachtstage gingen wie im Flug vorüber und nach ein paar Monaten verfielen sie und Zane in eine gewisse Routine. Tagsüber arbeitete er im Labor, tauchte jedoch zum Abendessen wieder auf. Sie kochte und hatte mittlerweile bis auf sein Labor das ganze Haus durchorganisiert.

Zane konnte nichts mehr finden, was sie ziemlich amüsierte. Nicht, dass er etwas gefunden hätte, *bevor* sie das Haus aufgeräumt hatte, aber danach war er vollkommen verloren.

Ellie begann auch langsam wieder mit der Arbeit an ihrem Aromatherapiegeschäft und stellte Kerzen und Düfte her, die sie glücklich machten. Ihre Internetverkäufe waren zwar nicht gerade überragend, doch die Einkünfte reichten aus, um die Kosten ihres Hobbys zu decken und einen kleinen Überschuss zu erwirtschaften.

Mit der Zeit hatte sie sich daran gewöhnt, den BMW zu fahren, den Zane ihr geschenkt hatte, obwohl sie der Meinung war, für eine Frau wie sie sei es regelrecht lächerlich, ein so luxuriöses Fahrzeug zu benutzen. Langsam desensibilisierte sie sich und verspürte immer weniger Angst, sich außerhalb des Hauses zu bewegen, selbst wenn Zane sie nicht begleitete. Mit Dr. Townsons Hilfe näherte sie sich immer mehr einem normalem Leben. Trotzdem wusste sie, dass es noch eine Weile dauern würde, bis sie sich vollkommen rehabilitiert haben würde... falls das überhaupt jemals der Fall sein sollte.

Ihr Körper rundete sich und sie hatte bereits neue Kleidungsstücke kaufen müssen. Hoffentlich würde sie einmal an den Punkt gelangen, sich nicht mehr ständig hungrig zu fühlen. Leider hatte sie dieses spezielle Stadium bis jetzt noch nicht erreicht. Nachdem ihr so lange die Nahrung verweigert worden war, musste Ellie unglücklicherweise anerkennen, dass ihr Körper die verlorenen Mahlzeiten nun wieder aufholte.

Vielleicht vertilgte sie deshalb gerade um zwei Uhr morgens einen riesigen Teller Nachos. Sie war von einem Albtraum geweckt worden, einem der vielen Nebeneffekte ihres traumatischen Erlebnisses, und hatte nicht mehr einschlafen können. Also war sie aufgestanden und hatte, sobald sie die Küche erreicht hatte, alle Lichter eingeschaltet, um die nächtlichen Schatten zu vertreiben. Sie hatte Zane nicht wegen ihrer Schlaflosigkeit stören wollen und darauf verzichtet, die Lampen im Flur einzuschalten. Dann hatte sie sich umgehend daran gemacht, einen Berg Nachos herzurichten. Ohne Zweifel würde sie später dafür mit Sodbrennen bezahlen müssen, doch trotzdem hatte sie noch großzügig eine Menge Jalapenos und Sauce darauf gehäuft.

Nun befand sie sich am anderen Ende des Hauses im Wohnzimmer und konzentrierte sich auf eine ihrer bevorzugten Krimiserien. Glücklicherweise verfügte Zane über Internetfernsehen, daher konnte sie immer, wenn sich ihr die Möglichkeit bot, auf ihre gerichtsmedizinisch ausgerichteten, authentischen Kriminalgeschichten zurückgreifen.

»Der Ehemann ist es nicht«, sagte sie ungeduldig zu dem Fernseher, als sie sah, dass die Polizei die falsche Spur verfolgte, um den Mörder einer Frau zu finden. »Er hat kein Motiv, es gibt keine Lebensversicherung und seine Trauer war echt«, argumentierte Ellie und schaufelte sich weitere Nachos in den Mund.

»Was zum Teufel tust du da?« Ein lauter Bariton übertönte den Fernseher.

Ellie kreischte auf und stieß beinahe die Schüssel mit den Nachos auf ihrem Schoß um, als sie sich herumdrehte, um Zane anzusehen.

»Oh Gott! Entschuldigung! Ich dachte, du könntest den Fernseher nicht hören.«

Sie sah sich hastig nach der Fernbedienung um, um die Show abzustellen. Sie konnte sie jedoch nicht finden. Also stellte sie die Schüssel auf den Tisch neben der Couch und tastete in deren Ritzen nach dem Gerät.

»Ellie... stopp!«, schimpfte Zane und hielt sie an den Schultern fest. »Weder hast du mich geweckt noch hat der Fernseher mich gestört. Ich bin von selbst aufgewacht und wollte mir in der Küche etwas zu trinken holen. Ich habe mich lediglich gefragt, warum du wieder aufgestanden bist. Du bist doch schon so früh ins Bett gegangen.«

Sie seufzte erleichtert auf und sah zu ihm auf. Ihr Herz begann zu hüpfen, als sie seinen verwirrten Blick einfing. »Ich habe schlecht geträumt. Ich konnte nicht wieder einschlafen. Das passiert manchmal. Und da ich nicht so bald wieder Schlaf finde, bin ich einfach aufgestanden, um mir einen Film im Fernsehen anzuschauen.«

Er nickte, als ob er das verstehen könnte. Dann ließ er sich auf die Couch fallen, schnappte sich die Nachos und zog sie neben sich. »Was läuft gerade?«

Ellie gefiel die Art, wie Zane einfach als normal akzeptierte, was auch immer sie gerade tat, und ihr in ihrer Verrücktheit Gesellschaft leistete.

»Wahre kriminaltechnische Fälle«, antwortete sie atemlos. Sie konnte ihre Augen nicht von seinem muskulösen, nackten Oberkörper abwenden.

Zane mochte sie vielleicht manchmal belustigen, doch meist rief er in ihrem ganzen Körper die schmerzhafte Sehnsucht hervor, ihm näher zu sein. Er war äußerst bequem nur in eine Schlafanzughose aus Flanell gekleidet. Ellie war sich ziemlich sicher, dass kein Mann so zum Anknabbern verleitete wie Zane in diesem Augenblick. Sein Haar war kunstvoll zerzaust, als ob er gerade dem Bett entstiegen wäre, was ja auch wirklich zutraf. Doch kein Mann sollte so gut aussehen mit vom Schlaf verwirrtem Haar. Sie fand das vollkommen unfair.

Ellie kämmte sich mit den Fingern ihre Haare, denn ihr war bewusst, dass ihre widerspenstigen Locken in alle Richtungen von ihrem Kopf abstanden. Außerdem trug sie einen höchst unerotischen Tinker Bell Pyjama, den sie sich vor dem Zubettgehen angezogen hatte. Alles in allem war sie sich sicher, dass sie zum Fürchten aussah.

Seltsamerweise schien Zane nicht zu bemerken, dass sie so unordentlich aussah, oder dem keine Bedeutung beizumessen.

Verstohlen sah sie ihn von der Seite an, doch er war jetzt ganz auf die Fernsehshow fokussiert, eine Augenbraue auf diese entzückende Art hochgezogen, die seine Konzentration verriet.

»Du hast Recht«, sagte er, während er sich weitere Nachos in den Mund schaufelte und dann ihr Sodawasser vom Tisch nahm und einen Schluck trank. »Es ist nicht der Ehemann.«

Ellie entspannte sich und lehnte sich mit dem Rücken gegen das Sofa. »Ich weiß, dass ich Recht habe.« Sie streckte die Hand aus und ergriff ihr Sodawasser. »Er hat keinen Grund gehabt, sie zu töten.«

Zane schüttelte den Kopf. »Es ist nicht nur das. Die kriminaltechnischen Spuren deuten nicht auf ihn. Sie müssen weitermachen und nach dem wahren Mörder suchen.«

Ellie nahm sich ein Nacho und antwortete: »Das werden sie auch. Doch es scheint so, als müssten sie in dieser Serie immer erst den Ehemann oder den Freund verdächtigen.«

»Soll das heißen, es gibt noch mehr Serien dieser Art?«, erkundigte er sich neugierig.

Ellie lachte auf. »Tonnenweise und ich habe sie mir alle angesehen. Ich bin süchtig danach. Langsam habe ich die Episoden wieder aufgeholt, die ich verpasst habe.«

Zane machte es sich gemütlich und schaute sich noch zwei weitere Episoden mit ihr an. Sich gegenseitig neckend versuchten die beiden zu erraten, wer das dargestellte Verbrechen begangen hatte. Ellie hatte beide Male ins Schwarze getroffen und Zane hatte ihr jedes Mal zugestimmt.

Nachdem der zweite Film beendet war, stand Ellie auf und brachte die leere Schüssel und die Sodawasserdose in die Küche. Nachdem er den Fernseher ausgeschaltet hatte, folgte Zane ihr.

»Wird es dir jetzt besser gehen?«, fragte er leise, während er sich mit der Hüfte gegen die Arbeitsplatte lehnte.

»Ja. Es ist nicht das erste Mal, dass ich mich mit einem Krimimarathon unterhalte, wenn ich nicht schlafen kann«, gab sie zu und lächelte ihn an.

»Warum hast du mich nicht geweckt? Ich hätte mich auch schon in anderen Nächten zu dir gesetzt. Du brauchst nicht allein zu sein.«

Ellie schüttelte den Kopf. »Ich wollte dich nicht stören. Dies ist mein seltsames kleines Problem. Nach einer Weile kehre ich immer ins Bett zurück.«

In Wahrheit hatte sie sich in jenen schlaflosen Nächten nichts mehr gewünscht als Zanes Gesellschaft, doch für sie war es sicherer, einfach allein dort zu sitzen. Er war jetzt ihr Chef und sie brauchte den Job. Irgendwie musste sie ihr Verlangen überwinden, wie ein Bergsteiger seinen muskulösen Körper erklimmen und ihn wild bergab reiten zu wollen.

»Das nächste Mal... weck mich!«, verlangte er, während er sie langsam gegen die Arbeitsplatte drückte.

Sein Körper drängte sich gegen ihren und Ellie konnte kaum den Kopf in den Nacken legen, um ihn anzusehen. »Warum sollte ich das?«, fragte sie schlicht.

»Weil ich versuchen will, dich all diese schlechten Träume vergessen zu lassen.«

»Wie?«

Zanes Augen funkelten wie geschmolzenes Silber und brachten Ellies Herz zum Galoppieren.

Küss mich! Bitte küss mich!

Sie hatte sich danach gesehnt, er möge sie so verschlingen, wie er es an dem Tag getan hatte, an dem er sie nach Hause gebracht hatte. Sie wünschte sich, er würde jetzt nicht aufhören. Sie fühlte sich mittlerweile auf jegliche Art mit ihm verbunden, außer der körperlichen, und danach verlangte es sie schmerzhaft.

Er beugte seinen Kopf zu ihr hinunter und kam ihr so nahe, dass sie seinen warmen Atem auf der Wange spüren konnte, der so schnell und heftig ging, dass sie ihn hören konnte.

»Mist! Ich kann das nicht tun!«, knurrte Zane und hieb mit der Faust neben sie auf die Arbeitsplatte. »Du brauchst jetzt einen Freund und keinen Mann, der dich so gern ficken würde, dass seine Eier bereits blau angelaufen sind.«

Ellie schlang ihm die Arme um den Hals, als er sich von ihr lösen wollte. Zanes Bekenntnis verblüffte sie. »Du willst... mich?«

Er nickte bedächtig. »Ich *will* dich nicht begehren, aber ich kann nichts dagegen tun. Ich *sollte* dich nicht begehren, weil du mein Freund bist, jetzt auch meine Angestellte und dich von einem emotionalen Trauma erholst, das die meisten Menschen noch nicht einmal verstehen können. Ich kann mir selbst zwar weiterhin etwas vormachen, doch ich kann nicht ändern, was ist und wahrscheinlich immer sein wird. Ich kann es nicht mit dem Verstand erfassen oder einen Sinn dahinter entdecken. Aber mehr als nach dem nächsten Atemzug sehne ich mich danach, meinen Schwanz in dir zu vergraben und mich in unserer Lust zu verlieren.« Er fuhr ihr mit der Hand durchs Haar und spielte mit ihren Locken. »Ich will dich vor Lust stöhnen hören, dich meinen Namen rufen hören, wenn du kommst. Ich will der nächste Mann sein, der dich fickt, bis du noch nicht einmal mehr deinen Namen kennst.«

Seine Stimme klang gefährlich rau und blechern, als ob jedes Wort aus einer tiefen Höhle in seinem Inneren hervordringen würde. Ellie zitterte, als sich sein harter Körper gegen ihren presste und sich sein geschwollener Schwanz an ihrem Becken rieb. »Du wirst der Einzige sein«, flüsterte sie zärtlich, gerade bevor Zane sich hinab beugte und ihren Mund mit seinem einfing.

Er plünderte ihren Mund wie ein Verhungerter, der sich auf seine Nahrung stürzt. Ellie spürte, wie sich ihr Unterleib zusammenzog, als ihre Zungen sich umeinander verschlangen und beide verzweifelt versuchten, einander näher zu sein. Sie fuhr ihm mit den Händen durchs Haar und kämpfte um Atem, als Zane an ihrer Unterlippe knabberte, bevor er diese wieder sanft leckte.

»Ich will dich auch«, gestand Ellie und vergrub ihr Gesicht an seinem Hals, wobei sie beinahe aufschluchzte, als sie Zanes männlichen Duft einatmete. »So sehr, dass es wehtut.«

Seine Hände glitten ihren Körper hinab, eine landete auf ihren Pobacken, die andere fuhr über die Vorderseite ihres zerknautschten Schlafanzugs und dann unter ihr Höschen. »Mein Gott, du bist so feucht für mich, Ellie, und so verdammt heiß. Hast du überhaupt eine Ahnung, wie schwer es ist, dich nicht zu ficken?«

Sie fühlte sich, als ob sie in Flammen aufginge, und ein Ruck fuhr durch ihren ganzen Körper, als Zane nach dem empfindlichen Nervenbündel suchte und es auch fand. Sein Daumen glitt leicht darum herum und darüber hinweg, weil es vor Feuchtigkeit so glitschig war.

»Zane!«, schrie sie auf, während ihr Körper vor Lust summte.

»Komm für mich, Ell! Ich kann dich nicht ficken, weil du noch Jungfrau bist, aber ich muss dich kommen sehen«, krächzte er genau an ihrem Ohr, bevor er seine Zunge über die empfindliche Haut ihres Halses schnellen ließ.

Sie keuchte, als seine Finger in ihre Muschi eindrangen und Gefühle hervorriefen, die sie nicht gekannt hatte. Ihre Finger verkrallten sich in seinem Haar und zerrten daran, bis er schließlich nachgab und sie küsste. Sein Mund zeugte von seinem Heißhunger, während er fortfuhr, sie mit seinen Fingern und seiner lasterhaften Zunge zu reizen.

Ihre Begierde, ganz in ihn hineinzukriechen, wuchs und Ellie blieb nichts anderes, als hilflos gegen Zanes Lippen zu wimmern, während sie nur noch an *ihn* und was er mit ihrem Körper anstellte denken konnte.

Ohne zu überlegen sprang sie ihn an und schlang ihre Beine um seine Taille, bettelte ihn beinahe an, seine Finger durch seinen Schwanz zu ersetzen.

»Ich brauche mehr«, flehte Ellie.

»Das glaube ich nicht, Baby. Ich glaube, du brauchst einfach nur einen Orgasmus«, widersprach Zane, während seine Finger immer noch ihre Klitoris bearbeiteten und sie ihre Hüften heftig gegen seine Hand presste.

Ellie stöhnte auf, als sich der Knoten in ihrem Bauch aufzulösen begann und ihr die Hitze direkt in den Unterleib schoss. Verzweifelt klammerte sie sich an Zane und überließ ihrem Körper die Kontrolle, unfähig, etwas anderes zu tun, als ihm zu erlauben, sie zum Höhepunkt zu treiben.

Sie bebte am ganzen Körper, als sie hinweggetragen wurde. Ihre Finger klammerten sich immer noch an Zanes Haare, während sie seinen Namen schrie. »*Zane!* Oh Gott! So etwas habe ich noch niemals gefühlt.«

»Gib dich einfach deinem Orgasmus hin!«, befahl Zane. »Ich bin hier. Ich beschütze dich, Ell. Ich verspreche es.«

Sie vertraute ihm voll und ganz. Ihr Körper bäumte sich voller Lust auf. Zane bewegte seine Hände und ließ sie seine Bauchmuskeln benutzen, um ihre Hüften gegen ihn zu stoßen, als sie auf den Wellen des unglaublichsten Orgasmus ritt, den sie je erlebt hatte.

Ihre Hände bewegten sich abwärts, um über seinen Rücken zu fahren, und ihre Nägel gruben sich in seine Haut, als sie sich an ihm festhielt. Sie stöhnte vor ungezügelter Wollust, als sie den Höhepunkt überschritt und auf die Erde zurückzuströmen begann.

Sie zwang ihre Hände, sich zu entspannen, um seinen nackten Rücken nicht noch mehr aufzukratzen, als sie es ohnehin schon getan hatte, und ließ ihren Kopf auf seine Schulter fallen. Sie hatte sich vollkommen verausgabt.

Als sie ihre Beine langsam absenkte, nahm Zane sie auf den Arm und trug sie in ihr Bett zurück.

Ellie fühlte sich benommen, Körper und Geist noch durcheinander. Was zum Teufel konnte sie sagen? *Äm… tut mir leid. Ich hatte einen Orgasmus, während ich mich an deinen perfekten Körper geklammert habe?* Nein. Das war wahrscheinlich nicht das Richtige in dieser heiklen Situation.

Zane strich ihr übers Haar, als er die Laken und das Oberbett um sie feststeckte. »Kannst du jetzt schlafen?«

Ellie unterdrückte ein Gähnen. »Ja.«

Er setzte sich auf die Bettkante. »Ellie, warum hast du mir niemals erzählt, dass du noch Jungfrau bist?«

»Es hat sich nie ergeben«, verteidigte sie sich. Ihr Sexleben war etwas Persönliches. Sie hatten nicht gerade tiefe, intime Gespräche über Sex geführt. Tatsächlich war dieses Thema das einzige, das sie niemals diskutiert hatten.

»Ich bin froh, dass du es mir gesagt hast, bevor es zu spät war. Du musst dich für jemanden aufsparen.«

Ihr sank das Herz. »Ich nehme an, du entjungferst keine Frauen?«, fragte sie neugierig.

»Nein«, antwortete er ausweichend. »Schlaf jetzt!«

Er stand auf und schaltete den Dimmer der Nachttischlampe aus, bevor er auf die Schlafzimmertür zuschritt. Doch dann drehte er sich herum und sagte beiläufig: »Morgen muss ich nach Denver zu einem Wohltätigkeitsball, der von den Colter Laboratorien organisiert wird. Danach werde ich noch eine Weile in der Stadt bleiben, um im Labor an etwas zu arbeiten. Wirst du mich begleiten?«

Ellie musste heftig schlucken. Seine Zurückweisung und die nachfolgende Frage, ob sie ihn begleiten würde, verwirrten sie. »Natürlich. Ich bin deine Assistentin.«

»Ich frage dich nicht als Angestellte, ob du mit mir auf den Ball gehen willst«, erklärte er. »Ich frage dich, ob du dich mit mir zum Ball verabredest. Wirst du mich begleiten?«

Ihr Herz tat einen Freudensprung, trotzdem wusste sie immer noch nicht, wie sie Zanes Verhalten deuten sollte. Es war dunkel und sie konnte seinen Gesichtsausdruck nicht erkennen. »Ja«, antwortete sie leise, »ich würde dich gern begleiten. Ich habe noch niemals einen Ball besucht.«

Vielleicht hörte sich das etwas mitleiderregend an, doch es entsprach der Wahrheit. Chloes Mutter hatte zwar des Öfteren Veranstaltungen im Resort abgehalten und sie immer dazu eingeladen, doch Ellie hatte die Gelegenheit niemals wahrgenommen.

»Gut. Zumindest etwas, bei dem ich dein Erster bin«, antwortete er befriedigt, bevor er sich umdrehte und in sein eigenes Schlafzimmer ging.

Ellie seufzte. Er hätte ihr erster Liebhaber sein können, doch das hatte er nicht gewollt. Andererseits war er aber glücklich, dass sie sich mit ihm zu einer Party verabredete?

Sie schüttelte den Kopf in der Dunkelheit und fragte sich, ob sie jemals verstehen würde, wie Zane funktionierte. Er war zwar ein Genie, doch außerdem auch ein Mann. Dachten normale Männer so wie Zane?

Irgendwie fand sie das höchst unwahrscheinlich. Nachdem sie jahrelang Chloes Erzählungen über ihre Brüder angehört hatte, war Ellie bewusst, dass Zane wahrscheinlich einzigartig war. Ellie wusste, sie würde niemals wieder jemanden wie ihn kennenlernen.

Als ihr die Augen zufielen, lächelte sie. Irgendwie bereitete es ihr mehr Freude, dass er sie zu einem richtigen Date ausführen wollte, als wenn er sie in sein Bett geholt hätte. Irgendwie war das bedeutungsvoll, doch sie war so müde, dass sie sich während des Einschlafens immer noch fragte, was genau in Zanes Kopf vorging.

Kapitel 9

Ellie konnte sich nicht daran erinnern, sich jemals deplatzierter gefühlt zu haben.

Wie auch immer, sie würde sich von ihren Nerven nicht den fantastischen Abend mit dem bestaussehenden Mann des gesamten Balls verderben lassen.

Ihr hatte genau ein Tag zur Verfügung gestanden, um sich auf Zanes Wohltätigkeitsball vorzubereiten, sobald sie in seinem Haus in Denver eingetroffen waren. Glücklicherweise hatte sie hier keine solche Unordnung angetroffen wie in seinem Domizil in Rocky Springs, doch trotzdem stapelten sich noch überall Papiere, die geordnet und weggeräumt werden mussten.

Das Haus in Denver war hinreißend. Nicht, dass sie das *nicht* erwartet hätte, doch trotzdem war sie überwältigt. Im Unterschied zu seinem Heim in Rocky Springs befanden sich die Schlafzimmer ausnahmslos im oberen Stockwerk, sodass dem Wohnraum im Erdgeschoss enormer Platz eingeräumt wurde. Ehrlich, sie war sich nicht einmal sicher, ob sie bereits alle Zimmer des Hauses gesehen hatte. Gestern Abend waren sie erst hier eingetroffen und heute war sie beinahe den ganzen Tag über beschäftigt gewesen.

Früher am Tag hatte sie sich ein neues Outfit verpasst und ihr Haar elegant aufgesteckt, obwohl sich die kurzen Locken gesträubt hatten, sich mit einer gepflegten Frisur bändigen zu lassen. Um ihr Make-up hatte sich ein Profi gekümmert und sie hatte sich ein schlichtes schwarzes Cocktailkleid gekauft, das so teuer war, dass ihr der Preis einen kleinen Schrei entlockt hatte. Doch schließlich hatte sie es gekauft, nachdem sie es mehrere Male zurückgehängt hatte, weil sie unsicher war, ob sie es rechtfertigen konnte, eine solche Summe für den Kauf eines Kleides auszugeben. Nachdem sie den Kauf getätigt hatte, brauchte sie noch die passenden Accessoires. Alles in allem hatte sie heute mehr Geld ausgegeben als in mehreren Jahren in Rocky Springs.

Trotz allem verspürte sie keine Reue.

Als sie heute vor dem Spiegel gestanden hatte, hatte Ellie eine Einschätzung ihrer selbst vorgenommen und dabei nicht nur ihren Körper im Spiegelbild begutachtet. Ja, sie hatte sich eingestanden, dass sie gut aussah, doch vor allem hatte sie erkannt, dass sie sich selbst mit anderen Augen betrachtete. Sie fühlte sich stärker und freier als jemals zuvor. Vielleicht lag es an der grauenhaften Erfahrung, die sie durchlitten hatte, doch sie hegte den Verdacht, dass Zane begann, sie zu veranlassen, sich in einem vollkommen anderen Licht zu sehen. Er mochte sie. Er umsorgte sie. Er wies sie auf Eigenschaften an ihr hin, die er bewunderte oder die ihm gefielen, und sie begann, an sich selbst Seiten zu entdecken, die sie noch niemals zuvor auch nur in Betracht gezogen hatte.

Sie wurde stärker.

Sie lernte, mit ihren Ängsten umzugehen.

Sie ließ nicht zu, dass durch das Geschehene ihr Leben beeinflusst wurde.

Ihr gefiel, was sie tat und sie mochte... sich selbst.

Ellie seufzte und nahm sich noch ein Glas Champagner von dem Tablett eines vorbeikommenden Kellners, während sie sich auf den Rückweg von der Toilette machte, begierig darauf, Zane zu finden. Sie verfügte über den bestaussehenden, intelligentesten Partner auf diesem Ball und sie würde ihn nicht allein herumstehen und auf sie warten lassen.

Er hatte äußerst klar betont, dass sie seine Begleitung war, und sie wie eine Prinzessin behandelt. Zane hatte keine Gelegenheit ausgelassen, um ihr zu sagen, wie hübsch sie aussah, und ihr ein wunderschönes Blumenbouquet überreicht, bevor sie das Haus verlassen hatte, weil er wusste, wie sehr sie Blumen liebte.

Das Abendessen war köstlich gewesen. Zane hatte sie in ein ausgefallenes Steakhaus eingeladen, in dem ihnen derart köstliche Speisen serviert worden waren, dass es ihr schwergefallen war, nicht vor Genuss zu stöhnen, als sie weit mehr gegessen hatte, als sie es hätte tun sollen, einschließlich des hervorragenden Desserts.

Als sie den wunderschönen Ballsaal betreten hatten, hatte sie zugeben müssen, von dem offen zur Schau gestellten Reichtum um sie herum eingeschüchtert zu sein, doch Zane hatte ihr zur Seite gestanden und sie daran erinnert, dass sie vielleicht reiche Leute vor sich sehen mochte, dass diese aber auch nur Menschen waren wie jeder andere. Daraufhin hatte sie sich ein wenig entspannt, doch alles um sie herum wirkte so perfekt und bildete einen solch starken Kontrast zu ihrem alten Leben, dass sie sich einer gewissen Nervosität nicht erwehren konnte.

In dem Versuch, sich größer zu machen, stellte sie sich auf die Zehenspitzen und suchte den eleganten, überfüllten Ballsaal nach ihrem Partner ab. Es war nicht so leicht, ihn zu erkennen, da alle Männer hier einen Smoking trugen, wie auch Zane es tat.

Mein Gott, wie atemberaubend er ausgesehen hatte, als er heute in die Küche gekommen war, perfekt gepflegt und makellos in einen schwarzen Smoking gekleidet. Sein Gesicht war frisch rasiert und sein Haar noch feucht vom Duschen. Er sah zum Anbeißen aus. Und Ellie hatte sich für einen Moment gefragt, ob sie sich den Geifer vom Mund wischen musste.

Sie hatte gerade ihr zweites Glas Champagner geleert, als sie Zane erblickte. Er sprach mit einer kurvigen Rothaarigen und sah unbehaglich aus. Nicht, dass jemand anderes es hätte bemerken können, aber Ellie konnte die subtilen Hinweise erkennen.

Sich durch die Menge schlängelnd durchquerte sie den Saal, etwas zögerlich, denn sie wollte sein Gespräch nicht unterbrechen. Doch als sie sah, wie die rothaarige Frau einen Finger auf Zanes Gesicht legte und der Kontur seines schroffen Kinns folgte, sah Ellie rot und war sich sicher, dass es sich nicht um eine geschäftliche Unterhaltung handelte.

Er hat sich mit mir zum Ball verabredet. Ich fühle mich wie Cinderella und werde mir diesen Abend nicht verderben lassen.

Während sie all den gutgekleideten Paaren auswich und stetig auf Zane zustrebte, konnte sie unschwer erkennen, dass Zane nicht auf die zudringliche Anmache der Rothaarigen reagierte.

Ellie lächelte, als er das Handgelenk der Frau ergriff und von seinem Kinn nahm und mit ausdrucksloser Miene etwas zu ihr sagte.

Sie hielt abrupt inne, als sie sich dem Paar näherte, und war überrascht zu sehen, dass die Frau jung und umwerfend hübsch war.

Und Zane war offensichtlich vollkommen... uninteressiert.

Sie schritt vorwärts und stellte sich neben Zane, um ihren Arm auf seinen muskulösen Bizeps zu legen. »Es tut mir leid«, sagte sie mit einem strahlenden Lächeln, von dem sie hoffte, dass es nicht so aufgesetzt wirkte, wie es sich anfühlte, »die Toiletten waren überfüllt.«

Sie spürte, wie er sich unter ihren Fingern für einen kurzen Moment anspannte, bevor er erkannte, wer ihn berührte, und wieder locker wurde. Er wandte sich ihr zu. »Du bist das Warten wert«, antwortete Zane galant und schlang ihr einen starken Arm um die Taille.

»Wer ist das?«, fragte die Frau, die an Zane herumgefummelt hatte, hochmütig.

»Meine Begleitung«, antwortete Zane schlicht und hielt es noch nicht einmal für nötig, die beiden einander vorzustellen.

Ellie griff ein und streckte der hinreißenden Frau vor ihr die Hand entgegen. Sie wollte die Frau keinesfalls wissen lassen, wie eingeschüchtert sie war. Aber ehrlich, sie war sehr wohl ein bisschen eingeschüchtert von der flammenhaarigen Schönheit. »Ich bin Ellie Winters«, stellte sie sich schlicht vor.

Ellies ausgestreckte Hand ignorierend blickte die Frau zu Zane auf. »Du hast mir nicht erzählt, dass du eine Freundin hast«, fauchte sie.

Er zuckte mit den Schultern, ergriff Ellies ausgestreckte Hand, verschlang ihre Finger miteinander und führte ihre Hände an seine Seite. »Warum sollte ich?«, erwiderte er abweisend.

Ellie beobachtete, wie der Gesichtsausdruck der Frau von verführerischem Strahlen zu schmollendem Zorn wechselte. »Seit über einem Jahr versuche ich deine Aufmerksamkeit zu erregen und du ziehst jemanden wie *sie mir* vor?«

Zanes Kiefermuskel begann zu zucken, ein subtiles Zeichen, dass er verärgert war. Während der letzten Monate war Ellie zu einer Meisterin im Lesen von Zanes Körpersprache geworden, da er nicht immer erklärte, was gerade in ihm vorging. Er mochte vielleicht ärgerlich werden, doch er verlor niemals die Kontrolle.

Er holte tief Luft, bevor er sagte: »Ich hatte gehofft, du hättest erkannt, dass ich nicht interessiert war, Elena. Vielleicht ist es auch die Tatsache, dass du mit deinem Chef ins Bett gehst und er dich zu mögen scheint, die mich abgeschreckt hat. Offen gesagt sind die Gründe unwichtig. Du bist einfach nichts für mich.«

Ellie konnte nicht anders, als Zane für einen Augenblick anzustarren, bevor ihre Miene wieder einen normalen Ausdruck annahm. Zane hatte seine Bemerkung in einem so eisigen Ton geäußert, den sie noch niemals von ihm vernommen hatte. Normalerweise nahm er kein Blatt vor den Mund und kümmerte sich nicht darum, mehr zu erklären, als er für nötig hielt, doch so kalt hatte sie ihn noch niemals erlebt.

Elena? Ein wunderschöner Name und eine hinreißende Frau, die offensichtlich das Herz eines Reptils in ihrer Brust beherbergte.

Die Spannung in der Luft war beinahe greifbar, als Elena Ellie langsam und sorgfältig musterte und sie offensichtlich als mangelhaft beurteilte. »Glauben Sie wirklich, mit mir konkurrieren zu können?«, schnaubte Elena.

Ellie zwang sich, der Frau einen kurzen, abweisenden Blick zuzuwerfen, bevor sie antwortete. »Sie sind keine Konkurrenz«, sagte sie mit falscher Freundlichkeit. »Ich habe bereits gewonnen.« Sie legte Zane zärtlich eine Hand ans Kinn und drückte ihm einen Kuss neben den Mund.

Zane überrumpelte sie, indem er ihr Küsschen in einen leidenschaftlichen Kuss umwandelte, und Ellie hielt sich hastig an seinen Schultern fest, um nicht auf ihren hohen Absätzen ins Stolpern zu geraten.

Genau hier, mitten auf einem eleganten Wohltätigkeitsball, beanspruchte er sie mit einem langen, intensiven Kuss für sich und ließ keinen Zweifel daran, dass Ellie genau die Frau war, die er wollte. Sie schloss für einen Moment die Augen und gab sich ganz dem sinnlichen Gefühl hin, wie seine Lippen über ihre glitten und sie mit einer besitzergreifenden, wollüstigen Energie zum Pulsieren brachten, die sie noch niemals zuvor verspürt hatte.

Der Kuss dauerte nicht lange und war auch nicht rein sexuell, obwohl er sie erregen sollte.

Er war eher wie eine begehrliche Forderung und Ellies Herz bebte noch, längst nachdem er ihren Mund widerstrebend freigegeben hatte.

Ihre Blicke trafen sich; in seinen grauen Augen tobte ein Sturm und sie konnte die Gier darin lesen. Ihr Körper reagierte mit einer aus der Tiefe kommenden Sehnsucht nach Zanes Berührung, die so scharf in ihr aufstieg, dass sie kaum Luft holen konnte.

Schließlich wandte Ellie ihren Blick ab, denn sie konnte es nicht länger ertragen zu sehen, wie Zanes Augen ihren eigenen hungrigen Blick reflektierten. »Sie ist weg«, murmelte sie, als sie von ihm zurücktrat.

»Das ist mir egal«, erwiderte Zane heiser. »Tanz mit mir!«, verlangte er, ergriff wieder ihre Hand und zog sie zur Tanzfläche.

Er schirmte sie ab, indem er mit seinem größeren Körper durch die Menge pflügte und ihr den Weg bahnte, sodass sie den Leuten nicht ausweichen musste, um ihm zu folgen. Als sie schließlich auf die Tanzfläche stolperte, taumelte sie atemlos direkt in Zanes Arme.

»Ich bin keine sehr gute Tänzerin«, gestand sie ihm.

»Ich kann gut tanzen. Überlass dich einfach meiner Führung«, erwiderte Zane, legte die Arme um sie und begann, sich meisterhaft nach der langsamen Melodie zu bewegen, die das Orchester angestimmt hatte. »Entspann dich!«, drängte er sie und streichelte ihr mit einer Hand zärtlich über den Rücken.

Als sie sich schließlich automatisch seinen Bewegungen anpassen konnte, spürte Ellie, wie ihr Körper mit seinem verschmolz, und lehnte sanft ihren Kopf gegen seine Schulter. Sehr schnell offenbarte sich, dass er sich gekonnt um die anderen Tanzenden herumbewegen konnte. »Wie kommt es, dass du so gut tanzen kannst?«

»Ich bin ein Colter. Solange ich denken kann, hat meine Mutter Wohltätigkeitsveranstaltungen arrangiert. Sie hat jedem von uns in unserer Jugend das Tanzen beigebracht. Die meisten von uns versuchen, ihre Veranstaltungen zu besuchen, ungeachtet dessen, welcher Art sie sind.« Nach einer Pause fügte er hinzu: »Ihre Milliardärsauktion bildet eine Ausnahme. Fast allen von uns ist es gelungen, uns davor zu drücken.«

Ellie lachte leise; sie liebte es, das Vibrieren seiner tiefen Stimme an ihrem Körper zu spüren. »Sie versteigert Milliardäre?« Sie musste sich verhört haben.

»Ja. Weil sie der Meinung ist, es würde helfen, ihre jeweiligen Intentionen publik zu machen.«

»Erzähl mir mehr davon!« Ellie war neugierig und wollte die ganze Geschichte von Aileens Versteigerung hören.

Zane gab nach, klang jedoch angeekelt. »Einmal hatte sie sich überlegt, Milliardäre aus dem ganzen Land auf das Auktionspodest zu stellen und sie für nur einen Abend, für ein einziges Date zu versteigern. Es kam ein Vermögen zustande und die Aktion erregte große Aufmerksamkeit, daher will sie jetzt versuchen, sie zu wiederholen.«

»Hat einer der Colter-Brüder daran teilgenommen?«, erkundigte sich Ellie, der aufgefallen war, dass er nicht gesagt hatte, dass sich alle Colters von der Auktion ferngehalten hatten.

»Nur Tate. Zu jener Zeit war er noch Single. Der arme Hurensohn. Glücklicherweise hat ihn eine Frau ersteigert, die um die achtzig Jahre alt war und den ganzen Abend wirklich nur über ihre Enkelkinder reden wollte. Doch er wäre mit jeder Frau ausgekommen. Das ist typisch für Tate. Du weißt, er war immer schon in der Lage, jede Frau zu umgarnen, selbst in der High School.«

Zanes Stimme wirkte nachdenklich, daher fragte Ellie: »Glaubst du nicht, du hättest es genauso gut hinbekommen?« Die Frauen schienen auf Zane nur so zu fliegen, wenn auch aus den falschen Gründen. Doch irgendwie hatte sie den Eindruck, dass er meinte, sich nicht mit seinen Brüdern messen zu können.

»Ich bin ein durchgedrehter Wissenschaftler, Ellie. Ich bin einfach... anders. Du weißt, dass ich mich nicht gut zu Smalltalks eigne, und alle meine Geschwister können zu jedermann auf jeder Art von Veranstaltung äußerst charmant sein. Chloe mag diese Partys vielleicht nicht gern besuchen, doch wenn es sein muss, kann sie die perfekte Gastgeberin spielen.«

Ellie lehnte sich zurück und betrachtete den schicksalsergebenen Ausdruck auf Zanes Gesicht. »Du musst nicht versuchen, anders zu sein, als du bist«, redete sie heftig auf ihn ein. »Du bist nicht mehr jener ausgefallene Teenager, obwohl daran auch nichts falsch war. Du bist erwachsen geworden und bist zu dem heißesten Mann herangereift, den ich jemals gesehen habe. Also warum solltest du über das Wetter reden wollen, außer es gäbe etwas Außergewöhnliches darüber zu berichten? Smalltalk ist langweilig und du hast Wichtigeres zu sagen.«

Er zog eine Braue in die Höhe. »Du findest mich heiß?«

Das war zwar scherzhaft gemeint, aber Ellie war sich ziemlich sicher, dass er immer noch leise Zweifel an seinem persönlichen Wert hegte, wenn er sich mit seinen Brüdern verglich.

Sie schlang ihm die Arme um den Hals. Durch die Wirkung des Champagners, den sie in sich hineingekippt hatte, fühlte sie sich ein bisschen weniger gehemmt. »Ich finde intelligente Männer unglaublich sexy. Du hast hinreißende Augen, einen heißen Körper und einen Geist, den ich bewundere. Du bist hartnäckig und du bist der einzige Mensch, der immer noch nach mir gesucht hat, als alle anderen mich schon längst für tot hielten. Du bist mein Held. Ich würde sagen, damit liegst du auf der *Fick-mich*-Skala ziemlich weit oben, und das aus Gründen, die nichts mit deinem Geld zu tun haben.«

Er presste seinen Mund an ihr Ohr. »Ich bin nicht dein Held. Ich bin einfach nur ein Mann.«

Ellie erbebte, als sein warmer Atem über ihr Ohr strich und seine heisere Stimme bewirkte, dass sich ihr Unterleib so heftig zusammenzog, dass sie einen Schritt aussetzte. Zane führte sie schnell wieder in den richtigen Rhythmus, bevor sie ihn verbesserte. »Ein umwerfender Mann.«

»Ich will nicht, dass du mich nur begehrst, weil ich dir das Leben gerettet habe«, krächzte er.

Verblüfft widersprach sie eindringlich: »So ist es keineswegs. Niemals. Ich habe dich immer schon gemocht, lange bevor du mir das Leben gerettet hast.«

Die Melodie endete gerade, als sie ihren Satz beendet hatte, und Zane drückte sie von sich weg, während er ihren Oberkörper mit seinem Arm stützte. Plötzlich zog er sie wieder an sich und sie stieß gegen seinen steinharten Körper.

»Du trägst keinen BH«, stellte er irritiert fest.

»Woher weißt du das?«, fragte sie gegen seine Brust murmelnd.

In der Tat trug sie fast *gar keine* Unterwäsche. Ihr Kleid besaß lange Ärmel, die die Schultern freiließen, was sie nicht bedacht hatte, als sie ihre Garderobe zusammengestellt hatte. Als sie dann entdecken musste, dass sie nicht über die passende Unterwäsche zu diesem Kleid verfügte, hatte sie ganz einfach darauf verzichtet. Der Stoff war genügend dick, um keinen Durchblick zu gewähren, und außerdem besaß sie auch keine übermäßig große Oberweite.

»Deine Brustwarzen sind hart. Das habe ich bemerkt, als sich der Stoff gespannt hat«, brummte Zane.

Alle applaudierten dem Orchester und Ellie tat es ihnen gleich, als sie antwortete: »Dann hättest du mich vielleicht nicht so eng an dich pressen und deinen sexy Mund an mein Ohr halten sollen.« Dann wandte sie sich ab, um die Tanzfläche zu verlassen.

Doch sie kam nicht weit, denn Zane hielt sie am Arm fest. »Hat dich das Tanzen erregt?«

Ellie versorgte sich mit einem weiteren Glas Champagner von einem Kellner, der am Rand der Tanzfläche patrouillierte, und nahm einen großen Schluck, bevor sie zu ihm aufsah. »Nicht das Tanzen selbst. Mit *dir* zu tanzen hat mich erregt.«

Wortlos ergriff er ihre Hand und führte sie durch die Menschenmenge, bis sie einen freien Tisch erreichten. Er bot ihr einen Stuhl an, bevor er sie bat: »Bleib hier! Ich gehe zur Bar. Ich glaube, ich brauche einen Drink.«

»Sie bieten hier doch überall Champagner an«, erinnerte ihn Ellie.

»Ich brauche etwas Stärkeres.« Er steckte eine Hand in die Tasche seiner Smokinghose, während seine Augen über das Vorderteil ihres Kleides glitten. »Tanz nicht mit irgendjemandem außer mir! Glaubst du, ich möchte wissen, was du unter diesem Kleid trägst?«

Ellie kippte den Rest ihres Champagners hinunter und lächelte ihn süßlich an. Dann lockte sie ihn mit dem Zeigefinger zu sich heran. Mit einem argwöhnischen Blick beugte er sich zu ihr hinunter, sodass sie ihm ins Ohr flüstern konnte. »Ich habe noch niemals ein Kleid wie dieses getragen. Ich wollte nicht, dass sich das Höschen abzeichnet, daher habe ich einen niedlichen schwarzen Tangastring mit einer winzigen pinkfarbenen Schleife und dazu passenden Oberschenkelstrümpfen gekauft. Das ist alles. Ich fühle mich beinahe... nackt.«

Ellies Herz begann, heftig gegen ihre Brustwand zu klopfen, als Zane den Kopf drehte, sodass sich ihre Blicke trafen und sich ineinander verloren. Sein Gesicht war so nahe, dass sie am liebsten die Hand ausgestreckt, in sein Haar gegriffen und sich von ihm hätte küssen lassen, bis sie weder denken noch atmen konnte.

Seine Augen glommen gefährlich, ein Grau, so dunkel und aufgewühlt, dass sie an einen aufkommenden Gewittersturm erinnert wurde. »Gütiger Himmel, Ellie! Willst du meine Männlichkeit herausfordern oder bist du einfach nur ehrlich?«, flüsterte er heiser.

Sie beugte sich näher an ihn heran. »Vielleicht ein bisschen von beidem«, gab sie zu. »Ich flirte nicht. Normalerweise.« Sie hatte das Gefühl, der Champagner ließ sie genau das sagen, was sie wollte. Was Alkohol betraf, war sie ein Leichtgewicht, denn sie trank höchstens gelegentlich ein kleines Glas Wein.

Er legte ihr eine Hand in den Nacken, eine intime, besitzergreifende Geste, die sie erzittern ließ.

»Tu das auf keinen Fall mit jemand anderem als mir!«, verlangte Zane und drückte ihr einen groben Kuss auf die Lippen, bevor er sich aufrichtete. »Ich bin gleich zurück.« Es klang mehr wie eine Warnung als eine Bemerkung.

Sie beobachtete, wie Zane durch den Saal zur Bar schritt und seufzte angesichts seiner aufreizend verführerischen, männlichen Gangart eines Raubtiers, die er an den Tag legte. Ihre Augen hefteten sich an seine breiten Schultern, bis er sich schließlich in dem Meer der schwarzen Smokings in der Nähe der Bar verlor.

»Ah, hier ist jemand, den ich noch nicht kennengelernt habe. Und Sie sind mit Zane hier. Hallo, mysteriöse Frau.«

Ein dunkelblonder Mann setzte sich ihr gegenüber. Seine Lippen lächelten, doch aus irgendeinem Grund erreichte der heitere Ausdruck nicht seine dunklen Augen. »Hallo«, erwiderte sie automatisch. »Ich bin Ellie Winters.«

Der Mann streckte ihr seine Hand über den Tisch entgegen. »Sean Rycroft«, stellte er sich vor, während er ihre Hand schüttelte. »Ich bin der Forschungsdirektor der Colter Laboratorien. Zane ist mein Boss. Ich nehme an, er ist eigentlich der Boss eines jeden hier, technisch gesehen.«

»Ich dachte, Zane wäre der Direktor.«

Sean lachte. »Verdammt, nein. Er ist der Hauptgeschäftsführer der gesamten globalen Gesellschaft. Er hat mehrere Direktoren unter sich.«

Ellie schwieg für einen Augenblick, denn sie erkannte, wie wenig sie über Zanes Unternehmen wusste. »Er besitzt Labors in der ganzen Welt?«

Sean nickte. »Ziemlich viele. Doch meist handelt es sich um Produktionsbetriebe, die die Gegenstände herstellen, die er bereits entwickelt hat. Das Hauptforschungslabor befindet sich hier in Denver.« Er hielt einen Moment inne, bevor er fragte: »Wie lange seid ihr zwei schon zusammen? Zane hat darüber kein Wort verloren.

Lediglich Elena hat mir erzählt, dass er mit einer Begleitung erschienen ist.«

Der Rotschopf? Warum hat sie mit diesem Mann geredet?

»Sie kennen Elena?«, erkundigte sich Ellie vorsichtig.

»Sogar ziemlich gut. Sie ist meine Assistentin.«

Also ist er der Boss, mit dem Elena ins Bett steigt. Doch jetzt sieht sie sich nach einem größeren Fisch um: dem Eigentümer der Gesellschaft.

Ellie empfand Mitleid mit dem Mann, der ihr gegenübersaß. Er war vielleicht zehn Jahre älter als Zane, jedoch nicht unsympathisch. Er wirkte charmant, auch wenn sein Lächeln die Augen nicht erreichte. Er sah gut aus in seinem Smoking und er schien recht nett zu sein. Doch konnte es sein, dass er *nicht wusste*, dass es seiner schlangenhaften Assistentin und Freundin nach mehr Geld verlangte, als Sean scheinbar zu bieten hatte? Obwohl sich Ellie ziemlich sicher war, dass Zane seine Direktoren gut bezahlte.

Ihn freundlich anlächelnd verriet sie: »Eigentlich bin ich auch noch Zanes Assistentin. Wir kennen einander seit Jahren.«

Sean schenkte ihr ein weiteres distanziertes, höfliches Lächeln. »Ach ja? Fantastisch. Also sind Sie gar nicht ernsthaft mit ihm zusammen? Kein Wunder, dass sie hinter Zane her ist.«

Ellie starrte Sean ins Gesicht, verblüfft über seine Offenheit. »Aber sind Sie nicht mit Elena —«

»Sie weigert sich, sich festzulegen. Ich glaube, sie sucht immer noch nach jemand Besserem.« Seine Stimme verriet einen Hauch von Traurigkeit und Bitterkeit.

Ellie unterdrückte einen Schauder des Ekels. Offensichtlich benutzte die rothaarige Schlange Sean, bis sie einen Kerl finden würde, der noch mehr Geld besaß. Der Gedanke verursachte ihr Ekel, insbesondere da Sean sie zu mögen schien.

Sie nahm von einem vorbeigehenden Kellner ein weiteres Glas Champagner entgegen, bevor sie erwiderte: »Ich glaube, ich habe kein Verständnis dafür, wenn man sich nicht einem Mann verspricht, mit dem man ganz regulär ins Bett steigt.« Sie hatte die Bemerkung bereits laut ausgesprochen, bevor sie überhaupt realisierte, was sie gesagt hatte. Abgesehen davon, dass sie Elenas Verhalten nicht verstand, konnte sie sich auch nicht vorstellen, warum Sean sich auf eine Frau einließ, die ihm so wehtat.

Sean zuckte mit den Schultern. »Manche Frauen sind unvergesslich. Sie will ein Luxusleben und eines Tages werde ich es ihr ermöglichen. Im Moment ist sie zumindest noch mit mir zusammen.«

»Was machen Sie da, Rycroft?«, ertönte Zanes zornige Stimme hinter Sean.

Sean erhob sich. »Zane«, quittierte er dessen Erscheinen mit einem Nicken. »Ich habe mich nur mit Ihrer neuen Assistentin unterhalten.«

»Gehen Sie!«, stieß Zane hervor. »Und kommen Sie nicht auf die Idee, auch nur eine Sekunde allein mit Ellie verbringen zu wollen, oder Sie werden es bereuen!«

Sean hielt zum Zeichen seiner Unschuld eine Hand in die Höhe. »Ich dachte, Sie wäre Ihre neue Assistentin.«

Zane stellte seinen Drink auf den Tisch, streckte die Hand aus und packte Sean am Revers seines Smokings. »Gehen Sie!«, sagte er mit scheppernder Stimme. »Und. Zwar. Sofort!« Zane ließ Sean los und stieß ihn vom Tisch weg.

Verblüfft starrte Ellie auf die beiden Männer, die einander gegenüberstanden. Zanes Miene drückte eine so intensive Wildheit aus, als ob er zu allem bereit wäre.

Sie hielt den Atem an, bis Sean schließlich aufgab, sich herumdrehte und ohne ein weiteres Wort davonging. Als sie schließlich wieder Luft schöpfen konnte, blickte Ellie zu Zane auf, und der Blick, den er ihr zuwarf, war beinahe furchterregend.

Hatte sie ihn irgendwie in Verlegenheit gebracht? Ellie hatte keine Ahnung, was die Etikette für eine Party wie diese vorschrieb.

Sie trank einen Schluck Champagner und holte tief Luft, bevor sie Zane einen fragenden Blick zuwarf, bereit zu hören, was auch immer er ihr zu sagen hatte.

Kapitel 10

Zane wusste nicht, was mit ihm los war.

Ein Lächeln. Ein süßes Kräuseln von Ellies Lippen in die Richtung eines anderen Mannes hatte gereicht, um ihn vollkommen die Kontrolle verlieren zu lassen.

Er setzte sich und kippte seinen Scotch in einem Zug hinunter. Ihm war bewusst, dass er Ellie wahrscheinlich ungeheure Angst einjagte. Er blinzelte in ihre Richtung und konnte die Verwirrung auf ihrem Gesicht sehen.

Reiß dich zusammen, Mann! Nur weil Ellie einem anderen Mann zulächelt, darf ich nicht ausflippen.

Unter dem Tisch ballte Zane seine Hände zu Fäusten, während er versuchte, seiner unlogischen Reaktion einen Sinn abzuringen. Meist kam er ganz gut mit Sean zurecht. Ja, er hielt Sean für einen Dummkopf, weil dieser mit einer Tussi wie Elena anbandelte, doch das war dessen Angelegenheit. Sein Direktor musste wissen, auf was er sich einließ. Irgendwann musste er Sean vielleicht eine Erklärung für sein Verhalten geben, doch im Moment bereitete ihm Ellie größere Sorgen.

»Sean erledigt seinen Job, aber persönlich kenne ich ihn nicht sehr gut. Manchmal gerät sein Drama mit Elena außer Kontrolle und dann benutzt er ein paar der weiblichen Angestellten, um Elena eifersüchtig zu machen«, versuchte Zane sich zu entschuldigen, hielt seine Erklärung aber selbst für ziemlich lahm.

»Ich habe ihn nicht ermutigt«, antwortete sie ruhig. »Ist er gefährlich?«

Ja. Das Gespräch hatte sich recht unschuldig angehört. Nur das hatte ihn einigermaßen beruhigt.

Zane schüttelte den Kopf. »Ich kenne sein Privatleben nicht gut genug, um zu wissen, wie er eine Frau behandelt. Es gab niemals einen Grund, mich in sein Leben einzumischen. Er arbeitet noch nicht so lange für uns Colters. Ich weiß nur, dass er verrückt nach Elena ist, die ihrerseits aber immer nach etwas Besserem sucht. Ich habe keine Ahnung, warum er sich auf sie einlässt.«

»Zane, ich weiß, dass du mich beschützen willst, doch eines Tages werde ich in die wirkliche Welt zurückkehren müssen. Bald schon«, erklärte sie ihm ruhig, während ihre wunderschönen blauen Augen ihn aus der Fassung brachten.

Nein. Der Gedanke gefiel ihm überhaupt nicht. Nicht nach allem, was sie durchgemacht hatte. »Du bist in der wirklichen Welt.«

Sie schüttelte den Kopf. »Ich war immer allein und habe meine Probleme selbst gelöst.«

»Warum muss es denn wieder so sein? Warum musst du jetzt allein sein, da du Unterstützung brauchst?« Es war nicht so, dass Zane ihr einfach nur ein Freund sein wollte. Jeden Tag wurde es härter und härter für ihn, ihr nicht mehr bedeuten zu wollen. *Härter* im wahrsten Sinne des Wortes.

Sie schüttelte den Kopf und brach den Blickkontakt. Ihr Blick schweifte zu ihrem geriffelten Champagnerglas, während sie dessen Stiel streichelte. Verdammt, sogar das erregte ihn. Es verlangte ihn danach, diese liebkosenden Finger überall auf seinem Körper zu spüren.

Er erinnerte sich plötzlich daran, warum er so lange weg gewesen war, schob eine Hand in seine Jackentasche und zog die Gegenstände heraus, auf die er in einer geheimen Auktion geboten und die er dann tatsächlich ersteigert hatte.

»Ich habe auf der Auktion etwas ersteigert. Ich möchte dir gern das hier schenken.« Er schob eine weißsamtene Schatulle über den Tisch.

Um die Wahrheit zu sagen, hatte er sich die Gegenstände gesichert, indem er ein kleines Vermögen auf sie gesteigert hatte. In derselben Minute, in der er sie gesehen hatte, hatte er gewusst, dass sie Ellie gehören mussten.

Verwirrt blickte sie zuerst ihn an und dann auf das Kästchen. Mit einem Finger zog sie die dekorative Goldschrift auf der Schatulle nach. »Mia Hamilton?«

Er nickte. »Jedes Jahr fertigt sie etwas Spezielles für diese Veranstaltung an. Dieses Jahr geht der größte Teil des Erlöses an einen gemeinsamen Fond für häuslich missbrauchte Frauen. Mias Schwägerin hat sie gegründet. Asha Harrison. Sie tun viel Gutes. Meine Brüder und Chloe unterstützen Ashas Stiftung.«

Ellie nickte bedächtig. »Ich habe davon gehört. Lara ist auch daran beteiligt.«

»Sie haben jetzt überall im Land viele wohlhabende Mäzene. Es handelt sich um eine große Organisation, die nur wenige Verwaltungskosten aufwirft, da sie eine Menge Freiwilliger beschäftigt.« Er deutete mit dem Kopf auf die Schatulle. »Öffne sie! Ich hoffe, es gefällt dir.«

»Zane, ist dies ein Schmuckstück von Mia Hamilton?«

»Natürlich«, antwortete er trocken.

»Ich kann nicht glauben, dass ich es auch nur berühren darf. Ihre Stücke sind einzigartig. Bisher habe ich nur Fotos davon zu Gesicht bekommen.«

Zane lächelte. »Ein weiteres erstes Mal«, bemerkte er und streckte ungeduldig die Hand aus, um den Deckel aufschnappen zu lassen.

Ellies erstauntes Keuchen war selbst in dem lauten Ballsaal nicht zu überhören.

»Oh! Mein Gott!« Sie lehnte sich zurück, als ob sie Angst hätte, den Schmuck zu berühren.

Zane hatte nicht alle von Mias Arbeiten gesehen, doch war er sich ziemlich sicher, dass sie sich mit der Halskette und den Ohrringen, die sie dieses Jahr angefertigt hatte, selbst übertroffen hatte. Irgendwie hatte sie einen Traum aus Saphiren, Diamanten und Gold geschaffen, der trotzdem klassisch, zart und weiblich wirkte. Die Kette bestand aus kleinen Diamanten, die sich mit blauen, leicht violett schimmernden Saphiren abwechselten. In der Mitte trug die Kette einen herzförmigen Anhänger aus einem großen Saphir, der von Diamanten gerahmt wurde. Dazu passend hatte Mia schlichte tropfenförmige Ohrringe aus den gleichen Edelsteinen geschaffen.

»Ich fand sie schön. Die Saphire passen beinahe zu deinen Augen«, bemerkte Zane ängstlich, der begann, sich um ihren nervösen Gesichtsausdruck zu sorgen.

»Schön? Zane, das sind die hinreißendsten Schmuckstücke, die ich jemals zu Gesicht bekommen habe. Darf ich sie berühren?«

Er ergriff ihre Hand und legte ihre Finger auf die Halskette. »Sie gehören dir. Natürlich darfst du sie anfassen.« Insgeheim freute er sich, dass Mias Kreationen sie so bezauberten.

Vorsichtig tastete sie über die zarten Herzchen der Kette und fuhr dann mit einem Finger behutsam über den Saphiranhänger. »Du weißt, dass ich ein solches Geschenk nicht annehmen kann«, erklärte sie ihm eindringlich. »Aber ich bin wirklich froh, dass ich dies persönlich betrachten durfte. Ich habe ja nicht sehen können, was versteigert wurde.«

Er stand auf und nahm die Halskette aus der Schachtel. Dann stellte er sich hinter Ellie, legte sie ihr um den Hals und verschloss sie. Die Ohrringe überging er, da Ellie bereits Modeschmuck in ihren Ohren trug, den er bestimmt nicht versuchen würde, herauszunehmen und zu ersetzen.

Er setzte sich wieder hin und begutachtete den verblüffenden Kontrast der glitzernden Edelsteine zu Ellies cremefarbener Haut. »Perfekt«, stellte er befriedigt fest. Die Halskette hatte nun den Platz gefunden, an den sie immer gehört hatte.

»*Zieh sie mir wieder aus!*«, kreischte Ellie mit Panik in der Stimme.

Er grinste. »Bei jeder anderen Gelegenheit würde ich gern diese Worte aus deinem Mund vernehmen, doch nicht gerade jetzt.«

»Zane, ich kann sie nicht tragen. Was ist, wenn jemand versucht, sie zu stehlen? Oder das Schloss bricht und ich verliere sie?« Sie lehnte sich über den Tisch, sodass sie reden konnte, ohne die Aufmerksamkeit auf sich zu lenken.

Er zuckte mit den Schultern. »Es ist doch nur Schmuck.«

»Schmuck, der mehr kostet als die Häuser der meisten Leute«, antwortete sie aufgebracht.

Langsam wurde er ärgerlich, weil ihre Einwände sich stets darauf bezogen, wie viel Geld er ausgegeben hatte. Logischerweise verstand er ihre Situation, doch er würde niemals auch nur einen Penny vermissen, den er bezahlt hatte. »Es ist ein Geschenk, Ellie. Das Geld kommt einem guten Zweck zugute. Mein Gott! Kannst du nicht einfach mal ein Geschenk von mir annehmen, ohne dich darum zu sorgen, mir das Geld zurückzuzahlen? Ich will, dass du den Schmuck behältst. Er passt zu deinen Augen und Saphire sind deine Geburtssteine. Zufällig sind sie auch meine.«

Sie senkte den Blick. »Es tut mir leid. Es ist ein solch wohlüberlegtes Geschenk, aber kannst du nicht verstehen, dass ich es nicht gewohnt bin, solche Geschenke anzunehmen?«

»Ich verstehe es. Aber du musst einsehen, dass ich es gewohnt bin, solche Art von Geschenken zu machen. Nicht gerade Schmuck, aber doch für einen durchschnittlichen Menschen teure Sachen. Für mich ist es nicht so teuer«, erinnerte er sie. »Es ist so, als ob du einem Freund Blumen oder eine Karte schicken würdest.«

Ellie brach in Gelächter aus, ein Geräusch, das Zane ans Herz ging und es wie mit einem Schraubstock zusammenpresste. Sie schnaubte, bevor sie erwiderte: »Das ist allerdings wahr, nehme ich an. Aber ich glaube, ich würde mich mit Blumen wohler fühlen.« Sie betastete vorsichtig die Kette. »Und ich weiß, dass es einem guten Zweck zugute kommt. Doch dieses Geschenk musst du für jemand Besonderes aufbewahren«, fügte sie hinzu und griff erneut in ihren Nacken, um sich an dem Schloss zu schaffen zu machen.

Er stand auf und hielt ihre Handgelenke fest. »Tu das nicht!«, sagte er barsch. »Ich möchte gern gehen. Und du?«

Sie nickte. »Ja, aber ich muss wirklich –«

»Lass uns unsere Mäntel holen! Du kannst die Ohrringe entweder annehmen oder ich lasse sie hier für jemand anderen liegen, wer auch immer sich entschließt, sie einzustecken. Ich werde sie niemand anderem schenken. Ich habe sie jemand Besonderem gegeben. Und zwar dir.«

Er zerrte an ihrem Handgelenk, um sie zur Garderobe zu ziehen.

»Warte!«, rief sie voller Panik. »Ich kann sie nicht einfach hierlassen und außerdem brauche meine Tasche.«

Zane ließ ihr Handgelenk los, damit sie ihre kleine schwarze Unterarmtasche vom Stuhl aufnehmen konnte, und beobachtete dann befriedigt, wie sie vorsichtig den Deckel der Schmuckschatulle schloss und diese sicher in ihrer Tasche verstaute.

»Du verhältst dich nicht fair«, fauchte sie, als sie sich ihm wieder anschloss.

»Du warst auch nicht fair, als du dich entschlossen hast, unter diesem Kleid fast nichts anzuziehen«, gab Zane zurück, als er ihre Hand umschloss.

»Ich glaube kaum, dass sich das vergleichen lässt«, sagte sie in herbem Tonfall und hörte sich wie eine sexy Lehrerin an.

»Beinahe«, erwiderte er lässig und führte sie zum Ausgang.

Sein Schwanz war bereits seit dem Moment unerträglich hart, in dem er sie in diesem aufreizenden schwarzen Kleid gesehen hatte. Ellie war von so natürlicher Schönheit, dass sie kein Make-up oder eine gestylte Frisur benötigte, doch ihr perfektes Aussehen am heutigen Abend hatte ihn umgeworfen. Als er die Konturen ihrer spitzen Brustwarzen durch den schwarzen Stoff hindurch bemerkt hatte, hatte sein Schwanz noch fordernder zu pochen begonnen.

Mein!

Seine Reaktion war sofort und unwiderruflich eingetreten. Ellie gehörte zu ihm. Obwohl er sich ziemlich sicher war, dass sie mehr brauchte als sie ihn.

Nachdem sie ihm so genau verraten hatte, was sie unter diesem Kleid trug, wollte er mit eigenen Augen sehen, ob sie ihn nur reizen wollte oder ob sie die Wahrheit sagte.

Er war überzeugt davon, sich fair zu verhalten. Sie ein einziges Mal beim Orgasmus zu erleben, hatte ihm nicht gereicht. Er war süchtig. Er musste sie noch einmal kommen sehen, sie noch einmal seinen Namen schreien hören. Sonderbarerweise war es ihm egal, ob sie noch Jungfrau war. Wichtig war ihm jedoch, der erste und einzige Mann zu sein, der sie in Besitz nahm, eine Tatsache, die sein Begehren, sie zu ficken, nur noch mehr anheizte. Trotzdem hatte er sie in jener Nacht nicht nehmen wollen, weil er zuvor wissen musste, ob sie wirklich wollte, dass er ihr erster Mann wurde. Jetzt wusste er, dass er nicht nur ihr erster... sondern auch ihr einziger sein würde.

Ehrlich, Ellie war immer schon die Einzige für ihn gewesen. Im Unterbewusstsein hatte er das vielleicht immer schon gewusst, doch richtig klar geworden war es ihm erst bei den paar Gelegenheiten, zu denen er sie damals in Rocky Springs gesehen hatte. Damals war er nicht aktiv geworden, was er heute bereute. Doch jetzt würde er zur Tat schreiten.

Ich hätte sie beinahe verloren.

Es erschien ihm ziemlich traurig zu denken, dass Ellie beinahe hatte sterben müssen, bevor er den Kopf aus dem Sand gezogen und Mut gefasst hatte. Eins wusste er mit Sicherheit: Für das, was er wollte, war er bereit zu kämpfen.

Schluss mit den Samthandschuhen. Zane war bereit, mit gezinkten Karten zu spielen, wusste er doch, dass es so viel befriedigender für sie beide werden würde.

Sie brauchten nicht lange, um zu Zanes Haus zu gelangen. Er hatte seine Limousine mit Chauffeur benutzt. Nach einer ruhigen und schnellen Rückfahrt waren sie an der Haustür abgesetzt worden.

Die Wirkung des Champagners, den Ellie getrunken hatte, verflüchtigte sich langsam, doch sie hatte immer noch einen leichten Schwips, als sie Zane fragte: »Hast du Appetit?« Sie hatten die Küche aufgesucht, um sich ein Getränk zu holen. Sie reichte ihm eine Cola aus dem Kühlschrank und wählte für sich selbst ein Diätgetränk.

Als sie die Dose auf der Arbeitsplatte abstellte, um sie zu öffnen, drückte Zane sie von hinten dagegen und legte links und rechts von ihr je eine Hand auf die Platte. »Nicht aufs Essen. Aber ich sterbe, wenn ich nicht herausfinde, ob du mich während des ganzen Abends belogen hast.«

Eine forschende Hand landete auf ihrem Hintern, kniff in ihre Pobacken und rieb an ihnen herum, um zu fühlen, ob sich unter ihrem Kleid noch ein anderer Stoff befand. Ihr stockte der Atem, als er das fließende Material über ihre Schenkel und den Hintern zog.

»Gütiger Himmel! Du trägst wirklich nichts weiter, oder?«

Sie klammerte sich an die Arbeitsplatte vor sich und schüttelte den Kopf. »Nein, das habe ich doch gesagt.«

»Dreh dich um!«, befahl er, nachdem er ihr den Reißverschluss am Rücken hinuntergezogen hatte.

Ellie sehnte sich so sehr nach einem Haut-an-Haut-Kontakt, dass sie gehorchte. »Ich kann das nicht tun«, protestierte sie jedoch schwach und versuchte, die Begierde ihres Körpers mit der Logik ihres Verstandes zu besiegen. Unglücklicherweise gewann ihr Körper die Schlacht. Sie begehrte Zane schon so lange und so sehr, dass ihre Schutzmauern zerbröselten.

Nachdem er ihr das Kleid über den Kopf gezogen und zu Boden hatte fallen lassen, ergriff Zane ihre Schultern. »Du hast gesagt, du wolltest jemanden, der dich wirklich wahrnimmt, der dich wirklich liebt. Ich nehme an, dass du für diesen Mann deine Jungfräulichkeit aufgespart hast. Dieser Mann bin ich, Ellie. Ich bin mit Sicherheit keine Jungfrau mehr, aber ich glaube, ich habe schon immer auf dich gewartet. Wenn du davonlaufen willst, dann tue es jetzt, denn später werde ich mich wahrscheinlich nicht mehr zurückhalten können.«

Sein Gesichtsausdruck war wild, als sie zu ihm aufblickte, und seine Augen verschlangen ihren fast nackten Körper mit einem anerkennenden Blick.

»Ich glaube, ich habe schon immer auf dich gewartet«, gab sie leise zu und blickte ihm schließlich in die Augen, als diese sich auf ihr Gesicht richteten. »Aber ich habe Angst.«

»Warum?«, fragte er drängend und leicht verletzt. »Ich würde dir niemals wehtun, Ell.«

Sie schüttelte den Kopf. »Darum geht es nicht. Ich will dich, ich will mit dir zusammen sein. Ich habe Angst, dass ich mich jeden einzelnen Tag nach dir sehne, wenn es vorbei ist.«

Er strich mit seinen Fingern von ihrer hinreißenden Halskette über ihren Körper hinunter, bis zu ihrem kaum vorhandenen Höschen. Seine Finger rieben über den seidigen Stoff und reizten sie zu einer Wollust, von der sie wusste, dass sie sie mit ihm und nur mit ihm erleben konnte. Der Grund dafür, dass sie zuvor noch niemals Sex gehabt hatte, war einfach: Sie hatte niemals jemand anderen als Zane gewollt.

»Dann sehne dich nach mir, Ellie! Um Gottes Willen, sehne dich nach mir, so wie ich mich nach dir sehne!«, antwortete er heiser und küsste sie auf die Stirn, auf die Wangen und neben ihren Mund. »Begehre mich so sehr, dass du glaubst, verrückt zu werden! Ich werde da sein, um den Schmerz zu stillen, denn ich weiß genau, wie sich das anfühlt.«

Sie fühlte sich nackt, sowohl emotional als auch körperlich, als sie so vor ihm stand. Ihre Arme schlangen sich um seinen Hals und sie fuhr ihm mit einer Hand durch sein dichtes Haar, frohlockend das Gefühl seiner durch ihre Finger gleitenden Haarsträhnen genießend. »Ja«, antwortete sie schlicht. »Bitte.«

Sogleich fühlte sich Ellie hochgehoben und getragen, doch sie wusste nicht, wohin sie gingen, bis er sie in der Mitte seines eigenen Bettes absetzte. »Ich möchte alles richtig machen, Ellie. Du sollst nicht einen Moment des Schmerzes erleben.«

Es kümmerte sie nicht, ob es wehtat, solange sie Zane so schnell wie möglich in sich haben konnte. »Das ist mir egal. Ich will dich!«

»Du hast mich bereits«, knurrte er, als er begann, sich seiner Kleider zu entledigen. »Und ich habe nicht die Absicht, dich gehen zu lassen.«

Sie war nervös. Nicht, dass sie den Wunsch verspürt hätte, einen Rückzieher zu machen. Verdammt, sie wäre beinahe einem Soziopathen zum Opfer gefallen. Sie wollte herausfinden, wie es sich anfühlte, mit jemandem zusammen zu sein, dem sie wichtig war, einem Mann, den sie seit so langer Zeit begehrte, dass sie nicht mehr hätte sagen können, wann der tiefsitzende Schmerz angefangen hatte. Aber ihr Mangel an Erfahrung machte sie nervös.

»Ich weiß nicht, was ich tun soll«, gestand sie. Sie saß mit gekreuzten Beinen auf dem Bett und beobachtete Zane, der gerade seine Fliege löste und sie von seinem Hals zerrte. Ellie leckte sich die trockenen Lippen, als er begann, sein Hemd auszuziehen und wohlgeformte Bauchmuskeln und einen durchtrainierten Oberkörper entblößte, sodass es ihr in den Fingern juckte, ihn zu berühren.

»Alles, was du willst, Ellie. Was auch immer du brauchst.«

»Ich muss dich berühren«, stieß sie atemlos hervor, als sie sah, wie er sich seines Hemdes entledigte.

Er erstarrte, als sie langsam aus dem Bett kletterte und sich neben ihn stellte.

Kapitel 11

Ellie ließ sich von ihrem Instinkt leiten und knöpfte seine Hose auf. Dann zog sie vorsichtig den Reißverschluss hinunter. Sie war vielleicht noch nicht den ganzen Weg bis zu Ende gegangen, doch mit dem Vorspiel war sie vertraut. Allerdings lag das schon eine Weile zurück. Sie fummelte an dem Bund seiner Smokinghose herum und zog sie dann zusammen mit den kurzen schwarzen Boxershorts hinunter.

Als sie sich hinkniete und ihm die Hose weiter an den Beinen hinunter schob, wurde sie von seinem Schwanz überrascht, der ihr befreit beinahe ins Gesicht sprang. »Er ist riesig«, murmelte Ellie ungläubig, während sie versuchte, seine hochaufgerichtete erigierte Männlichkeit mit der Hand zu umfassen.

Zane stöhnte und strich ihr mit der Hand übers Haar. »Mein Gott! Wie soll ich das überleben?«

Sofort ließ sie ihn los und fuhr fort, ihm Hose und Unterhose auszuziehen. Zane stieg zuvorkommend aus ihnen heraus. »Es tut mir leid. Habe ich etwas falsch gemacht?« Ellie konnte die Sorge in ihrer Stimme nicht verbergen.

»Nein, Baby. Es liegt nicht an dir.« Er zog sie hoch und schlang seine Arme um sie. »Aber dich auf den Knien zu sehen mit meinem Schwanz in deinen Händen lässt meine Fantasien wahr werden.«

Ellie war sich nicht sicher, ob das gut oder schlecht war, doch sie war völlig gewillt, es zu wiederholen. »Ich habe nichts dagegen, alle deine Fantasien zu erfüllen«, versicherte sie eifrig.

Er strich ihr eine Locke aus dem Gesicht. »Sei vorsichtig mit deinen Versprechungen, Ell! Ich habe sehr schmutzige Fantasien, wenn es um dich geht«, verriet er ihr.

Ein Zittern lief über ihre Wirbelsäule, als Zane seine Hand von ihrer Taille zu ihrem nackten Hintern hinabgleiten ließ, während er mit der anderen Hand durch ihr Haar fuhr. »Ich will es langsam angehen, Liebes. Dies ist nicht nur ein einfacher Fick für mich.«

Er nahm sie auf seine Arme und legte sie wieder in die Mitte des Bettes, doch diesmal senkte er seinen Körper auf sie hinab.

»Für mich ist es das auch nicht«, stimmte sie bebend zu. Das Gefühl seiner warmen, seidigen Haut seiner Brust, die ihre empfindlichen Brustwarzen berührte, verwirrte ihren Verstand.

Sie strich mit ihren Händen über jeden Zentimeter seiner nackten Haut, den sie erreichen konnte – über seine Schultern, den Rücken hinab und dann wieder aufwärts – sich ganz in dem Genuss verlierend, ihn Haut an Haut spüren zu können.

»Mein Gott, du fühlst dich so gut an«, stöhnte sie und schlang ihm ihre Beine um die Taille. Ihr Körper verlangte bereits nach Befriedigung.

»Es wird sich noch viel besser anfühlen«, krächzte Zane, während er sich von ihr hinunter und an ihre rechte Seite rollte.

Sie brummte vor Enttäuschung, den Körperkontakt mit ihm verloren zu haben… bis sie spürte, wie seine Hand ihre Brüste umfasste und sich sein Mund auf sie hinabsenkte, um eine ihrer harten Brustwarzen in seinen Mund zu saugen.

Ellie war schon zuvor von Jungs befummelt worden, doch Zane war nicht einfach irgendein Junge. Er war ein erwachsener Mann, der genau wusste, wie er sie berühren musste. Sie kreischte, als er behutsam in eine der festen Spitzen biss, und begann zu hyperventilieren, als er in die andere kniff.

Es tat nicht wirklich weh und nachdem er sie mit Knabbern und Kneifen gereizt hatte, besänftigte er ihre Nippel mit seiner Zunge. Diese Kombination war so erotisch, dass ihr Unterleib in leichten Spasmen vibrierte und sie frustriert die Hüften anhob.

»Zane. Bitte! Es schmerzt.«

»Ich will, dass du ein schmerzliches Verlangen spürst«, bestätigte er heiser. Seine Hand strich nun über ihren Bauch. »Ich will, dass du fühlst, Baby. Ich will, dass du alles auskostest.«

Seine Finger rieben über das seidige Rechteck oberhalb ihrer Muschi, was Ellie erschaudern ließ. »Was ich jetzt erleben will, ist die Erfahrung, dass du mich fickst«, verlangte sie. Sie hatte so lange auf diesen Moment gewartet und ihr Körper forderte den Hauptakt.

»Das wirst du«, murmelte er heiser an ihrer Brust. »Aber jetzt noch nicht.« Er zog an einem ihrer Oberschenkel. »Öffne dich für mich, Ellie! Spreiz deine Beine, damit ich dich verwöhnen kann!«

Seine Stimme klang so fordernd und überzeugend, dass sie sofort gehorchte und ihre Beine spreizte. Sie fühlte sich so verletzlich, dass es beinahe beängstigend war.

Doch dann vergaß sie ihre Befangenheit, als Zane mit einem Finger durch den seidenen Stoff hindurch über ihre Schamlippen fuhr und dann unvermittelt heftig an ihrem Höschen zerrte, sodass es zerriss und er die Teile in seiner Hand hielt. Langsam aber stetig zog er an den Fetzen und ließ den weichen Stoff sinnlich zwischen ihren Pobacken entlanggleiten. Dann warf er die Reste des Tangas auf den Fußboden.

Vollkommen zur Schau gestellt fiel es Ellie schwer, nicht ihre Schenkel zusammenzupressen, doch sobald er sie berührte, war es um sie geschehen.

Seine Finger glitten leicht durch ihre feuchten Falten und entwickelten ein vollkommenes Zusammenspiel, indem sein Daumen über ihre Klitoris fuhr, während die anderen Finger den Rest ihres rosafarbenen Fleisches liebkosten.

»Oh Gott! Das fühlt sich gut an. *So* gut.« Ellie schloss die Augen und bog den Rücken durch, als seine talentierten Finger sie bis zum Wahnsinn erregten. Sie spürte, wie er sich an ihrem Körper hinabbewegte und seine Haare gelegentlich über ihre nackte Haut streiften.

»Ich hoffe, das hier fühlt sich noch besser an«, antwortete er mit einem Stöhnen.

Sie kreischte, als sie spürte, wie seine heiße, nasse Zunge über sie glitt und schließlich das kleine Nervenbündel erreichte, das gegen seinen Mund pulsierte. Zane zeigte keine Gnade und verschlang ihre Muschi, als hätte er monatelang hungern müssen. Seine Bewegungen waren wollüstig und urtümlich roh. Sein ganzes Gesicht war zwischen ihren Schenkeln vergraben.

»Ich kann es nicht mehr aushalten, Zane. Bitte!«, wimmerte sie und fuhr ihm mit den Händen durchs Haar, als sie ihren herannahenden Orgasmus spürte.

Ihre Hüften hoben sich, als seine Finger den engen Zugang zu ihrer Scheide fanden und er versuchsweise erst einen und dann einen zweiten Finger in ihren jungfräulichen Körper hineingleiten ließ. »Baby, du bist so verdammt eng«, fluchte er und hob seinen Kopf für einen kurzen Moment, während er sie mit seinen Fingern fickte.

Ellie konnte nicht antworten. Ihre Muskeln krampften sich um seine Finger, während seine Zunge immer und immer wieder über ihre Klitoris leckte. Diesmal überrollte der Orgasmus sie wie riesige Wellen der Erlösung und der Ekstase. »Ja. Hör nicht auf! Bitte hör nicht auf!«, flehte sie und ihre Hände pressten Zanes Mund heftiger gegen ihre Muschi, während sie mit den Hüften kreiste, um sich an seinem Mund zu reiben.

Die Macht des Orgasmus betäubte sie, das heftige Pulsieren schüttelte ihren Körper und wollte nicht nachlassen.

Ellie klammerte sich an Zanes Haaren fest, als dieser fortfuhr, sie zu reizen, und jeden einzelnen Tropfen der Wollust aus ihr heraus wrang. Er leckte die Säfte auf, die sie während ihres kraftvollen Orgasmus freigegeben hatte, und hielt sie auf einem beständigen Niveau der Erregung.

»Fick mich, Zane! *Bitte*. Ich brauche dich«, wimmerte sie und warf den Kopf von einer Seite auf die andere.

Sie war zwar bereits heftig gekommen, doch ihr Körper würde nicht gesättigt sein, bis die beiden vereint und miteinander verschmolzen wären und sein Körper sich gegen sie pressen würde. *In* ihr sein würde.

»Ellie... Liebes, ich habe kein Kondom.«

Sein Gesicht war plötzlich über ihr. Seine Augen, wild und dunkel, blickten sie mit so viel Verlangen an, dass es Ellie einen Stich ins Herz versetzte. »Ich dachte, alle Jungs hätten Kondome bei sich«, murmelte sie und schlang ihm die Arme um den Hals.

»Ich mache nicht... ich habe nicht... oh, verdammt! Es ist lange her für mich. Jahre«, brummte Zane. Ich war den Schwachsinn leid und habe aufgegeben, nachdem ich herausgefunden hatte, dass meine Freundin zu grüneren Weiden aufgebrochen war. Wenn mich danach verlangt, mache ich es mir selbst.«

Sich vorzustellen, wie Zane sich selbst zum Orgasmus brachte, war so erotisch, dass Ellie die Augen schließen musste. »Fick mich, Zane! Ich glaube, du weißt inzwischen, dass ich noch niemals mit jemandem geschlafen habe. Außerdem hatte ich einen Nachsorgetermin bei meinem Arzt hier in Rocky Springs und habe ihn um ein Verhütungsmittel gebeten.«

»Warum?«, fragte Zanc mit blecherner Stimme.

»Ich habe die Pille genommen, bevor ich entführt wurde, weil ich Probleme mit der Periode hatte. Doch jetzt nehme ich sie ein, um mich sicherer zu fühlen. Frag mich nicht nach einer Erklärung, weil ich es selbst nicht so genau verstehe. Aber Dr. Townson sagt, es sei normal, Angst davor zu haben, dass einem noch einmal etwas zustoßen könnte.«

»Ich weiß, dass ich gesund bin«, erklärte Zane ihr offen. »Trotzdem möchte ich dir gern die ärztliche Bescheinigung zeigen.«

»Ich brauche keine Papiere. Ich brauche nur *dich*«, antwortete sie und als sie die Augen öffnete und seinen stürmischen Blick auffing, fühlte sie einen warmen Strom zwischen ihren Beinen. »Ich vertraue dir«, flüsterte sie so laut, dass er es hören konnte.

Zane starrte sie für einen Augenblick an, dann beugte er sich zu ihr hinab und küsste sie mit solcher Begierde, dass ihre Seele sogleich antwortete. Sie öffnete sich ihm und ließ ihn ihren Mund so grob nehmen, wie es ihm gefiel. Ellie wollte sein Verlangen spüren und erwiderte seinen Kuss mit der gleichen Wildheit.

Ohne Warnung und ohne zu zögern stieß er seinen riesigen Schwanz in sie hinein. Mit einem Stoß war er tief in ihr. Dann hielt er inne, vergrub sich bis zur Wurzel und legte eine Pause ein, sodass sie sich an seine Größe gewöhnen konnte.

Keuchend löste sie ihren Mund von seinem. »Du bist so groß.«

Zane stieß ein wollüstiges Stöhnen aus, bevor er antwortete: »Baby, du bist so eng und feucht, dass ich es nicht lange aushalten werde. Verflucht! Das erscheint mir alles so unwirklich.«

Dem konnte Ellie vollkommen zustimmen. Der momentane Schmerz, einen so großen Schwanz aufzunehmen, begann zu weichen und ihr Körper drängte ihn, sich zu bewegen. Instinktiv schlang sie ihm die Beine um die Taille und drehte ihre Hüften gegen ihn. Ihr Körper bettelte ihn an, sie zu ficken.

Als er sich zu bewegen begann, fühlte Ellie sich beschwingt. Als er dann anfing, in sie einzudringen und sich wieder zurückzuziehen, und in sie hineinpumpte, als ob sein Leben davon abhinge, wusste Ellie, sie würde nie mehr dieselbe sein. Die Intimität ihrer ersten Vereinigung war körperlich explosiv und gleichzeitig glückselig emotional.

Ellie suhlte sich in Zanes leidenschaftlicher Inbesitznahme ihres Körpers. Sie hob ihre Hüften, um jedem wilden Stoß seines Schwanzes entgegenzukommen, und ihre Körper verschmolzen zu einer einzigen Masse von Hitze und Verlangen.

Er führte seine Hand zwischen ihre Körper und suchte und fand ihre Klitoris. »Komm für mich, Ellie! Ich kann nicht länger warten. Nicht dieses Mal. Ich werde dich nicht hinter mir zurücklassen«, knurrte er und rieb mit seinem Finger drängend über ihre Klitoris, während er fortfuhr, seinen Schwanz immer und immer wieder in sie hineinzustoßen.

Die Stimulierung des kleinen Nervenbündels zwang sie zu explodieren. Ihr Körper fühlte sich an, als ob er in Stücke gerissen wurde, und ein heftiger Orgasmus überwältigte sie, der so ganz anders war und den sie noch nie zuvor erlebt hatte. »*Ja! Oh Gott! Das ist zu viel.*«

»Lass los, Baby! Nimm dir, was du willst!«, drängte er verzweifelt.

Alles, was sie wollte, war Zane und das schloss ein, dass sie ihn kommen sehen wollte. Sie klammerte sich an seine breiten Schultern, während ihre Körper ineinanderglitten, und als das Pulsieren stärker wurde, empfand sie die Erotik so intensiv, dass es ihr beinahe unmöglich erschien.

»Zane!«, rief sie ihn bei seinem Namen, als die Verzückung sie überwältigte.

Da bedeckte er ihren Mund mit seinem, als ob er ihren wollüstigen Aufschrei in seinen Besitz aufnehmen wollte. Der Kuss war grob, begehrlich und gefräßig und Ellie hieß ihn willkommen. Sie schauderte vor Ekstase, als der Höhepunkt langsam verebbte und die Muskeln ihres Tunnels sich fest um Zanes Schwanz schlossen.

Ellies kurze Fingernägel gruben sich in die Haut seines Rückens, denn sie brauchte einen Halt, um auf der Erde zu bleiben.

Er riss seinen Mund von ihrem. »Fuck!«, stöhnte er, stützte seinen Oberkörper auf seine Unterarme und warf den Kopf in den Nacken. Jeder einzelne Muskel in seinem Körper spannte sich an, als ihre Kontraktionen ihn zwangen, sich in sie zu ergießen.

Ellie keuchte, ihr Körper hatte sich verausgabt, doch ihr Herz raste immer noch, als sie Zane im Moment seiner Erlösung betrachtete. Er hatte niemals hinreißender ausgesehen als in diesem Augenblick. Seine Lust schien so greifbar, dass es fast schmerzhaft war.

Schließlich entspannte er sich und ließ seinen Körper auf ihr zur Ruhe kommen. Ellie fuhr ihm zärtlich mit den Fingern durch die Haare und bettete seinen Kopf auf ihre Schulter, während beide noch um Atem rangen.

»Mein Gott! Habe ich dir wehgetan? Bitte sag mir, dass es nicht so ist«, stieß Zane zwischen zwei abgehackten Atemzügen hervor.

Sie lächelte und streichelte seinen unwiderstehlichen Haarschopf. Es war perfekt. *Er* war perfekt. »Du hast mir nicht wehgetan. Du bist es wert, auf dich gewartet zu haben, Zane.«

Er hob den Kopf, sodass ihre Finger aus seinem Haar glitten, und durchbohrte sie mit einem intensiven Blick, der ergründen zu wollen schien, ob sie die Wahrheit sagte.

Sie strich mit ihren Fingern über den Dreitagebart auf seinem Kinn und wiederholte: »Du hast mir nicht wehgetan. Ehrlich. Mein erstes Mal war überwältigender, als ich es mir hätte erträumen können. Ich danke dir.«

»Gütiger Himmel! Danke mir nicht für etwas, das ich mir seit langem gewünscht habe. Es ist doch nicht so, als ob ich dir einen Gefallen getan hätte. Dann brach er den Augenkontakt, rollte sich auf den Rücken und zog sie auf sich. »Es hätte länger und viel zärtlicher sein müssen«, sagte er in selbstbezichtigendem Tonfall und strich ihr mit der Hand übers Haar und über den Rücken.

Sie seufzte. »Es hat mir den Verstand weggeblasen.« Ihr befriedigter Körper war entspannt und summte noch immer in einer verzückten post-koitalen Seligkeit.

»Dann bist du leicht zu befriedigen«, bemerkte Zane mit trägem Humor.

»Leidest du etwa unter Leistungsdruck?«, neckte sie ihn.

»Dies war auch für mich ein erstes Mal. Vielleicht ein bisschen«, gab er offen zu. »Ich kann dir versichern, dass ich niemals zuvor irgendwelche Probleme hatte.«

Ellie ließ angesichts seiner Arroganz ein verblüfftes Lachen hören. »Ich bin mir dessen sicher, wenn das, was gerade geschehen ist, einen Hinweis auf deine vorherigen Leistungen gibt.«

»Was vor dir war, war mir niemals wichtig, Ell«, erwiderte er heiser. »Diesmal wollte ich es für dich so schön wie möglich machen.«

Sie musste den Kloß in ihrer Kehle hinunterschlucken, bevor sie sprechen konnte. »Ich bin froh, dass du es warst«, erklärte sie schlicht, unfähig auszudrücken, wie viel es ihr bedeutete, dass er die Vergangenheit für unwichtig hielt.

Die ganze Zeit über wusste Ellie, dass sie auf diesen Tag, auf diesen Abend gewartet hatte. Sie hatte auf Zane Colter gewartet, obwohl er für sie immer ein unerfüllbarer Traum gewesen war, den sie einfach nicht hatte loslassen können.

»Ich werde es immer sein«, knurrte er und legte ihr besitzergreifend eine Hand auf den Hintern. »Dies war kein One-Night-Stand. Ich hege immer noch all jene schmutzigen Gedanken über dich, die ich verwirklichen möchte.«

Ellie dachte einen Moment nach, bevor sie sagte: »Zane, ich möchte nicht, dass du dich fühlst, als ob du noch mehr machen müsstest.« Er war bereits von einer Frau verletzt worden und sie würde ihn keineswegs zu einer Beziehung drängen.

Er richtete sich heftig zum Sitzen auf und zog sie mit sich. Sie landete ausgebreitet auf seinem Körper und kämpfte darum, in eine sitzende Position direkt vor ihm zu gelangen. Mit aufgewühlter Miene drückte er fest ihre beiden Schultern. »Ich brauche etwas, Liebes«, bemerkte er düster. »Ich brauche *dich*. Ich brauche unsere gegenseitige Zustimmung zu dieser verrückten Verbindung, von deren Existenz wir beide wissen. Ich kann sie nicht mehr ignorieren, Ell, und will auch nicht, dass du es tust. Ich habe kein Kondom benutzt, weil ich nie vorhatte, dich zu einem One-Night-Stand werden zu lassen. Es ist kompliziert, doch ich habe den Punkt überschritten, an dem alles egal ist. Lass uns die Dinge so verkomplizieren, wie wir wollen. Erkunde dies mit mir oder wir werden es beide für den Rest unseres Lebens bereuen. Zumindest weiß ich, dass es mir so ergehen würde.«

Mit bebendem Herzen beobachtete sie sein Mienenspiel. Es wechselte von düster und verwirrt zu stur und entschlossen. Zane wollte, dass sie... *ihm* gehörte.

»Monogam?«, fragte sie, um sicherzugehen, dass sie verstand, was er wollte.

Er nickte heftig. »Das muss für uns beide gelten.«

Sie lächelte. »Ich habe doch nicht so lange gewartet, um dich für einen anderen Mann von mir zu stoßen.«

»Ich weiß nicht, wie ich in einem solchen Fall reagieren würde. Ich habe noch niemals zuvor so empfunden. Mein Gott! Ich bin eifersüchtig auf jeden Mann, der deine Aufmerksamkeit erregt.«

»Wegen meines schlimmen Erlebnisses?«, erkundigte sie sich leise.

Er zögerte, bevor er zur Antwort gab: »Ich bin mir nicht sicher. Es ist ungefähr so wie damals, als du verschwunden warst und ich erkannte, dass ich vielleicht etwas verloren hatte, dass ich schon vor langer Zeit für mich hätte gewinnen sollen. Ich habe mich schon immer von dir angezogen gefühlt, doch ich war immer der Meinung, du verdienst etwas viel Besseres als einen verrückten Wissenschaftler, der keine Ahnung von einer richtigen Beziehung oder Romantik hat. Außerdem bist du Chloes beste Freundin. Verdammt, du bist beinahe ein Mitglied meiner Familie. Es hätte heikel enden könne, wenn du mein Interesse nicht erwidert hättest.«

Die Tränen stiegen Ellie in die Augen, als sie Zeuge werden musste, wie Zane sich so verletzlich zeigte. *Wie hatte er jemals annehmen können, sie würde nicht mit ihm ausgehen wollen?* »Ich war vernarrt in dich auf der High School und dieses Gefühl ist niemals verflogen, selbst als du aus dem College zu Besuch kamst. Aber du warst so klug, so gutaussehend und so reich. Ich redete mir ein, dass jemand wie du sich niemals für eine pummelige, schlichte und verzweifelt arme Frau wie mich interessieren könnte. Wenn du also zu Hause warst, habe ich Distanz gehalten, wenn es möglich war, damit ich keinen Narren aus mir machen musste.« Ihr Herz fühlte sich an, als ob es von einer Faust umschlossen würde, und ihre Tränen flossen schneller.

»Du warst *kurvig*, was mich jedes Mal hart werden ließ, wenn ich dich angesehen habe, Liebes.« Er zog sie auf seinen Schoß und hielt sie fest, als ob er sie nicht mehr loslassen könnte. »Ich habe deine wunderschönen blauen Augen und dein attraktives blondes Haar geliebt. Du bist wunderschön, Ell. Das warst du immer. Doch was ich schon immer am meisten an dir mochte, war, dass du mich so akzeptierst, wie ich bin. Zur Hölle, ich glaube, du magst mich sogar so, wie ich bin.« Zane holte tief Luft, bevor er fragte: »Wollen wir es also miteinander versuchen? Kannst du mit einem Mann glücklich sein, der nicht gerade mit romantischen Worten um sich wirft und der nicht immer weiß, was er tun soll, wenn du so weinst wie jetzt? Zur Hölle, warum weinst du *jetzt*?«

Sie lächelte ihn durch die Tränen hinweg an. »Weil das, was du gerade gesagt hast, das Süßeste ist, was ich jemals gehört habe, obwohl du behauptest, kein Romantiker zu sein.«

Kapitel 12

Während der folgenden paar Monaten blieben sie in Denver und Ellie war glücklicher, als sie sich erinnern konnte, jemals in ihrem ganzen Leben gewesen zu sein. Den größten Teil des Tages arbeitete sie an ihrem eigenen Schreibtisch in Zanes riesigem Büro, das er selbst nie benutzte, denn er verbrachte seine Zeit hauptsächlich in dem abgesicherten Forschungstrakt des geräumigen Gebäudes.

Seltsam, aber sie hatte niemals wirklich realisiert, wie groß und multinational seine Laboratorien tatsächlich waren, und wie viel Verantwortung er sich auf seine breiten Schultern geladen hatte. Gelegentlich musste sie ihn daran erinnern, dass er nicht allein für die Bekämpfung oder die Vorbeugemaßnahmen jedes Gesundheitsproblems auf der ganzen Welt zuständig war.

In jüngster Zeit hatte er mehr gelächelt und gelacht, als sie es für möglich gehalten hätte. Sie freute sich an jedem unverschämten Grinsen und jedem Ausbruch des amüsierten Gelächters, das aus seinem Mund kam, weil sie immer gedacht hatte, er nähme sich viel zu ernst.

Durch die dauerhafte Therapie begann Ellie nicht nur, sich von ihrer traumatischen Gefangenschaft zu erholen – obwohl es sicher einige Aspekte gab, mit denen sie auch weiterhin zu kämpfen haben würde – sondern sie begann außerdem, sich selbst mit anderen Augen zu betrachten. Sie sah sich nicht länger als eine Frau, die nicht im Geringsten interessant oder attraktiv wirkte. Vielmehr betrachtete sie sich jetzt als eine Frau, die versuchte, sich selbst zu verbessern und das zu sein, was sie vor ihrer Entführung hätte sein sollen.

Mit Zanes Zustimmung hatte sie sich im fertiggestellten Untergeschoss eine Werkstatt eingerichtet und benutzte die dortige Küche, die Zane niemals auch nur angerührt hatte. Der Internetverkauf wuchs und Ellie forschte und experimentierte zu jeder sich bietenden Gelegenheit. Ihre Produkte errangen eine gewisse Beliebtheit und plötzlich wollte jeder ihre aromatherapeutischen Düfte ausprobieren.

Jedes Wochenende suchten sie und Zane Orte auf, an denen sie noch nie zuvor gewesen war, und sie begann tatsächlich, die Welt außerhalb von Rocky Springs und sogar von Denver zu erkunden. Obwohl sie ihre wunderschöne Heimatstadt in den Bergen immer geliebt hatte, gefiel ihr die Tatsache, dass Zane sie jedes Wochenende mit einem neuen Ausflugsziel überraschte.

Am letzten Wochenende hatte Zane sie nach Kalifornien geflogen, sodass sie den Pazifischen Ozean hatte sehen können, und sie hatten wie Kinder zwei Tage ausgelassen am Strand gespielt.

Die Nächte gehörten ganz allein ihnen und Zane hatte es sich zur Aufgabe gemacht herauszufinden, auf wie viele Arten er sie befriedigen konnte. Es hatte sich herausgestellt, dass er *wirklich* äußerst schmutzige Fantasien über sie hegte, und jede einzelne hatte sie vor Wollust zum Schreien gebracht.

Ellie hatte ihr Ziel betreffs Gewichtszunahme erreicht, daher versuchte sie, sich so oft wie möglich sportlich zu betätigen. Zane besaß in seinem Haus in Denver ein ähnliches Schwimmbad wie in Rocky Springs und sie versuchte, jeden Abend zu schwimmen. Wann auch immer ihr ein wenig Zeit blieb, trainierte sie außerdem auf dem Laufband. Bis jetzt hatte sie daher ihr Gewicht halten können.

Obwohl, wenn sie ehrlich war, hatte wahrscheinlich eher die Gymnastik, die ihr Zane jeden Abend im Bett auferlegte, dazu geführt, dass sie nicht zunahm. Er hatte sie bereits fast in jedes Restaurant im Umkreis eingeladen und jedes bot eine fantastische Küche.

Ihr einziger Kummer bestand darin, dass er sie nicht ihre alten Schulden bei ihm begleichen ließ. Er ließ sie weder für irgendetwas bezahlen, noch behielt er einen Teil von ihrem Gehaltscheck als seine Assistentin ein, damit sie ihm all das zurückzahlen konnte, was er in der Vergangenheit für sie gekauft hatte. Im Gegenteil, er weigerte sich sogar anzuerkennen, dass sie ihm überhaupt etwas schuldete.

Ihre Schulden waren das einzige Thema, über das sie wirklich in Streit gerieten.

Im Unterschied zu anderen Paaren bot die Auswahl des Fernsehprogramms niemals Anlass zu Auseinandersetzungen. Sie liebte es, sich mit ihm wissenschaftliche Dokumentationen anzuschauen, während er mittlerweile ebenso süchtig nach Krimis geworden war wie sie. Kaum einmal verpassten sie eine Folge von *Supernatural*, doch wenn es einmal geschah, luden sie sich den Film schnell aus dem Internet herunter. Es schien, als ob sie in der Wahl der Shows und Filme die gleiche Verschrobenheit an den Tag legten.

Heute Abend hatte sie ihn allein eine Dokumentation im Fernsehen anschauen lassen und war in ihre Werkstatt hinuntergegangen, um einige Produkte zu verpacken. Ellie legte Wert darauf, dass die Bestellungen schnellstens zum Versand bereitstanden.

»Ich habe dich vermisst«, ertönte unverhofft Zanes heisere Stimme hinter ihr.

Sie hatte ihn zwar die Treppe hinunterkommen hören, doch nicht erwartet, plötzlich seinen harten Körper an ihrem Rücken zu spüren. Sie zuckte zusammen und ließ beinahe die Kerzen fallen, die sie gerade einpackte.

Er streckte die Hand aus, fing die Schachtel gekonnt auf und stellte sie wieder auf die Arbeitsplatte.

Mit immer noch rasendem Herzen drehte sich Ellie in seinen Armen herum. »Du hast mir Angst eingejagt«, erklärte sie und schlang ihm die Arme um den Hals.

»Das war nicht meine Absicht«, entschuldigte er sich reuevoll.

»Ich weiß. Es ist nicht deine Schuld. Ich glaube, ich habe immer noch ein paar unfreiwillige Reaktionen, die ich nicht kontrollieren kann.« Ellie hasste es, wenn ihr rationaler Verstand nicht mit ihrem Körper korrespondierte.

Zane nahm sie bei der Hand und führte sie zu dem Medienbereich mit einer ausziehbaren Couch. Er ließ sich in deren Mitte fallen und zog sie auf seinen Schoß. »Willst du darüber reden?«

Nein! Nein, das will ich nicht.

Jedes Mal, wenn es dazu kam, dass sie ausführlich über ihre Erfahrungen während der entsetzlichen Monate ihrer Gefangenschaft reden sollte, zog sie es vor, ihr Erlebnis zu verdrängen. Natalie gestattete ihr niemals lange, sich vor der Auseinandersetzung zu drücken, und einige dieser Sitzungen waren brutal schwierig, aber Zane hatte sie noch niemals zum Reden gedrängt.

Sie schüttelte den Kopf, gab jedoch Antwort. »Ich weiß nicht. Manchmal denke ich, ich bin darüber hinweg und mache Fortschritte, doch ab und zu spüre ich, dass die Narben in meinem Inneren noch nicht ganz verheilt sind. Ich bin mir noch nicht einmal sicher, ob ich das Thema jemals ganz werde abschließen können, weil er tot ist. Außerdem ist er gestorben, als ich noch in der Hütte lag.«

»Der Hurensohn hat sich feige aus dem Staub gemacht. Du wirst ihn niemals vor dem Richter stehen sehen und niemals erleben, dass er für seine Untaten bezahlen muss«, erwiderte Zane zornig.

Sie nickte. »Ganz genau. Es ist so, als ob er niemals existiert hätte. Es ist sonderbar, ich war zwar erleichtert, dass er tot ist, aber gleichzeitig war ich auch wütend.«

»Das ist keineswegs seltsam, Liebes. Ich glaube, es ist ganz natürlich, so zu empfinden.«

Ellie seufzte. Sie wusste, sie würde sich niemandem jemals so nahe fühlen wie dem Mann, der sie gerade tröstete. Sie wollte ihn nicht ausschließen, denn andersherum würde sie auch nicht wollen, dass er mit ihr so verführe, wenn er etwas so Traumatisches durchgemacht hätte. »Ich weiß nicht einmal, wo ich beginnen soll.«

»Wo auch immer du willst«, sagte Zane freundlich. »Erzähl mir von den Erlebnissen, die dich am stärksten verfolgen.«

»Die Tatsache, dass ich an dem besagten Tag nicht mit dem Laptop flüchten konnte. Ich denke ständig darüber nach, was ich hätte anders machen können. Vielleicht hätte ich die Praxis schneller verlassen sollen. Vielleicht habe ich nicht verbissen genug gekämpft, weil ich meinte, ihn unter den Tisch reden zu können. Vielleicht hätte ich nicht weglaufen sollen, sondern hätte besser vorgegeben, nichts zu wissen, bis ich die Gelegenheit bekommen hätte, den Computer zu entwenden. Es gibt so vieles, das ich hätte anders machen können und das vielleicht mir und Chloe einiges an Schmerzen erspart hätte.«

Zane strich abwesend mit der Hand über ihre Locken. »Du hast das Beste getan, was du unter diesen Umständen machen konntest. Vielleicht wären all diese Alternativen fehlgeschlagen.«

»Schon möglich«, stimmte sie zu. »Aber das werde ich niemals in Erfahrung bringen. Danach gab es keine Möglichkeit mehr zu entkommen. Ich glaube, ich war während des größten Teils der Fahrt zur Hütte bewusstlos, daher hatte ich keine Ahnung, wo ich mich befand. Ich war vollkommen desorientiert. Außerdem hatte er mich in Ketten gelegt, bevor ich einen klaren Kopf bekam.«

»Wie oft ist er zur Hütte gekommen? Ist er sofort danach wieder weggefahren?«

Ellie wünschte sich, er hätte sie allein gelassen. »Nein. In jener Nacht ist er geblieben und hat jede Minute zu dem Versuch genutzt, mich so zu verängstigen, dass ich mich ihm unterwarf. Jedes Mal, wenn ich ihm widersprochen habe, hat er mich geschlagen. Die Nacht war unendlich lang.«

Sie spürte, wie sich Zanes Körper unter ihr anspannte, als er fragte: »Hat er dich ausgezogen, oder hast du das selbst getan?«

»Er hat ein Schnitzmesser benutzt, um mir alles vom Leib zu schneiden, was ich anhatte. Eine Einschüchterungstaktik, die Erfolg hatte. Ich hatte Angst, er würde mich vergewaltigen, mich töten oder beides.« Sie holte tief Luft, bevor sie hinzufügte: »Bereits in jener ersten Nacht hat er mir die Kleider genommen. Als er am nächsten Morgen wegging, war ich ziemlich fertig.«

»Mist! Ich wünschte, ich hätte ihn früher verdächtigt, als ich ihn noch hätte verfolgen können. Als ich nach Rocky Springs zurückgekehrt bin, überzeugt davon, dass er der Täter war, war es bereits zu spät.«

»Woher hättest du es wissen sollen?« Ellie streichelte seine Wange und sein stoppeliges Kinn. »Ich bin nur froh, dass du ein Genie bist, sonst wäre ich jetzt tot.«

»Warum hat er dir nicht mehr Nahrungsmittel dagelassen? Er hat dir gerade genug gegeben, um zu überleben.«

Ellie zuckte mit den Schultern. »Ich glaube, er wollte, dass ich schwach und kaum am Leben war. Außerdem hatte er Vergnügen daran, mich um Nahrung und Wasser betteln zu lassen. Ich habe versucht, das nicht zu tun, aber weil ich halb bewusstlos war, habe ich es doch getan. Ich war immer durstig, immer hungrig.«

»Er war ein sadistisches Schwein«, grollte Zane.

»Äußerst sadistisch«, antwortete Ellie traurig. »Und indem ich ihn angebettelt habe, habe ich ihm genau das gegeben, was er wollte.«

»Nicht«, sagte er drängend. »Gib dir niemals selbst die Schuld! Jedes Mal, wenn er dir wehgetan hat, geschah das deshalb, weil er sich zu Tode geärgert hat, dass Chloe ihn verlassen hat, um für Gabe zu arbeiten. Walker hat sie aus einer schlimmen Situation gerettet.«

»Gott sei Dank«, erwiderte Ellie und hörte sich erleichtert an. »James hat mir nichts davon gesagt. Er hat nur immer wiederholt, dass sie bald heiraten würden. Ich habe mich so hilflos gefühlt, nichts dagegen unternehmen und sie nicht retten zu können.«

»Du hast dir Sorgen um sie gemacht und sie hat wie eine Wahnsinnige nach dir gesucht. Ich habe Chloe noch niemals so am Boden zerstört gesehen wie an dem Tag, an dem du verschwunden bist. Ich glaube, eine ganze Weile lang hat sie sich der Wahrheit verweigert und geglaubt, dich finden zu können. Als ihr das nicht gelang, war sie vollkommen niedergeschlagen«, vertraute ihr Zane an.

»Doch jetzt sind wir beide glücklich«, stellte Ellie wehmütig fest. »Ich werde nicht zulassen, dass ein toter Mann mein Leben oder das von Chloe zerstört.«

Zane umarmte sie fest und Ellie bettete ihren Kopf auf seine Schulter. Er wiegte sie zärtlich hin und her, als er bemerkte: »Ich weiß, dass du das nicht zulassen wirst. Mein Gott! Du bist die tapferste Frau, der ich je begegnet bin. Und du hast es geschafft, solange durchzuhalten, bis ich dich gefunden habe.«

Ellie lächelte mit dem Gesicht an dem weichen Stoff seines T-Shirts. »Ich denke, ich habe mein ganzes Leben damit verbracht, auf dich zu warten, bis du mich auf die ein oder andere Art finden würdest.«

»Nicht mehr«, krächzte Zane. »Niemals mehr. Ich lasse dich auf nichts mehr warten.«

»Hmmm… und was war letzte Nacht? Ich kann mich genau daran erinnern, dass du mich hast warten lassen.« In der Tat, er hatte sie gereizt, bis sie vor Begierde, endlich Erlösung zu finden, beinahe wahnsinnig geworden wäre.

Zane lachte leise. »Das war doch etwas anderes. In diesem bestimmten Fall war es das Warten doch sicher wert, oder?«

Ellie erzitterte, als sie sich daran erinnerte, wie ihr Körper in tausend Stücke zersprungen war, als Zane endlich aufgehört hatte, sie zu reizen, und ihr gegeben hatte, was sie brauchte. »Ja, doch, aber es war vollkommen unfair«, warnte sie ihn mit verstellt verdrießlicher Stimme. »Ich glaube, jetzt bin ich an der Reihe, *dich* warten zu lassen.«

Er bog ihr behutsam an den Haaren den Kopf in den Nacken, sodass er ihr Gesicht sehen konnte. »Baby, ich würde bis in alle Ewigkeit warten, wenn es sein müsste.«

Die Ernsthaftigkeit in seinem Versprechen sandte eine Welle der Zärtlichkeit in Ellies Herz. Er behauptete, nicht romantisch zu sein, doch seine offenen Worte drangen auf Wegen in ihr Inneres, die niemand zuvor beschritten hatte. Sie leckte sich die trockenen Lippen, als sie in seine ernsten grauen Augen blickte. Jedes Wort war ehrlich gemeint, jede Bemerkung ernsthaft. Ihr Körper schrie danach, diesen Mann zu nehmen und ihn ein Leben lang zu genießen.

Zane war etwas Besonderes.

Und er gehörte ihr.

»Ich muss die Bestellungen verpacken«, sagte sie schwach.

»Ich bin heruntergekommen, um dir zu helfen«, antwortete er. »Aber außerdem wollte ich dir Fotos von Chloe zeigen, die ich gerade bekommen habe.«

Sie ließ sich neben ihm auf die Knie nieder und begann tastend, nach seinem Handy zu suchen. »Lass mich sehen!«, verlangte sie aufgeregt und rieb mit einer Hand über die Vordertaschen seiner Jeans, um das Telefon zu finden.

Er stoppte ihre räuberischen Finger, indem er sie am Handgelenk festhielt. »Mein Gott, Frau! Wenn du nicht damit aufhörst, findest du vielleicht mehr, als du gesucht hast«, erklärte er mit heiserer, warnender Stimme.

»Oder ich finde genau das, wonach ich gesucht habe«, gab sie wollüstig zurück.

»Wie schnell können wir die Bestellungen verpacken?«, fragte Zane ungeduldig.

»Sehr schnell. Aber kann ich jetzt die Bilder von Chloe sehen?« Ellie schätzte jedes Foto von ihrer besten Freundin. Gelegentlich sandte Chloe ein Video. Sie sah so glücklich aus. »Wo ist sie gerade?«

Zane fischte sein Handy aus der Hosentasche. »Sie sind jetzt auf den Bahamas. Ihr letzter Stopp. Dieses Wochenende können wir nach Hause zurückkehren. Dann wird Chloe auch wieder zurück in Gabes Haus sein. Es tut mir leid, dass ich es dir nicht früher ankündigen konnte. Gabe sagte, sie hätten beide Heimweh und wären bereit, auf die Ranch zurückzukehren.«

Er rief Chloes jüngste Textmeldung mit einem Foto auf. Ellie lächelte breit, als sie ihre Freundin mit Gabe erblickte, einem Mann, den Ellie nur sehr beiläufig kennengelernt hatte. Sie hatte ihn ein paar Mal getroffen, doch jedes Mal, wenn sie ein Foto von ihm mit Chloe sah, gefiel er ihr besser. Es war offensichtlich, dass Gabe Chloe glücklich machte, und allein deshalb verehrte ihn Ellie bereits.

Die beiden lächelten in die Kamera und hielten ihre ausgefallenen Getränke in die Luft, als ob sie der ganzen Welt zuprosten würden. Chloes Lippen waren zu einem großen, echten Lächeln verzogen, das ihre Augen vor Freude strahlen ließ. Gabe hatte den Arm um ihre Schultern gelegt und grinste, als ob er sich um nichts auf der Welt sorgen müsste.

Ellie fuhr die Konturen des Paars mit dem Finger nach. »Man kann sehen, wie sehr die beiden sich lieben.«

»Wenn man sie persönlich sieht, ist es noch offensichtlicher, glaub mir«, antwortete Zane amüsiert.

»Ich kann gar nicht glauben, dass ich sie endlich wiedersehen werde. Es scheint eine Ewigkeit her zu sein. So vieles ist inzwischen geschehen.«

»Hey, du bist doch nicht nervös, oder?« Zane hob ihr Kinn, um ihr ins Gesicht zu blicken.

»Ein bisschen. Ich will ihr jetzt nicht ihr Glück verderben.«

»Um Gottes willen, Ellie. Das wirst du nicht. Weißt du nicht, wie sehr sie dich liebt? Dich zu sehen wird das fehlende Teil im Puzzle an seinen Platz zurückbringen. Chloes Glück wird vollkommen sein. Sie vermisst dich so sehr und sie betrauert dich, obwohl du noch am Leben bist. Wenn jemand Angst haben muss, dann sollte ich es sein. Sie wird mich umbringen, weil ich ihr die Wahrheit verschwiegen habe. Gabe wird wahrscheinlich auch Probleme bekommen.«

»Weiß er es?«, fragte Chloe neugierig.

»Blake ist sein bester Freund. Ich habe keine Zweifel, dass er es weiß, allerdings muss er sich entschieden haben, nichts zu sagen. Chloe bedrängt mich jeden Tag deinetwegen. Ich bin froh, dass sie nach Hause kommt. Ich hasse es, sie abzuweisen und vorzugeben, dass ich die Tatsache akzeptiere, dass du nicht mehr zurückkommst. Zum Teufel, ich hasse es, sie anzulügen.«

Allein der Gedanke, Chloe nach so langer Zeit wiederzusehen, trieb Ellie all die ungeweinten Tränen in die Augen. »Ich warne dich jetzt schon, dass ich weinen werde, doch es werden Tränen des Glücks sein.«

»Ich bin mir dessen ziemlich sicher«, erwiderte Zane unglücklich. »Aber jetzt musst du nicht weinen. Wir haben Pläne«, bemerkte er schelmisch und nahm ihr das Telefon aus der Hand. Dann stand er auf und zog sie hoch.

»Ja. Ich muss die Bestellungen einpacken.« Sie drehte sich herum, um in ihre Werkstatt zu gehen.

Sie war noch nicht weit gekommen, als Zane sie um die Taille fasste, sie hochnahm und sie über seine Schulter warf. »Ich werde das morgen früh für dich erledigen.«

Ellie fand sich in einer sehr würdelosen Position kopfüber über seiner Schulter hängend wieder.

»Lass mich runter! Du musst eine Treppe hinaufsteigen«, kreischte sie belustigt, doch andererseits fürchtete sie, er könnte sich verletzen.

Mühelos sprintete er die Treppe hinauf, während er ihre lahmen Versuche ignorierte, ihn auf den Rücken zu schlagen, damit er sie losließ.

Ellie gab auf, als sie im Schlafzimmer ankamen und sich ihr Körper bereits nach seinen Berührungen sehnte.

Wie versprochen stand Zane früh auf, verpackte ihre Bestellungen und lud sie auf die rückwärtige Ladefläche seines Wagens, um sie auszuliefern, bevor er zur Arbeit ging.

Ellie war nicht überrascht. Sie hatte gelernt, dass Zane nie etwas leichthin versprach. Für einen Mann, der von sich behauptete, nicht romantisch zu sein, war er verdammt fürsorglich. Ellie empfand die Tatsache, dass er über ihre Bedürfnisse nachdachte, ziemlich berauschend. Und wirklich, Zanes Verhalten war so romantisch, wie sie es sich kaum hätte vorstellen können.

Kapitel 13

In den Bergen von Colorado war der Frühling eingezogen, was bedeutete, dass man niemals wusste, ob man eine warme Jacke oder kurze Hosen benötigen würde.

An diesem besonderen Morgen trug Gabe Walker ein T-Shirt und Jeans. Seine Frau, die Tierärztin, war ähnlich gekleidet. Sie saß neben ihm auf dem Boden. Ihre Blicke waren auf den kleinen Bach gerichtet, der über ihr Gelände verlief und entlang der Felsen versickerte, um dann weiter abwärts zu rinnen.

»Es tut so gut, wieder hier zu sein«, bemerkte Chloe wehmütig. »Zu reisen war wunderbar, aber ich habe meine Familie und unser Heim vermisst.«

Gabe war sich ziemlich sicher, dass sie auch die Pferde vermisst hatte, doch er verzichtete auf eine dahingehende Bemerkung. Ihm ging zu viel im Kopf herum und er hatte Angst, eine Mauer zwischen sich und der Frau zu errichten, die er mehr als irgendjemand anderen auf der Welt liebte.

Chloe war von dem größten Teil der emotionalen Schmerzen genesen, die James verursacht hatte, doch ihre Wunden waren tief und Gabe wollte sie auf keinen Fall wieder aufreißen.

Vielleicht hätte ich es ihr sagen sollen.

Er hatte es zwar in Erwägung gezogen, doch aus verschiedenen Gründen darauf verzichtet. Mit der Neuigkeit, dass James Selbstmord begangen hatte, war er schon vor einer Weile herausgerückt, wohl wissend, dass sie stark genug war, damit zurechtzukommen. Doch die gewisse andere Angelegenheit, von der er wusste, das sie für Chloe ungeheuer wichtig war, hatte er ihr nicht verraten: nämlich dass ihre beste Freundin am Leben und auf dem Weg der Besserung war.

»Chloe, ich habe dir etwas zu sagen und ich hoffe, dass du mich ausreden lassen wirst«, begann er vorsichtig.

Sie wandte ihm den Kopf zu und sah ihn mit besorgter Miene an. »Ist alles mit dir in Ordnung?«

»Es ist alles gut. Wirklich gut. Aber ich habe Neuigkeiten.«

Er sah, wie ihr besorgter Gesichtsausdruck in Niedergeschlagenheit umschlug. »Geht es um Ellie?«

Gabe schluckte heftig und nickte.

»Hat man ihre Leiche gefunden?«

Die Trauer in der Stimme seiner Frau brach ihm beinahe das Herz. »Ja und nein.« Zum Teufel, er durfte nicht alles noch schlimmer machen. Er musste die Wahrheit ausspucken und aufhören, seine Frau zu ängstigen. »Chloe, sie lebt. Zane hat sie gefunden.«

»Oh mein Gott! Geht es ihr gut? Wo ist sie?« Chloe sprang vom Boden auf, als ob ihr jemand Feuer unter dem Hintern gelegt hätte. »Ich muss sie sehen, Gabe.«

Er packte sie an den Schultern, um sie davon abzuhalten, sich auf ihre Stute zu schwingen und los zu galoppieren, um ihre Freundin zu finden. Sie waren bis zu dieser Stelle geritten und er hatte sie absichtlich um eine Pause gebeten, sodass er ihr unter vier Augen die Neuigkeit beibringen konnte.

»Hör mir zu, Liebes! Es geht ihr gut. Sie ist bei Zane und sie werden nicht vor heute Nachmittag hier eintreffen. Sie fliegen von Denver hierher.«

Chloe sah Gabe stirnrunzelnd an. »Wo war sie die ganze Zeit?«

Dies war eine der schwersten Fragen, die Gabe jemals hatte beantworten müssen. »Sie ist von James entführt und in einer entlegenen Jagdhütte gefangen gehalten worden. Chloe, sie war in einem ziemlich schlechten Zustand, als Zane sie gefunden hat. Wenn er auch nur ein bisschen später gekommen wäre, hätte sie es nicht geschafft, fürchte ich.«

»Aber James ist doch bereits seit Monaten tot«, murmelte Chloe gereizt.

»Zane hat sie kurz nach unserer Abreise gefunden«, gestand Gabe. Nun sah sie verletzt aus. »Er hat mir nichts davon gesagt. Eigentlich hat er mich sogar ziemlich belogen.«

»Ich weiß. Wir alle haben dich belogen. Blake hat es mir erzählt, nachdem sie gefunden worden war, aber ich wusste, dass du Zeit zum Heilen brauchtest. Außerdem wollte Ellie es dich nicht wissen lassen.«

»Warum nicht?«, fragte Chloe unter Tränen. »Sie ist meine beste Freundin.«

Er nickte. »Eben deshalb wollte sie nicht, dass du es weißt. Sie war in einem ziemlich schlechten Zustand und wollte verhindern, dass du dir an ihrem Unglück die Schuld gibst.«

Chloe schlug Gabes Hände von ihrer Schulter. »So ist Ellie eben – sie sorgt sich um jeden außer um sich selbst. Aber ihr alle habt es gewusst. Irgendjemand hätte es mir sagen können. Gott, sie hat mich gebraucht. Nach all diesen Monaten muss sie Hilfe benötigt haben.«

»Zane hat sich um sie gekümmert, Chloe. Weiter hat sie nichts gebraucht.«

»Das ist unwichtig. Ihr hättet es mir sagen müssen. Mein Gott, du hast mich weiterhin glauben lassen, sie sei tot! Wie konntest du das tun? Weißt du, wie sehr ich den Verlust betrauert habe?«

»Ich weiß. Aber auch ich wollte verhindern, dass du dir die Schuld gibst.«

Chloe drehte ihm den Rücken zu und lehnte sich an einen Baumstamm in der Nähe. »Natürlich fühle ich mich schuldig. Ich habe ihr den Job bei James vermittelt. Ich habe sie direkt in sein großes fettes Teufelsnetz geführt.« Sie holte tief Luft, bevor sie etwas ruhiger hinzufügte: »Erzähl mir die ganze Geschichte!«

Während er auf den Rücken seiner Frau starrte, erzählte Gabe seiner Frau alles, was er über Ellies schlimmes Erlebnis wusste. Ihm war klar, dass Chloe angestrengt zuhörte, doch sie sagte kein Wort.

Als er schließlich jede ihm bekannte Einzelheit geschildert hatte, drehte sie sich herum, um ihn anzusehen. Ihr Gesichtsausdruck verriet Enttäuschung über den Betrug und Verletztheit. »So habt ihr also alle entschieden, dass die arme kleine Chloe nicht stark genug war, um mit der Wahrheit zurechtzukommen.«

»Wir alle haben gedacht, es sei das Beste, dich nicht zusätzlich zu stressen, Liebes, ja.«

»Was hast du denn erwartet? Dachtest du, ich würde zusammenbrechen? Nein. Ich wäre glücklich gewesen, verdammt!«

»Das wussten wir. Doch du bist durch die Hölle gegangen. Ich wollte nicht, dass du dir wegen Ellies Zustand Vorwürfe machst. Sie wollte das auch verhindern.«

»Du bist mein Ehemann, Gabe. Ich vertraue dir mehr als irgendeinem anderen Menschen auf der Welt.«

»Glaubst du nicht, dass ich das weiß? Denkst du, es war einfach für mich, das Geheimnis für mich zu behalten? Ja, ich habe es dir verschwiegen, weil ich dir Zeit zum Genesen geben wollte, doch auch, weil Ellie es so wollte. Sie wollte verhindern, dass du vorzeitig nach Rocky Springs zurückgekehrt wärst, während du doch eigentlich deine eigenen Wunden heilen musstest.«

Chloe fuhr sich mit der Hand über ihr Gesicht. Ihre Miene drückte Entsetzen aus. »Oh Gott! Sie hat diese schrecklichen Videos gesehen.«

»Das spielt keine Rolle. Sie ist deine beste Freundin und sie hat erkannt, dass du von der Existenz der Videos nichts gewusst hast.« Nur wenige Leute hatten die Videos von Chloe gesehen und Gabe war einer von ihnen. Er schüttelte den Zorn ab, den er für den toten Mann hegte und der jetzt wieder mit aller Macht ausbrechen wollte, und versuchte, sich einzig und allein auf Chloe zu konzentrieren.

»All dies ist ihr zugestoßen, nur weil sie versucht hat, mir zu helfen. Wie soll ich damit leben? Und wie soll ich euch allen vergeben, dass ihr mir nicht erzählt habt, dass sie lebt?« Chloe weinte und ihre Stimme war voller Verzweiflung.

Gabe ging auf Chloe zu, doch diese scheute vor ihm zurück. Und das verletzte ihn mehr, als irgendetwas anderes es jemals gekonnt hätte. »Du musst mir verzeihen, Liebes. Und ebenso deiner Familie.

Wir wussten alle, dass du stark genug warst, um mit der Wahrheit konfrontiert zu werden, aber du warst doch noch so mit dir selbst beschäftigt. *Du* musstest zuallererst an dich selbst denken – und ich werde mich nicht dafür entschuldigen, dass ich deinen Bedürfnissen Vorrang eingeräumt habe. Niemals. Du musstest für eine Weile Rocky Springs verlassen, genau wie Ellie.« Sein Herz hämmerte heftig gegen seinen Brustkorb, als er hinzufügte: »Ich bin nicht ich selbst ohne dich, Chloe. Du musst mir vergeben, denn ohne dich kann ich nicht mehr leben.«

»Ich hasse es, dass ich dich nicht hassen kann«, gestand sie zornig.

Gabe hätte über ihre Bemerkung lachen können, doch er wagte es nicht. »Sieh den Tatsachen ins Gesicht, Liebling – wenn du diese Entscheidung hättest treffen müssen, hättest du doch das Gleiche getan wie ich. Du hättest zuerst daran gedacht, mich zu schützen, wenn ich verletzlich gewesen wäre.«

Sie starrte ihn einen Moment nachdenklich an. »Ich weiß ehrlich nicht, was ich getan hätte. Doch ich weiß, dass es mich umbringen würde, dich zu belügen.«

»Technisch gesehen habe ich dich nicht belogen. Ich habe dir lediglich die Wahrheit verschwiegen.« Das war zwar ein lahmes Argument, doch in seiner Verzweiflung versuchte er alles.

Chloe stützte die Hände in die Hüfte und sah ihn verärgert an. »In diesem Fall macht das keinen großen Unterschied, denke ich.«

Gabe atmete frustriert aus. »Ich wollte es eigentlich nicht, Chloe. Aber wenn ich noch einmal vor der Wahl stehen würde, würde ich mich wieder so entscheiden. Ja, ich habe dich beschützt. Ich liebe dich mehr als alles auf der Welt. Es gibt nicht viel, das ich nicht tun würde, um dich so glücklich zu sehen, wie du es die letzten Monate gewesen bist.«

Eine Träne lief Chloes Wange hinunter und dieser kleine Tropfen reichte, um Gabe das Herz zu brechen.

»Ich kann nicht glauben, dass sie lebt«, sagte Chloe zögernd und ihre Tränen begannen, schneller zu fließen.

Gabe spürte, dass sein Handy vibrierte, und zog es aus der Tasche. »Sie lebt nicht nur, sie ist sogar hier in Rocky Springs. Zane sagt, sie sind gerade gelandet und auf dem Weg zu seinem Haus.«

Chloe begann, gequält zu schluchzen, der Schmerz brach aus ihrem tiefsten Inneren hervor.

Gabe öffnete seine Arme und hielt den Atem an, als sie kurz zögerte. Doch dann lief sie los und stürzte auf ihn zu. Er fing sie auf und drückte sie an sich. Jetzt wusste er, sie hatte ihm verziehen, und alles würde gut werden. Als er sie so fest an sich gepresst in seinen Armen hielt und sich bewusst war, dass sie ihm alles bedeutete, schwor er sich, niemals wieder zu riskieren, sie zu verlieren, egal wie schwierig es auch sein würde. Er war ein offenes Buch für Chloe und sie kannte all seine Geheimnisse. Gabe schwor sich, dass er ab heute, jetzt, da sie stärker war, nichts mehr von ihr fernhalten würde.

Zane war es beklommen zumute, als er in die Garage seines Hauses in Rocky Springs fuhr. Gabe wusste bereits, dass sie in Rocky Springs waren, und er bezweifelte nicht, dass er seine kleine Schwester und ihren Ehemann innerhalb der nächsten paar Stunden sehen würde. Gabe hatte ihn wissen lassen, dass Chloe und er zum Duschen nach Hause zurückreiten würden. Sie hatten sich für den frühen Abend verabredet.

Verdammt, Ellie hatte ihn bereits gewarnt, dass Tränen fließen würden. Doch, egal aus welchem Grund, er mochte es nicht, sie so aufgewühlt zu erleben. Okay. Ja. Vielleicht würden es Tränen des Glücks sein, doch Ellie und Chloe würden zwangsläufig auch ihren Schmerz spüren, wenn sie all ihre Erlebnisse besprechen würden.

Er holte tief Luft, als er den Motor abstellte und das Garagentor schloss. Heute war ein merkwürdiger Tag. Zuerst wurde Elena als vermisst gemeldet. Sean hatte ihn angerufen und Zane beschuldigt, irgendwie für ihre Abwesenheit verantwortlich zu sein. Seans Redeschwall hatte nicht viel Sinn ergeben, doch Zane hatte darüber hinweggesehen, da er wusste, wie abhängig sein Direktor von Elena war, obwohl sie das keineswegs wert war.

Zane hatte versucht, Sean zu erklären, dass Elena höchstwahrscheinlich wieder zu ihm zurückkehren würde, doch Sean war nicht in der Verfassung gewesen, ihm zuzuhören. Ehrlich, der Mann hatte sich ziemlich verstört angehört.

Wahrscheinlich hatte sie inzwischen einen reicheren Mann als Sean gefunden.

Zane bezahlte Sean sehr gut für einen Mann in dessen Position. Er wusste aber auch, dass sein Direktor Elena leider mit Luxusartikeln überhäuft hatte. Einige davon waren ungeheuer kostspielig. Es mit den Forderungen einer Frau wie dieser aufgenommen zu haben, hatte den armen Mann vielleicht in den Ruin getrieben.

Zane versuchte, seine befremdende Unterhaltung mit Sean aus seinen Gedanken zu vertreiben, und lächelte Ellie zu, die an der Tür auf ihn wartete.

Unsicher erwiderte sie sein Lächeln.

Sie ist nervös.

Zane schloss die Tür auf und ging voraus.

Er schaute sich in der makellosen Küche um und warf dann einen Blick ins Wohnzimmer.

»Oh mein Gott! Das Haus sieht wunderschön aus. Was hast du gemacht?«, fragte Ellie beinahe ehrfurchtsvoll.

Ellie hatte vieles in Ordnung gebracht, bevor sie dieses Haus verlassen hatte, doch sie hatte es nicht so sauber und nicht annähernd so einladend hinterlassen. Zane hatte das Gefühl, Ellie wollte sich nicht aufdrängen oder irgendetwas Persönliches in seine Häuser einbringen, also hatte er das in die Hand genommen.

Verschiedenste frische Blumenarrangements verteilten sich im Haus, die Zane speziell für Ellies Rückkehr bestellt hatte. Die Utensilien für ihre Aromatherapie waren verdoppelt und reinlich in der Vorratskammer verstaut worden. Auf dem Boden fand sich nicht ein einziges Staubkörnchen und die Dekorateurin, die er beauftragt hatte, hatte das Untergeschoss heller und strahlender gestaltet. Es war ein zeitgemäßes Dekor, das Ellie begeistern würde, so ganz anders als die vorherige traditionelle, schwere Ausstattung.

Ehrlich, Zane gefiel die Veränderung auch besser. Als er das Haus gebaut hatte, hatte er sich nicht wirklich damit beschäftigt, welche Art von Atmosphäre er sich für sein Haus wünschte. Er hatte sich mehr für den Grundriss interessiert, der Platz für alle Räume und Annehmlichkeiten bieten sollte, die für ihn wichtig waren. Er hatte der ursprünglichen Innenarchitektin gesagt, er lege Wert auf Funktionalität, und genau daran hatte sie sich gehalten. Die Frau hatte teure, schwere Möbel und reiche Verzierungen gewählt, von denen sie wahrscheinlich angenommen hatte, dass sie einem wohlhabenden Mann gefallen würden.

»Oh mein Gott! Was hast du getan?«, wiederholte Ellie begeistert, während sie herumwirbelte, als ob sie versuchte, ihre neue Umgebung in sich aufzunehmen.

Zane beobachtete sie, als sie einen Blick in das Familienzimmer warf und sich ihre Augen weiteten. »Meine Bilder sind hier«, bemerkte sie verwirrt. »Und einige meiner alten Kissen.«

Zane wusste das bereits. Er hatte die Dekorateurin gebeten, so viele Gegenstände wie möglich aus Ellies alter Wohnung in die Ausstattung zu integrieren, bevor der Rest eingelagert wurde. Offensichtlich hatte sie einiges gefunden, das sie hatte verwenden können.

Da Ellie sich nicht von der Schwelle des Familienzimmers wegbewegte, ging Zane zu ihr und nahm sie bei der Hand, um sie durch die Küche ins Wohnzimmer zu führen. »Na, wie findest du das?«

Sie öffnete den Mund und schloss ihn dann wieder, als ihre Augen an einer Sammlung von Fotos über der Couch hängen blieben. »Das sind wir«, stellte sie mit gedämpfter Stimme fest, während sie zu den Bildern ging und sie betrachtete.

Zane ließ sich von ihr herumführen und deutete mit dem Kopf auf die Wand. Er freute sich, wie gut die Fotos geworden waren. Alle Bilder waren wunderschön gerahmt und auf eine Weise arrangiert, die recht natürlich wirkte.

»Ich weiß«, antwortete er schließlich. »Ich habe all die Fotos gesammelt, die ich während unserer Ausflüge aufgenommen habe, und gebeten, Abzüge herzustellen und sie an diese Wand zu hängen.«

Endlich wandte sie sich ihm verblüfft zu. »Warum?«

Er zuckte mit den Schultern. »Weil du immer so bekümmert warst, kein richtiges Zuhause zu haben. Ich wollte, dass meine Häuser auch für dich ein Zuhause sind. Ich wollte unsere Sachen miteinander vermischt sehen, um mir zu verdeutlichen, dass nicht nur ich hier lebe. Wir leben hier zusammen.« Er holte tief Luft, bevor er die Frage stellte, die ihm am Herzen lag. »Gefällt es dir nicht?«

»Ich liebe es«, erwiderte sie mit bebender Stimme. »Auf diese Weise sind wir hier wirklich... vereint.«

Das war genau das, was Zane hören wollte. Er wollte, dass sie beide so eng miteinander verbunden waren, dass Ellie niemals würde weggehen wollen. »Ich weiß. Mir gefällt es so. Ich sagte dir bereits, für mich ist unsere Beziehung keine kurzlebige Affäre, Ellie. Ich will, dass du in unseren Häusern bleibst. Ich will deinen Duft überall riechen können. Ich will deine Sachen neben meinen sehen. Verdammt, ich würde dich am liebsten an unser Bett fesseln, damit du mich niemals verlassen kannst.«

Sie drehte sich herum und blickte ihn an. Ihre strahlend blauen Augen glänzten feucht vor Tränen. »Das will ich auch. Ich kann einfach nicht glauben, dass du das alles für mich getan hast.«

»Es war auch teilweise meinetwegen«, räumte er ein. »Ich bin ein selbstsüchtiger, gieriger Hurensohn, der sichergehen will, dass du allen Grund hast, dies ebenso als dein Heim anzusehen wie ich. Ich will, dass du bei mir bleibst.«

Mit einem gefühlvollen Schluchzer warf sich Ellie in seine Arme und Zane fing sie glücklich auf.

»Ich kann nicht glauben, dass du auch nur für eine Minute denken kannst, ich könnte dich verlassen«, erklärte sie und klang erstaunt. »Fessle mich an dein Bett! Ich werde gern dort bleiben.«

»Das war kein Scherz Ellie«, erklärte Zane ihr heiser. »Aber ich würde dich niemals fesseln, Ellie. Nicht nach allem, was du durchgemacht hast.«

Gütiger Himmel! Er frönte wirklich schmutzigen Fantasien, Ellie genau dort zu haben, wo er sie haben wollte, doch dies würde er niemals in die Tat umsetzen. Seine verfluchten primitiven Höhlenmenscheninstinkte, sie zu erobern und zu behalten, würden sich mit sich selbst begnügen müssen.

Auf sexueller Ebene war Ellie offen, fast alles auszuprobieren. Sie brachte ihm eine neugierige Lust entgegen, die ihn wahnsinnig machte. Und die Frau war eine Abenteurerin, wenn es darum ging, im Schlafzimmer neue Dinge auszuprobieren und einander verrückt zu machen. Doch gegen Fesselungen wehrte er sich.

»Zane«, flüsterte sie ihm ins Ohr. »Ich vertraue dir. Wenn es dich anmacht, wird es mich auch erregen. Das garantiere ich dir.«

»Nein«, erwiderte er schlicht, legte seinen Arm fest um ihre Taille und blickte sie stur an.

Sie lächelte ihn wollüstig an. »Ich dachte, du magst es, deine schmutzigen Fantasien auszuleben.«

»Das stimmt. Aber diese nicht.« Er gab einen männlichen Seufzer von sich. »Hör auf, mich so anzusehen!«

»Wie denn?«, fragte sie unschuldig.

Verdammt! Sie war weit davon entfernt, unschuldig zu sein, jetzt, da sie wusste, dass er die Finger nicht mehr von ihr lassen konnte, seitdem er sie zum ersten Mal genommen hatte. Dieser hitzige, wollüstige Blick funktionierte immer bei ihm.

Kapitel 14

Ellie nahm seine Hand und führte ihn entschlossen in sein Schlafzimmer.

Was Zane getan hatte, um ihr das Gefühl zu vermitteln, sein Zuhause sei auch ihres, hatte sie auf eine Weise berührt, die sie nie zuvor erfahren hatte. Sie weigerte sich, weiterhin eine Frau mit Komplexen zu sein. Alles, was er jemals an sexuellen Spielen mit ihr ausprobiert hatte, war orgastisch gewesen. Er hatte keinen Grund zu unterstellen, sie würde nicht mit ihm spielen, nur weil sie von einem Monster gefangen gehalten worden war.

Dies war Zane.

Dies war der Mann, der sich um sie sorgte.

Dies war der Mann, den sie... liebte.

Da! Jetzt hatte sie es zugegeben. Sie liebte ihn. Ellie hätte nicht sagen können, wann die Vernarrtheit, die sie als Teenager für Zane empfunden hatte, sich in eine Liebe verwandelt hatte, die sie bis in ihre Seele traf. Doch sie war sich ziemlich sicher, dass das nicht lange gedauert hatte. Ihr Vertrauen in ihn war vollkommen, ihre Liebe endlos. Nun wollte sie ihm das beweisen, indem sie ihm die volle Kontrolle über ihren Körper und ihr Herz überließ.

Wenn sie ihre Gefühle nicht in Worten ausdrücken konnte, dann wollte sie ihm sie *zeigen*.

»Ellie, es ist mir egal, wie heiß es sein könnte. Ich kann das nicht tun«, knurrte Zane, als er im Schlafzimmer neben ihr stand.

»Warum nicht?« Sie ergriff den Saum ihres leichten Hemdes und zog es sich über den Kopf.

Der BH folgte als Nächstes, doch Zane stand wie erstarrt, sie konnte jedoch sehen, dass seine Augen ihren Körper liebkosten. Sie entledigte sich ihrer Jeans und des Höschens und stand dann vollkommen nackt vor ihm, nicht im Geringsten verschämt. Schon vor Wochen hatte sie bei ihm ihre Schüchternheit verloren. Er kannte ihren Körper in- und auswendig. Jede Narbe. Jede Schwachstelle. Und trotzdem schien sie ihm so zu gefallen, wie sie war.

Lässig glitt sie zum Schrank, holte eine cremefarbene und marineblaue Krawatte hervor, die sie ihn niemals hatte tragen sehen, kam wieder zu ihm hinüber und hielt sie ihm entgegen. »Tu es! Du weißt, dass du das willst.« Zane übernahm gern die Kontrolle und sie hatte kein Problem damit, sie ihm zu überlassen. Es war herrlich, den Moment mitzuerleben, in dem er ausrastete.

Sie kletterte aufs Bett und hob die Arme, um zwei der hölzernen Pfosten am Kopfende zu umklammern.

»Ellie!«, stieß er bedrohlich hervor und begann, sich langsam und methodisch zu entkleiden, doch sie wusste, dass er verunsichert war.

»Ich werde mich niemals vor etwas fürchten, das du mit mir machst.« Tatsächlich schrie ihr Körper bereits danach, ihn zu berühren, als er bedächtig seinen kräftigen Körper entblößte.

Ihr Blick wanderte von seinem muskulösen Brustkorb bis hin zu einem äußerst erigierten Schwanz, als er seine Jeans und die Boxershorts zur Seite stieß und vollkommen nackt vor ihr stand.

Seine Augen hafteten ohne Unterbrechung auf ihrem provokativ ausgebreiteten Körper und seine Miene verdüsterte sich zusehends, als er zu ihr aufs Bett kletterte. Er warf die Krawatte neben sie, doch dann nahm er sie wieder zur Hand, während er sich auf sie zubewegte.

»Du bist erregt«, schnurrte sie.

»Mein Gott, Ell! Mit dir braucht es nicht viel. Ich muss nur an dich denken und schon bin ich erregt und bereit abzuspritzen«, erklärte er wütend. »Dazu muss ich dich nicht zuerst an mein Bett fesseln.«

»Ich wünschte, du würdest es tun«, ermunterte sie ihn. »Ich habe erfahren, wie es ist, von einem Arschloch festgehalten zu werden. Ich würde diese Erinnerung gern durch eine viel bessere ersetzen.«

Sein Gesichtsausdruck war nicht zu deuten, während er über ihre Worte nachzudenken schien. Er suchte ihren Blick und sie schauten einander tief in die Augen. Ellie versuchte, ihm ihre Gefühle ohne Worte zu vermitteln.

Plötzlich kam er über sie und band ihr schnell mit der Krawatte die Hände zusammen. Dann befestigte er die Enden am Kopfende. »Ein furchtsamer Blick, ein Verziehen deines Gesichts und ich befreie dich«, versicherte er heiser, während seine Augen hungrig über ihr Gesicht huschten. Dann positionierte er ihre Hände über ihrem Kopf.

»Ich habe keine Angst, Zane. Ich bin erregt.« Es lag etwas Befreiendes in der Tatsache, dass sie in diesem Augenblick keine Entscheidungen zu treffen hatte. Sie war Zanes Gnade ausgeliefert und wollte, dass er sie auf der Stelle befriedigte.

Er ließ sich auf sie hinunter und stützte sich auf seine Hände. Dann flüsterte er ihr heiser die Warnung ins Ohr: »In Kürze wirst du noch heißer sein.«

»Kein Necken«, bettelte sie.

Er senkte den Kopf und küsste sie. Nun war sie nicht mehr in der Lage, noch irgendetwas zu sagen. Sein herrischer Kuss entflammte das bereits glimmende Feuer, als ob er Benzin hineingegossen hätte.

Sie zerrte an ihren Handgelenken, denn sie wollte automatisch die Arme um seinen Hals schlingen.

Als er sich von ihrem Mund löste, um seine Zunge über ihren Hals und hinunter auf ihre Brüste wandern zu lassen, war Ellie bereits halb wahnsinnig. »Bitte!«, flehte sie. »Fick mich!«

Er löste seinen Mund genügend lange von ihrer Haut, um zu gestehen: »Ich liebe es, wenn du so schmutzige Worte zu mir sagst. Ich liebe es, wenn du so verzweifelt bist, dass du nur noch daran denken kannst, dass du mich in dir haben willst.«

»Ich bin mehr als verzweifelt«, jammerte sie und klammerte ihre Finger so fest um die straffen Fesseln, dass der Stoff niemals mehr derselbe sein würde.

Er knabberte und leckte an ihren Brüsten, wechselte von der einen zur anderen und Ellie kreischte unter seinen Berührungen. Sie musste alles von ihm spüren.

Sie erbebte, als sein Mund ihren Bauch hinab wanderte. Sie hob die Hüften, unfähig, ihre Begierde zu artikulieren.

Gerade, als sie bereit war, vor Frustration zu schreien, zog sich Zane zurück, schob ihre Beine auseinander und legte sich zwischen sie. »Sag mir, dass du mich willst, Ellie! Sag es!«, befahl er.

Sein Mund war ihrer Muschi so nahe, dass sie seinen warmen Atem auf ihrem Unterleib spüren konnte.

»Ich brauche dich! Bitte, Zane!«

»Was brauchst du?«

»Du musst mich zum Kommen bringen. Jetzt!«, verlangte sie. Sie wünschte sich verzweifelt, ihn an seinem Haarschopf fassen und seinen Kopf zwischen ihre Beine pressen zu können.

Ein Beben ging durch ihren Körper, als sie endlich die leichte Berührung seines Mundes auf sich spürte und seine Zunge zwischen ihre feuchten Falten tauchte. Er bewegte ihre Beine hoch und runter, um sie vom Anus bis zur Klitoris lecken zu können. Er ließ keine einzige empfindliche Stelle aus, bevor seine Zunge über das kleine pulsierende Nervenknöspchen schnellte. Sogleich zog sich ihr Unterleib beinahe schmerzhaft zusammen.

Sein Mund verschlang sie, seine Zunge erkundete aufreizend ihre Muschi und sie stöhnte auf, als der Druck auf ihre Klitoris immer stärker wurde. »Ja! Ja! Bitte! *Mehr!*«, flehte sie verzweifelt mit einer Stimme, die sie kaum als ihre eigene wiedererkannte.

Gerade als sie bereit war, zum Höhepunkt zu kommen, schleuderte er sie in den siebten Himmel, indem er mit zwei Fingern in sie eindrang und sie ausfüllte. Dann stieß er wild in sie hinein und zog seine Finger wieder zurück, im gleichen wahnsinnigen Rhythmus, mit dem seine Zunge ihre Klitoris bearbeitete.

In ihrem Unterleib entfaltete sich eine feurige Spirale und dann flutete die Lust durch ihren ganzen Körper. Jede Welle des erotischen Pulsierens, die ihren Körper überwältigte, wurde ausgelöst durch das heftige, wollüstige Entzücken, das sie empfand, weil sie Zane so ausgeliefert war.

Der Höhepunkt fiel explosiv und unkontrollierbar über ihren Körper her. »Zane!« Sie schrie seinen Namen, während sich ihre Fäuste um die Krawatten ballten, mit denen sie ans Bett gebunden war.

Er verlängerte ihre Ekstase so gut wie möglich und verlangsamte niemals die Geschwindigkeit seiner endlosen Jagd auf ihre Säfte, die er aufsaugte wie ein Mann, der seit Tagen Durst litt.

Ellies Oberschenkel und ihre Muschi vibrierten immer noch, als Zanes Kopf schließlich wieder auftauchte und er sogleich ihren Blick suchte. »Mein Gott, Ellie! Du siehst so verdammt…« Er wirkte, als ob er nach den richtigen Worten suchen würde. »Du siehst aus, als ob du *mir* gehören würdest«, sagte er dann aufgewühlt.

Sie keuchte und rang nach Atem. »Dann nimm dir, was dir gehört!«, stieß sie hervor, sich verzweifelt danach sehnend, ihn in sich zu haben. »Bitte!«

Sein Gesicht nahm einen urtümlich wilden, besitzergreifenden Ausdruck an, bevor er ihre Hände von den Fesseln befreite und sie dann auf den Bauch drehte. Er bedeutete ihr, sich auf Hände und Knie zu stützen. Überrascht gehorchte Ellie, die wusste, dass er sie auf die primitivste Weise nehmen wollte. Das hatte er noch niemals zuvor getan, da er es normalerweise vorzog, wenn sie sich von Angesicht zu Angesicht gegenüberlagen, da er ihr Gesicht sehen wollte, wenn er sie in den Wahnsinn fickte.

Der Klaps auf ihren Hintern war fest und sie zuckte erschrocken zusammen, als er knurrte: »Bring mich niemals so weit, Ellie, oder du wirst dies hier bekommen.« Er gab ihr noch ein paar Klapse auf ihr Hinterteil und rieb dann gierig mit seiner Hand über ihr brennendes Fleisch. Er tauchte zwischen ihre Schenkel und strich nach jedem erotischen Klaps über ihre Muschi.

Sie stöhnte auf, als er schließlich von hinten in sie eindrang und seinen Schwanz bis zur Wurzel in ihr vergrub. Das Gefühl war so verdammt erotisch, dass sie nicht aufhören konnte, vor Lust zu stöhnen, und sich mit den Händen in die Laken unter ihr krallte.

Zane ergriff ihre Hüften und zeigte keine Gnade, als er immer und immer wieder mit seinem Schwanz in sie hineinstieß und ihren Hintern bei jedem Stoß an sich heranzog.

»Oh mein Gott, Zane! Ja!« In dieser Position überwältigten ihn so tiefe Gefühle und sie wusste, dass er sich ebenso wie sie in dieser fleischlichen Paarung verlor.

Ellie konnte spüren, wie ihr Körper schwitzte, als ob sie innerlich verbrennen würde, und die Hitze durch jede einzelne Pore ihres Fleisches nach außen drang. Sich nach hinten drückend versuchte sie, das Zusammentreffen ihrer Körper noch zu verstärken. Das Klatschen ihres aufeinandertreffenden Fleisches und ihr heftiges Atmen beherrschten das ansonsten stille Zimmer.

»Fester!«, drängte sie und wünschte sich, er würde niemals aufhören.

»Gut«, krächzte Zane, »du fühlst dich so verdammt gut an.«

»Ja!«, keuchte Ellie und stieß ihm ihren Po entgegen, als er an ihren Hüften zog. Sie brauchte ihn so verzweifelt, dass nur seine grobe, heftige Inbesitznahme sie befriedigen würde.

»Sag mir, dass du *mir* gehörst, Ellie! Sag mir, dass du mich niemals verlassen wirst!«, knurrte er und umklammerte ihr Fleisch noch fester, während er in sie hineinstieß.

Das war genau das, was sie versucht hatte, ihm zu zeigen. In seinem Bestreben, sie zu trösten und ihr durch ihren Schmerz zu helfen, hatte er mit seinem eigenen Leid allein fertigwerden müssen. »Ich werde nirgendwohin gehen. Ich werde dich nicht wieder verlassen«, antwortete sie atemlos in dem Versuch, ihm die Angst zu nehmen, die ihm am meisten zu schaffen machte.

Er hat Angst. Er fürchtet, ich könnte noch einmal verschwinden.

Es handelte sich um eine rational begründbare Furcht, doch Ellie hatte gelernt, dass nur Weniges, um das sie sich immer noch ängstigte, einen Sinn ergab.

Sie implodierte im selben Moment, in dem sie spürte, wie Zanes Finger zuerst über ihre Muschi rieben und dann über ihre Klitoris. Seine Hand war von ihrer Hüfte zu dem pulsierenden Knötchen gewandert.

In dem Moment, in dem sich Ellies Orgasmus aufbaute, spürte auch Zane die Erlösung nahen. »Komm für mich, Ellie! Ich kann nicht länger warten!«, rief er mit rasselnder Stimme.

Das hätte er Ellie nicht erst sagen müssen. Die muskulösen Wände ihres Tunnels hatten sich bereits fest um Zanes Schaft geklammert und zuckten in Spasmen, die sie nicht kontrollieren konnte. Damit signalisierte sie Zane, dass sie bereits ihren Höhepunkt erreicht hatte... und zwar heftig.

»Mein Gott! Es gibt kein besseres Gefühl, als wenn du um mich herum kommst«, stöhnte Zane.

Ellies Ellbogen knickten ein. Sie war unfähig, sich noch länger auf ihre Hände zu stützen, so sehr überwältigte sie die Spitze ihres Orgasmus, als Zane sich in ihr mit einem gewaltigen Stöhnen ergoss.

Zane senkte sich auf sie hinab und küsste ihren Hinterkopf und beide Seiten ihres Gesichts. Dann bettete er seine Stirn auf ihr Haar.

Sie konnte hören und spüren, wie er mühsam atmete. Die Wärme seiner schnellen Atemzüge strich durch ihr Haar, sein Brustkorb hob und senkte sich auf ihrem Rücken.

Schließlich brach Ellie vollkommen zusammen und Zane rollte sich an ihre Seite.

Als sie schließlich ein Wort hervorbringen konnte, flüsterte sie: »Mir ist heiß.«

»Schon?«, neckte Zane sie und spielte mit einer ihrer Locken.

Sie gab ihm einen spielerischen Klaps auf den Arm. »Du weißt genau, was ich meine. Ich schwitze wie ein Schwein.«

»Ich auch«, stimmte er ihr zu und setzte sich auf die Bettkante. »Lass uns aufstehen!«

Sie schüttelte den Kopf. »Du hast mich vollkommen ausgelaugt. Ich brauche noch ein paar Minuten.«

Er sagte kein Wort, sondern nahm sie auf den Arm und machte sich auf den Weg zum Schwimmbad. Langsam stieg er mit ihr ins Wasser, ihren nackten Körper an sich gepresst, und ließ ihre Körper nur langsam ins Wasser eintauchen, sodass ihrem Kreislauf kein Schock versetzt wurde.

Nachdem sie ihre Füße träge auf dem gefliesten Boden des Pools abgesetzt hatte, nahm er vorsichtig ihre Handgelenke und drehte sie nach allen Seiten. »Gott sei Dank. Keine Spuren«, murmelte er und legte dann eine Hand auf ihren Hintern, um ihn zärtlich zu streicheln. »Aber deine Pobacken sind ein bisschen rot.« Er klang nicht gerade sehr reuig, dass er eine Spur seiner Inbesitznahme auf ihr zurückgelassen hatte.

Sie schlang ihm die Arme um den Hals und neckte ihn: »Das war es wert. Ich glaube nicht, dass ich schon einmal so heftig gekommen bin.«

Ein erleichtertes Lächeln erhellte sein Gesicht. »Ich wollte dir nicht wehtun, Ellie. Danke, dass du mir so viel Vertrauen entgegengebracht hast.«

»Du würdest mir niemals mit Absicht wehtun.« Sie fuhr mit der Hand über sein stoppeliges Kinn. »Das weiß ich sicher.«

»Ich will es auch nicht unabsichtlich tun«, knurrte er und festigte den Griff seines Arms um ihre Taille. Dann senkte er den Kopf, um sie zu küssen.

Im Unterschied zu ihrer wilden Veranstaltung im Bett war der Kuss zärtlich und süß, eine Bekräftigung, wie sehr er sie schätzte. Ellie schmolz das Herz, als seine Lippen behutsam über ihren Mund glitten und leckend jeden Zentimeter kosteten.

Als er schließlich das Kinn hob, seufzte sie und lehnte den Kopf an seine Schulter. Das Wasser plätscherte um sie herum und kühlte stetig ihre Körper. »Dein Haus sieht wunderschön aus. Ich danke dir«, flüsterte sie ihm heiser ins Ohr.

Die Geste hatte sie mehr berührt, als sie erklären konnte.

»Unser Haus«, verbesserte er sie. »Ich möchte, dass du dich hier zuhause fühlst.«

»Das tue ich.« Ellie begann, sich überall zuhause zu fühlen, solange nur Zane an ihrer Seite war.

»Gut.« Er nickte. »Ich glaube, endlich fühlt es sich auch für mich wie ein Zuhause an.«

Sie trat einen Schritt zurück und tauchte ihren Kopf unter Wasser, um sich vollständig abzukühlen. Als sie auftauchte, strich sie sich die nassen Haare aus den Augen und erinnerte ihn: »Es war doch schon immer dein Haus.«

Zane tat es ihr gleich und tauchte unter Wasser, bevor er antwortete: »Das mag schon sein. Doch es war niemals ein Zuhause. Vielleicht weil ich mich nie darum gekümmert habe, wie es hier aussah. Es war ein Platz zum Schlafen, eine Bleibe, und gab mir außerdem die Möglichkeit, meiner Familie nahe zu sein. Doch damals war es nichts weiter als ein Haus.«

Ellies Herz klopfte wild. »Aber jetzt fühlt es sich für dich wie ein Zuhause an?«

»Ja, mit dir. Es fühlt sich an wie unser Heim.«

Seine Bemerkung war so liebenswert, dass sie ihn umarmte und sich an ihn klammerte, ihre Beine um seine Taille geschlungen. Sie genoss den Moment der Intimität, als Zane sie fest an sich drückte und beide eng miteinander verbunden waren.

Schließlich, als sie die Augen öffnete, fiel ihr Blick auf die Uhr, die an einer Wand des Schwimmbads hing. »Oh, Mist! Es ist schon fast fünf Uhr. Bald werden Chloe und Gabe hier eintreffen.«

Gabe hatte Zane benachrichtigt, dass sie ungefähr um sechs Uhr bei ihnen sein würden, aber Chloes Freundin hatte die Angewohnheit, zu früh zu erscheinen.

»Hey, keine Sorge«, sagte Zane mit humorvoller Stimme, »sag ihr einfach, es gab da etwas, von dem du dich nicht lösen konntest.«

Ellie schlug ihm spielerisch auf den Arm. »Das ist nicht lustig. Oh mein Gott! Sie wird es merken. Chloe weiß immer, wenn ich lüge. Sie behauptet, ich sei eine schlechte Lügnerin.«

Zane lachte. »Du musst gar nicht lügen. Du warst ja nun tatsächlich gefesselt. Du musst ihr ja nicht erzählen, dass ihr Bruder dich gefickt hat, als ob sein Leben davon abhinge, was nebenbei gesagt sogar zutrifft. Ich glaube, ich wäre ein Fall von blau geschwollenen Hoden geworden, wenn ich nicht hätte in dir sein können.«

»Oh Gott!«, stöhnte Ellie laut. »Ich bin mir nicht sicher, ob ihr die Tatsache gefällt, dass ich mit ihrem Bruder schlafe.«

»Das geht sie nichts an«, antwortete Zane ernsthafter. »Und ich habe auch nicht vor, damit aufzuhören. Sie wird sich wohl daran gewöhnen müssen.«

»Es wird vielleicht… peinlich sein«, warnte ihn Ellie.

Er schüttelte den Kopf. »Nein.«

»Ich brauche eine Dusche und dann muss ich mich herrichten«, sagte sie besorgt, während sie sich von ihm löste und sich in Richtung der Stufen wandte.

Er folgte ihr aus dem Becken, griff nach einem Handtuch, um sie abzutrocknen, und wischte schnell über seinen Körper, bevor er es in ihre ausgestreckte Hand legte. Hastig trocknete sie sich die Haare.

Zane deutete auf die Tür. »Hör auf, dir Sorgen zu machen, Liebes! Ich kann diesen besorgten Ausdruck auf deinem Gesicht erkennen. Chloe möchte dich doch nur wiedersehen. Lass uns duschen!«

»Ich werde nicht mit dir zusammen duschen«, stellte sie bestimmt fest. Ellie wusste genau, was passieren würde, wenn sie mit Zane in die Dusche steigen würde. Sie konnten nicht nackt zusammen sein, ohne sich gegenseitig berühren zu wollen.

»Doch, das wirst du«, sagte er lässig. »Ich will keine einzige Gelegenheit verpassen, mit dir zusammen zu sein, wenn du nackt bist.«

Insgeheim amüsierte sich Ellie, warf aber ihr Handtuch nach ihm. Es landete quer auf seinem Kopf. »Perversling!«, schalt sie ihn.

»Das ist deine Schuld.« Er schob ihr mit einem sexy Grinsen die Schuld in die Schuhe, während er lüstern auf ihre Brüste starrte.

Sie kicherte wie ein junges Mädchen, erstaunt über sich selbst, wie sehr sie seine sexuell spielerische Seite genoss. Sie warf das Handtuch beiseite und sprintete in Richtung Badezimmer. »Ich werde die Tür hinter mir abschließen.«

Er folgte ihr auf den Fersen. »Schwachsinn!«

Er jagte sie nackt durchs Haus. Sie schaffte es bis zur Dusche, hatte jedoch keine Zeit mehr, die Tür abzuschließen, bevor Zane sie eingeholt hatte.

Ellie hätte niemals zugegeben, dass sie nur halbherzig versucht hatte zu gewinnen. Sie hatte *gewollt*, dass er sie einholte, und das hatte er auch getan. Wie auch immer, sie war fest entschlossen, bis sechs Uhr fertig zu sein.

Kapitel 15

Blake Colter wollte gerade in seinen Pritschenwagen steigen, als er bemerkte, dass Marcus Ferrari 458 Spider seine Zufahrt hinaufkam.

»Mist!«, fluchte er und fragte sich, ob Marcus heute sich heute zu etwas Normalem herabließ, da er keinen seiner teuersten Wagen fuhr. Sein Zwillingsbruder bevorzugte für gewöhnlich Schnelligkeit: schnelle Autos, schnelle Flugzeuge – und schnelllebige Frauen, denn mit keiner blieb er länger zusammen.

Blake würde Marcus nicht als einen reichen Snob bezeichnen. Zugegeben, der Junge liebte die Exklusivität und es gefiel ihm, schneller ans Ziel zu kommen als jeder andere. Irgendwie konnte er Marcus Bedürfnis nach Schnelligkeit sogar verstehen, da dieser insgeheim für die CIA arbeitete, während er ständig um die Welt reiste, um die globalen Interessen der Colters zu wahren. Blake machte sich Sorgen um ihn. Manchmal brachte Marcus sich in ernsthafte Schwierigkeiten, was nicht besonders klug war, wenn er seine Geschäftsreisen lebend überstehen wollte.

Mit offener Wagentür wartete Blake auf seinen Bruder, der gemächlich aus seinem tiefliegenden Fahrzeug stieg und zu ihm hinüber geschlendert kam.

»Wohin fährst du?«, fragte Marcus neugierig, als er bei Blake angekommen war.

»Ich dachte, ich schaue mal bei Zane vorbei. Ich würde gern Chloe und Gabe sehen.«

Marcus zog arrogant eine Augenbraue in die Höhe. »Jetzt schon? Sie sind doch gerade erst zurückgekommen. Chloe und Ellie treffen sich seit Ellies Verschwinden heute zum ersten Mal wieder.« Er zögerte, bevor er hinzufügte: »Du willst sie doch nur bei ihrem Wiedersehen belauschen.«

Blake wand sich hin und her. Marcus lag teilweise richtig. Er *wollte* sehen, wie es lief, wenn Ellie und Chloe sich nach Monaten zum ersten Mal wiedersahen. Chloe hatte angenommen, ihre beste Freundin sei tot, daher würde es kein leichtes oder ruhiges Wiedersehen werden. »Ach ja? Soso. Vielleicht möchte ich sie wirklich zusammen sehen. Sie sind beide durch die Hölle gegangen. Chloes Heirat mit Gabe ist das einzig Gute, das wenigstens einer von den beiden widerfahren ist.« Er war sich bewusst, dass er sich verteidigte, doch das war ihm gleichgültig.

»Was ist mit Zane und Ellie?«, erkundigte sich Marcus.

»Was soll mit ihnen sein?«

»Ich denke, Zane wird der nächste Colter sein, der an der Angel zappelt.«

»Du denkst, dass sie sich so nahe gekommen sind?« Blake glaubte zwar, dass Zane Ellie mochte, doch er hielt Zanes Interesse nicht für etwas Ernsthaftes. Sein jüngerer Bruder war schon immer der Typ Mann gewesen, der zur Stelle war, wenn jemand ihn brauchte. Hinter Zanes brillantem Verstand verbarg sich ein weiches Herz.

»Ich glaube, sie stehen sich sehr... nahe«, gab Marcus amüsiert zur Antwort.

Blake fegte Marcus Bemerkung beiseite. Wenn zwischen Ellie und Zane eine ernsthafte Beziehung bestünde, würden es alle wissen. »Bist du wegen etwas Speziellem hergekommen?«

Marcus bedeutete ihm, dass er bei ihm einsteigen wollte. »Du fährst. Aber sei vorsichtig beim Zurücksetzen, ich will nicht, dass du gegen meinen Wagen stößt.«

Blake beobachtete, wie Marcus lässig auf die Beifahrerseite hinüberging und einstieg. Er selbst schlüpfte auf den Fahrersitz und musterte Marcus misstrauisch. »Du hattest die ganze Zeit vor mitzukommen. Deshalb bist du hier.«

Marcus zuckte mit den Schultern. »Vielleicht«, sagte er ausweichend.

Blake war versucht, seinen schweren Wagen rückwärts gegen den Sportwagen hinter ihm zu setzen, nur um eine Reaktion zu erhalten. Seit Kurzem verhielt sich Marcus kühler und ging mehr auf Abstand. Vielleicht wegen seiner Arbeit, die er für die Regierung erledigte. Marcus Verhalten hatte sich schrittweise verändert, doch Blake konnte dessen Stimmungen spüren. Die beiden waren immer in der Lage gewesen, die Emotionen des anderen zu lesen. Traurigerweise begann Blake, Marcus immer weniger zu verstehen. Es war, als ob er einen Schild errichtet hätte, um niemandem Einblick in seine Gedanken zu geben.

»Kannst du dich daran erinnern, dass ich dir einmal den Gefallen getan habe, mich für dich auszugeben, damit du nicht zu einer Party gehen musstest?«, erkundigte sich Marcus vorsichtig.

»Welche Party?« Seit ihrer Teenagerzeit hatten sie nicht mehr ihre Rollen getauscht.

»Die, vor der du dich gedrückt hast, weil du meintest, die Gastgeberin wäre so herrisch wie ein Sergeant bei einem Manöver.«

Blake drehte den Kopf und sah Marcus überrascht an. »Damals waren wir acht Jahre alt, Marcus, und ich habe gesagt, sie erinnert mich an Cruella De Ville, was genau zutraf.«

Obwohl dieses Ereignis schon lange zurücklag, konnte sich Blake noch gut daran erinnern, wie enttäuscht er gewesen war, weil Cruellas Schwester die Geburtstagsparty nicht besuchen wollte. Und ohne Cruellas Schwester als Puffer hatte er auf keinen Fall auf jene Party gehen wollen.

»Ich weiß nicht. Irgendwie hat mir dieser kleine herrische Sergeant gefallen«, überlegte Marcus. »Egal, damals hast du versprochen, du würdest mir einst den gleichen Gefallen tun wollen. Gilt das immer noch?«

»Du willst, dass ich mich für dich ausgebe? Wir sind in unseren Mittdreißigern. Und du bittest mich, ein Versprechen einzulösen, das ich dir im Alter von acht Jahren gegeben habe? Verdammt, ich hatte die ganze Angelegenheit beinahe vergessen.«

»Ich habe es niemals vergessen. Und es muss auch nicht jetzt sein«, versicherte Marcus ihm. »Aber eventuell in der Zukunft.«

»Was hast du vor, Marcus?« Blake hätte schwören können, dass hinter diesem Frage- und Antwortspiel mehr steckte, als er ahnte.

»Ich kann jetzt nicht darüber reden«, betonte Marcus mit einem Hauch von Bedauern in der Stimme. »Solange du noch Senator bist, kann ich meine persönlichen Angelegenheiten nicht mit dir teilen.«

»Ich weiß doch schon, was du für die CIA tust«, erinnerte Blake ihn, als er in die Auffahrt von Zanes Haus einbog.

»Es hat nichts mit denen zu tun«, erwiderte Marcus nachdenklich. »Jedenfalls nicht direkt.«

»Mit wem dann?« Blake wurde langsam ungeduldig. Er wollte wissen, was Marcus diesmal wieder zusammenbraute.

»Eines Tages werde ich es dir sagen. Der ganzen Familie. Aber vertrau mir! Jetzt muss ich schweigen. Ich muss lediglich wissen, ob du mir hilfst, wenn ich dich brauche.«

»Natürlich werde ich dir helfen. Darüber müssen wir wohl nicht erst reden. Du bist mein Bruder.« Blake war verärgert, dass Marcus ihm nicht mehr mitteilen wollte, doch mit Sicherheit würde er zur Stelle sein, wenn ihn sein Zwillingsbruder brauchte.

»Gut.«

Blake wusste, mehr als diese aus einem Wort bestehende Antwort hatte er nicht zu erwarten. »Wann kann ich damit rechnen?«

»Ich weiß nicht, ob ich diesen Gefallen *jemals* bei dir einfordern werde. Doch es macht sich immer für mich bezahlt, all meine Optionen zu kennen.«

»Achte nur darauf, deinen Hintern in Sicherheit zu bringen, dann wirst du auch keine Hilfe brauchen«, erklärte Blake ihm barsch.

»Genau das habe ich vor«, antwortete Marcus arrogant.

Auf diese Bemerkung wusste Blake keine Antwort. Er wünschte sich, dass all seine Familienmitglieder in Sicherheit und glücklich waren.

Die kurze Strecke bis zu Zanes Haus verbrachten sie in Schweigen. Blake grübelte über der Frage, warum um alles in der Welt Marcus in brauchen könnte, um mit ihm die Rollen zu tauschen.

»Gehst du noch aus?«, fragte Tate Colter seine Frau unschuldig.

Lara war gerade erst von der Universität nach Hause zurückgekehrt, hatte sich aber bereits umgezogen und schnappte sich ihre Autoschlüssel, um das Haus wieder zu verlassen. Tate war sich ziemlich sicher, dass er genau wusste, wohin sie wollte.

»Ich möchte zu Zane fahren, um Chloe zu sehen.« Sie nahm ihre Handtasche vom Küchentisch.

Er stellte sich hinter sie und schlang ihr die Arme um die Taille. »Du willst doch nur sehen, wie Chloe und Ellie aufeinander reagieren«, neckte er sie und küsste sie auf den Hals. »Hast du vor, für die beiden die Therapeutin zu spielen?«

Lara drehte sich in seinen Armen herum und blickte ihn an. »Natürlich nicht. Bis jetzt habe ich noch keinen Abschluss und keine Qualifikation, ich wollte mich nur davon überzeugen, dass es meiner Schwägerin und ihrer besten Freundin gut geht. Was ist falsch daran?«

Tate bereute seine Bemerkung jetzt, denn er befürchtete, Lara verletzt zu haben. »Nichts ist falsch daran, sich um jemanden zu sorgen, Liebes.« Er drückte sie an sich. »Das sollte ein Scherz sein.«

Ihre Fähigkeit, sich nichts daraus zu machen, was andere Leute dachten, war eines der vielen Dinge, die er an Lara mochte. Zugegeben, manchmal dachte er, ihre Aufopferung geht zu weit. Insbesondere als sie sich in die Hand eines Terroristen begeben hatte, um seinen Hintern zu retten. Aber so war Lara nun einmal und Tate würde nichts unternehmen, um sie zu ändern. In seinen Augen war sie verdammt perfekt.

»Dann bist du heute aber nicht sehr lustig«, gab Lara nachtragend zurück.

»Ich liebe dich«, erwiderte er heiser und küsste sie auf die Stirn.

Lara schlang ihm ihre Arme um den Hals. »Gott! Ich hasse es, wenn du das tust.«

»Was? Dich lieben?«

»Mich meinen Ärger durch drei kleine Worte vergessen zu lassen«, flüsterte sie, stellte sich auf die Zehenspitzen und küsste ihn zärtlich auf den Mund.

Wie immer brauchte er Lara nur zu berühren und schon stand sein Schwanz bereit. Zum Teufel, selbst wenn er sie nur ansah oder ihre Stimme hörte, konnte das passieren. Er war hoffnungslos verrückt nach seiner Frau. So war es immer schon gewesen und würde es immer sein.

»Ich wollte dich nicht ärgern. Irgendwie ist es komisch, weil ich meine Mutter abholen muss. Ich wollte gerade mit dir reden, als ich gesehen habe, dass du das Haus verlassen wolltest.«

Lara lehnte sich zurück, um ihm ins Gesicht sehen zu können. »Warum?«

Tate zuckte mit den Schultern. »Damit wir alle zusammen zu Zanes Haus fahren können. Du bist nicht die Einzige, die Chloe sehen will. Meine Mutter platzt vor Aufregung.«

Seine Frau zog eine Braue in die Höhe. »Und du nicht?«

»Doch, ja. Ich bin neugierig. Oder vielleicht mache ich mir auch Sorgen. Verdammt, Chloe und Ellie haben so viel durchgemacht.«

Lara nahm sein stoppeliges Kinn in ihre Hände. »Die beiden sind stark, Tate. Sie werden gut damit zurechtkommen. Tatsächlich geht es den beiden sogar *ziemlich* gut. Ich bewundere sie beide.«

»Warum?«, fragte er neugierig.

»Trotz allem, was sie durchgemacht haben, haben sie den emotionalen und körperlichen Schmerz überlebt. Ich bin mir nicht sicher, wie gut ich das an ihrer Stelle hinbekommen hätte.«

Tate blickte sie erstaunt an. »Du bist die stärkste und mutigste Frau, die ich kenne. Du warst verdeckte Ermittlerin beim FBI, Lara. Wie viel härter willst du denn noch sein?«

»Das gehörte zu meinem Job, eine Fassade, die ich für meine Agententätigkeit aufrechterhalten musste. Doch ich habe niemals den persönlichen Schmerz erfahren, den die beiden erlitten haben. Ja, ich hatte eine schlechte Beziehung, aber die Erfahrung ist nicht mit dem zu vergleichen, was die beiden durchmachen mussten.«

»Du wärst darüber hinweggekommen«, antwortete Tate zuversichtlich. Lara mochte vielleicht niemals emotional so herausgefordert worden sein wie seine Schwester und deren beste Freundin, doch er zweifelte nicht daran, dass Lara alles überwinden konnte, was ihr in den Weg gelegt wurde. »Ich würde sicherstellen, dass du durchkommst.«

»Das glaube ich gern«, lachte Lara. »Du bist zu dickköpfig, um mich lange in einer Depression verharren zu lassen.« Sie machte eine Pause, bevor sie hinzufügte: »Unterstützung ist wichtig und beide hatten einen guten Mann an ihrer Seite, an den sie sich anlehnen konnte, als sie es nötig hatten.«

»Gabe hat Chloe viel geholfen«, stimmte er zu. Am Anfang hatte er stark bezweifelt, ob es Chloe guttat, so schnell eine Beziehung mit einem anderen Mann einzugehen. Doch er hatte seine Meinung schnell geändert. Gabe Walker hatte sich als genau der Mann herausgestellt, den Chloe brauchte. »Gott sei Dank ist er ein anständiger Kerl.«

»Ohne Zweifel hat Zane Ellie auch geholfen«, bemerkte Lara nachdenklich. »Sie klingt so viel besser und fürchtet sich nicht mehr, auszugehen und ihr Leben wieder weiterzuführen.«

Tate nickte. »Ich nehme an, sie sind recht gute Freunde geworden.«

Lara schnaubte. »Falls du denkst, dass sie nur das sind, liegst du falsch. Ellies Stimme weist diese gewisse Wärme auf, wenn sie über Zane spricht. Diesen Tonfall benutzt eine Frau nur, wenn sie einen bestimmten Mann liebt.«

Er war sich nicht sicher, ob er genau verstanden hatte, was seine Frau versuchte, ihm zu erklären. Irgendwie konnte er sich Zane nicht in einer ernsten Beziehung vorstellen. »Er ist mit seinem Labor verheiratet, Lara. Verdammt, wir bekommen ihn kaum zu Gesicht. So verhält er sich, seitdem wir Kinder waren.«

»Menschen verändern sich, Tate. Vielleicht hat er nur auf die richtige Frau gewartet. Ich war auch mit meinem Beruf verheiratet. Bis so ein heißblütiges Arschloch mich herausgefordert und mich hat erkennen lassen, dass es noch so viel mehr im Leben gibt als meinen Job.«

Tate wollte nicht zugeben, ein Arschloch zu sein, obwohl man ihn wahrscheinlich durchaus so bezeichnen konnte. Daher fragte er: »War das bevor oder nachdem du mich kennengelernt hast?«

Sie schlug ihn spielerisch auf den Oberarm. »Besserwisser!« Dann schlang sie die Arme um ihn und legte ihren Kopf auf seine Schulter. »Du weißt, dass du mich manchmal wahnsinnig machst. Doch das ist genau das, was ich brauche. *Du bist* genau das, was ich brauche.«

Er hielt sie fest umschlungen, dankbar für den schicksalhaften Tag, an dem Lara in sein Leben getreten war. Er hatte nicht gewusst, wie einsam er gewesen war, bevor er sie gefunden hatte, und er würde alles dafür tun, ihr keinen Grund zu geben, ihm ihre Liebe zu entziehen. »Du warst ebenfalls genau das, was ich brauchte, und wirst es immer sein, Liebes.«

Sie hielten sich noch einen Moment im Arm, bevor Lara fragte: »Um wie viel Uhr sollen wir deine Mutter abholen?«

Er trat einen Schritt zurück und warf einen Blick auf die Uhr. »Jetzt«, sagte er mit einem Grinsen.

»Dann sollten wir uns besser beeilen. Es überrascht mich, dass sie noch nicht angerufen hat. Sie muss aufgeregt sein.«

Als Tate Lara gerade die Haustür aufhielt, klingelte das Handy in der Tasche seiner Jeans.

Seine Frau warf ihm einen Blick zu und sie tauschten ein Lächeln, bevor Tate hastig die Tür schloss und beide zu seinem Wagen liefen.

Kapitel 16

»S ie sind spät dran. Glaubst du, es ist alles in Ordnung mit ihnen?«, fragte Ellie nervös, während sie zum fünften Mal während der letzten zwei Minuten aus dem Fenster sah und hoffte, Chloe und Gabe die Zufahrt hinauffahren zu sehen.

»Ellie, stopp!«, rief Zane, der auf der Couch im Wohnzimmer saß. »Komm, setz dich zu mir! Ständig nach ihnen Ausschau zu halten, bringt sie auch nicht schneller hierher.«

»Alles in Ordnung«, versicherte sie, wohl wissend, dass sie sich jetzt nicht ruhig hinsetzen konnte. Jeder Nerv in ihrem Körper kribbelte vor Aufregung. »Ich hoffe nur, dass sie mir nicht böse ist, dass ich meine Rettung vor ihr geheim gehalten habe. Jetzt bin ich mir nicht mehr so sicher, ob ich richtig gehandelt habe.«

Zane erhob sich und umfasste Ellies Schultern. »Du hattest das Recht, alles zu tun, was du wolltest. Du warst diejenige, die sich von einem akuten traumatischen Erlebnis erholen musste. Es war ganz allein deine Angelegenheit und nicht die von irgendjemand anderem, Ell. Du hattest das Recht, alles zu tun, was tröstlich für dich war.«

»Aber sie ist meine beste Freundin«, erwiderte sie traurig. »Vielleicht war ich zu egoistisch, aber ich wollte doch nicht, dass mich irgendjemand in diesem Zustand sah. Ich brauchte etwas Zeit.

Außerdem wollte ich verhindern, dass Chloe ihre Reise meinetwegen abbricht.«

»Du hattest das Recht, dich in Frieden zu erholen«, bemerkte Zane vernünftig. »Du musstest dich um dich selbst kümmern. Um Gottes Willen, du wärst beinahe gestorben.«

»Du hast mir meinen Frieden aber nicht gelassen«, erinnerte sie ihn mit einem kleinen Lächeln. »Du warst dickköpfig, manipulativ und herrisch.«

»Nur um dich zu beschützen«, knurrte er. »Ich wollte dich wieder glücklich sehen. Nur weil du das Recht hattest, allein zu sein, heißt das noch nicht, dass du auch hättest allein sein sollen.«

»Ich brauchte dich«, lenkte Ellie ein und umarmte ihn. »Ich wollte es nur nicht zugeben. Du hast mich auf mehr als nur eine Art gerettet, das weißt du. Ich hatte wirklich niemanden mehr, zumal Chloe auf Reisen war. Ja, ich habe zwar mein ganzes Leben in Rocky Springs verbracht, doch ich glaube, ich habe niemals bemerkt, wie wenige echte Freunde ich wirklich hatte. Nicht, dass das wichtig wäre, da Chloe das aufwiegt. Ihre Freundschaft ist wirklich echt.«

»Du. Hast. Mich.« Zane schlang seine Arme um ihre Taille. »Und wirklich gute Freunde sind schwer zu finden, besonders wenn man so viel arbeitet wie du. Wenn du einmal nicht für mich arbeitest, bist du damit beschäftigt, deinen Onlinehandel aufzubauen. Ich habe so viel Zeit im Labor verbracht, dass ich ebenfalls niemals wirkliche Freundschaften aufbauen konnte. Ich verfüge zwar über viele Mitarbeiter, doch wenn es darum geht, dass ich jemanden brauche, der mir zur Seite steht, bleibt außer meiner Familie niemand übrig.«

»Jetzt hast du mich«, versicherte ihm Ellie mit seinen eigenen vorherigen Worten.

»Glaub mir, ich weiß, wie glücklich ich mich schätzen kann, dich zu haben«, erwiderte Zane ernst und seine Augen glühten.

Ellie musste die Tränen zurückhalten, was oft geschah, wenn eine von Zanes ehrlichen Bekenntnissen ihre Seele berührte. *Konnte er sich wirklich so glücklich schätzen, eine Frau wie sie zu haben, die ihm mehr Mühe als Freude bescherte?*

Sie dachte einen Moment nach. Dann verbot sie sich diese negativen Gedanken. Trotz ihrer schmerzlichen Erinnerungen gab es so viel Freude in ihrem gemeinsamen Leben und sie waren beide glücklich. Die schweren Zeiten verfolgten sie immer noch, doch die guten Erfahrungen überwogen mittlerweile. In der Tat, manchmal dachte Ellie, ihr Leben könnte nicht perfekter sein. Ja, manchmal plagten sie noch ein Albtraum oder alte Gewohnheiten, doch alles in allem hatte Zane ihr geholfen, sich zu befreien.

Ihr Leben hatte sich geändert, *sie* hatte sich geändert, und das alles nur, weil Zane Colter in ihr Leben getreten war. Selbst vor ihrer Entführung war ihre Welt recht klein gewesen. Er hatte ihr geholfen, ihr Universum zu erweitern, und gleichgültig, was zwischen ihnen in Zukunft geschehen mochte, sie würde ihm immer dankbar sein.

Ich liebe dich!

Obwohl Ellie sich verzweifelt danach sehnte, ihm diese Worte zu sagen, zögerte sie, als sie in seine stürmisch grauen Augen blickte. Im Moment waren sie zwar ein Paar, doch Zane hatte niemals von Liebe gesprochen. Glaubte er überhaupt an Liebe oder legte er nur wert auf Monogamie? Offen gesagt betrachtete Ellie Zane als ihren Seelenpartner, als den Mann, der ihr schon immer bestimmt gewesen war. Doch sie nahm an, dass ein Mann der Wissenschaften einer solchen Theorie wahrscheinlich nicht zustimmen konnte.

Plötzlich ertönte die Türklingel und riss Ellie aus ihren Gedanken.

»Chloe«, flüsterte sie andächtig, als ob ihre beste Freundin ein Superstar wäre.

»Ich werde öffnen«, erbot sich Zane.

»Nein. Alles in Ordnung. Wir gehen zusammen.«

Zane schloss seine Finger um ihre und zeigte ihr so seine stumme Unterstützung, als sie zur Haustür gingen. Er legte den Riegel um und die schwere Holztür schwang auf.

Direkt vor ihr stand eine lächelnde, glückliche Chloe, die besser aussah als je zuvor. Nicht, dass Chloe jemals schlecht ausgesehen hätte, doch jetzt schien sie von einem inneren Strahlen erleuchtet, das ihr immer gefehlt hatte.

Ellie starrte sie ungläubig an und dann... flippte sie aus.

Sie streckte die Hände aus, schlang einen Arm um Chloes Hals und zog sie schluchzend ins Haus. »Oh Gott! Ich habe nicht damit gerechnet, dich noch einmal wiederzusehen.«

Ellie ließ ihren Tränen freien Lauf, während die beiden Frauen sich so heftig umarmten, dass sie auf die Knie fielen.

»Es tut mir so leid, Ellie. So furchtbar leid«, würgte Chloe zwischen ihren Tränen hervor.

Ellie nahm ihre Freundin noch fester in den Arm. »Jetzt ist es vorbei. Das spielt keine Rolle mehr.«

Jetzt war Ellie froh, dass sie Chloe nicht darüber informiert hatte, dass sie lebte. Sie konnte sich Chloes Reaktion vorstellen, wenn diese sie während der Tage gesehen hätte, als Ellie noch wie ein wandelndes Skelett herumgelaufen war und noch nicht einmal ohne Unterstützung hatte gehen können. Chloe mit ihrem großen Herz wäre für immer von diesen Bildern verfolgt worden.

»Ich hatte solche Angst, dich niemals mehr wiederzusehen«, jammerte Chloe zwischen heftigen Schluchzern der Erleichterung.

»Ich liebe dich so sehr!«, rief Chloe aus.

»Ich liebe dich auch«, echote Ellie sogleich.

Keine der beiden Frauen bemerkte wirklich, dass die Männer sie wieder auf ihre Füße hochzogen. Beide Männer wirkten besorgt und ihre Augen waren verdächtig feucht. Keiner der beiden konnte den Blick von der Wiedervereinigung wenden. Ihnen blieb nur, die Freude zweier Frauen zu teilen, die so unbeschreiblich glücklich waren, wieder vereint zu sein.

Schließlich löste sich Chloe von Ellie und umfasste deren Schultern. »Lass mich dich ansehen! Oh mein Gott! Du siehst fantastisch aus. Du hast abgenommen und deine kurzen Haare gefallen mir viel besser.«

Ellie lächelte Chloe an, fest entschlossen, ihr gegenüber niemals zu erwähnen, warum sie an Gewicht verloren hatte. Desgleichen würde sie den Grund für ihre kürzeren Haare verschweigen. Ihr Haar war bereits gewachsen, doch es würde Jahre brauchen, bis es die frühere Länge erreicht haben würde. Andererseits war sie sich keineswegs sicher, ob sie das überhaupt noch wollte. Sie mochte den Kurzhaarschnitt und die Leichtigkeit, mit der er sich pflegen ließ.

Ellie ergriff den Arm ihrer Freundin und nahm nun ihrerseits eine Inspektion vor. Sie bemerkte, wie unbekümmert Chloe jetzt aussah, wenn man den Tränenstrom, der über ihr Gesicht floss außer Acht ließ. »Du siehst glücklich aus«, stellte sie schlicht fest. Das fasste genau das zusammen, was sie sah.

»Das bin ich. Oh, ich möchte dir Gabe, meinen Ehemann, vorstellen.«

Ellie löste sich von Chloe und wandte sich an den großen, dunklen, gutaussehenden Mann neben ihrer Freundin. »Wir sind uns schon ein paar Mal begegnet. Gratulation, Gabe! Du hast die wundervollste Frau ergattert, die du dir hättest wünschen können«, bemerkte Ellie mit einem Augenzwinkern und streckte ihm die Hand entgegen.

Gabe nickte und lächelte sie an, während er ihr die Hand schüttelte. »Als ob ich das nicht wüsste«, erwiderte er in leicht affektiertem Tonfall. »Und wenn ich es einmal vergesse, erinnert sie mich daran.«

Chloe gab ihm einen Klaps auf den Arm. »Das tue ich mit Sicherheit nicht«, konterte sie empört.

Ellie zog ihren Arm zurück und bemerkte, dass Gabes Lächeln sogar seine Augen erfasste und sie vor Schalk zum Glänzen brachte. Gott, ihre beste Freundin *hatte* den perfekten Mann gefunden. Ellie hatte das Gefühl, dass Chloe und Gabe eine Menge Spaß miteinander hatten.

Sie sah, wie Gabe und Zane einander die Hand schüttelten und sich gegenseitig auf den Rücken schlugen.

Chloe drehte sich zu ihrem Bruder herum und umarmte ihn herzlich.

»Wie haben euch eure ausgedehnten Flitterwochen gefallen?«, erkundigte sich Zane, offensichtlich bemüht, die Atmosphäre aufzuheitern. »Kommt mit ins Wohnzimmer!« Er ging voran.

Ellie und Chloe folgten ihm Arm in Arm, als fürchteten sie sich davor, sich loszulassen.

»Es war himmlisch«, sprudelte es aus Chloe hervor. »Aber die Reise war nichts im Vergleich zu unserer Heimkehr. Es erscheint mir noch immer unwirklich, dass Ellie hier ist. Ich nehme an, ich werde eine Weile brauchen, bis ich mich daran gewöhnt habe, dass ich sie wiederhabe.«

Die beiden Frauen nahmen nebeneinander auf der Couch Platz und steckten die Köpfe zusammen.

»Geht es dir wirklich gut?«, fragte Chloe zögernd.

Ellie nickte. »Ich will dir nichts vormachen, indem ich behaupte, ich hätte nicht noch mit ein paar Nachwirkungen zu kämpfen, doch ich arbeite daran. Zane hat mir das Leben gerettet.«

»Hast du gefroren? Hat der Hurensohn dir etwas zu essen gegeben? Hat er dir wehgetan?« Chloes Stimme verriet eine gewisse Verzweiflung.

»Es war kalt und er hat mir recht wenig Nahrung und Wasser dagelassen, doch es reichte aus, bis Zane mich gefunden hat.« Ellie würde Chloe zwar nicht belügen, doch sie hoffte, dass diese auf weitere Fragen verzichten würde.

Die beiden Männer hatten sich gegenüber der Couch auf Stühle gesetzt und Chloe Blick richtete sich jetzt auf Zane. »Ich danke dir. Doch ich würde dich am liebsten immer noch umbringen, weil du mir verschwiegen hast, dass Ellie noch am Leben war.«

»Nicht«, unterbrach Ellie sie. »Bitte gib niemandem die Schuld außer mir! Ich wollte Zeit für mich haben, um mich wieder in den Griff zu bekommen. Zane und Gabe haben das respektiert. Falls du wütend bist, solltest du deinen Zorn auf mich richten. Ich habe sie darum gebeten, dir nichts zu verraten. Ich glaube, wir haben beide Zeit gebraucht, um zu heilen.«

»Ich bin dir nicht böse, Ellie, und ich bin auch nicht wirklich wütend auf Zane. Wie könnte ich? Er hat dich gerettet.«

Die Gegensprechanlage vom Eingangstor summte und Ellie sah perplex zu Zane hinüber. »Kommt noch irgendjemand?«

Zane verdrehte die Augen. »Machst du Witze? Sie werden alle kommen. Vielleicht sollte ich das Tor offenstehen lassen.«

»Wer?«

»Meine ganze Familie. Glaubst du wirklich, meine Brüder und meine Mutter wollen das hier verpassen?«

Chloe jauchzte vor Freude und sprang auf, um die Gegensprechanlage zu bedienen. »Ich weiß nicht, wie ich sie hereinlassen kann, aber ich bin froh, dass sie gekommen sind. Ich wünschte nur, sie hätten uns ein bisschen mehr Zeit zum Reden gelassen.«

Ehrlich, Ellie fühlte sich eher erleichtert. Obwohl sie gern ein paar ruhige Stunden mit Chloe verbracht hätte, wusste sie nicht genau, ob sie schon bereit war, auf gewisse Fragen zu antworten, die ihr die Freundin stellen mochte.

Zane erhob sich. Er verzichtete darauf, die Gegensprechanlage zu benutzen, sondern öffnete ohne Umschweife das Tor.

Noch bevor der erste Wagen das Ende der Auffahrt erreicht hatte, musste er schon den nächsten durch das Eingangstor lassen. »Verdammt, ich hoffe, dass wenigstens ein paar von ihnen zusammen gefahren sind«, knurrte er, während er sich auf den Weg machte, um die Haustür zu öffnen.

Ellie wusste, dass sich Zanes Wunsch erfüllt hatte, als sie zuerst Marcus und Blake und wenig später Tate, Lara und Chloes Mutter zusammen eintreten sah.

Aileen hatte für alle ein Abendessen aus dem Resort mitgebracht und die Jungs luden die Sachen aus Laras Auto.

Als sich die Gesellschaft aus dem Wohnzimmer entfernte, hielt Zane Ellie auf dem Weg in die Küche am Arm fest. »Baby, es gefällt mir gar nicht, aber Sean hat mich gerade angerufen. Im Labor gibt es einen Notfall.«

»Heute? Es ist Wochenende.« Ellie wusste zwar, dass einige der Laborangestellten auch am Wochenende arbeiten mussten, doch wohl kaum die Männer in den Spitzenpositionen. Sean war für gewöhnlich mit Elena aus und man verlangte nicht von ihm, am Wochenende Dienst zu tun.

»Er hat gesagt, Elena habe ihn verlassen und er habe sich ablenken wollen. Daher sei er ins Labor gegangen, weil er begonnen hatte, bei einem unserer Projekte Fortschritte zu machen. Doch einige Geräte funktionieren nicht. Bis Montagmorgen muss ich sie wieder am Laufen haben.«

»Dann geh!«, drängte Ellie. »Ich werde hierbleiben und Chloes Besuch genießen.«

Zane nickte widerstrebend. »Ich hätte dich gern immer bei mir, aber ich werde dich jetzt keinesfalls von ihr wegreißen. Ich werde morgen zurück sein.«

Ellie schlang die Arme um Zanes Hals, direkt vor seiner ganzen Familie. Er vertiefte die Umarmung, fuhr ihr mit den Händen durchs Haar und verschlang ihren Mund, bis sie vollkommen außer Atem war.

»Ich werde dich vermissen«, erklärte ihm Ellie voller Ernst.

»Mir wird es genauso gehen. Viel Spaß mit Chloe!«

So schnell, wie er sich ihr genähert hatte, war er verschwunden und ließ einige fragende Gesichter zurück. Ellie schaute sich um und alle starrten sie an.

Der Einzige, der nicht überrascht aussah, war Marcus.

»Wir sind zusammen«, murmelte Ellie nervös.

Marcus verschränkte die Arme vor seiner Brust und grinste böse. »Das hoffe ich, zum Teufel. Falls nicht, werde ich mich mit ihm über die Freundschaftsetikette unterhalten müssen.«

Chloe warf sich enthusiastisch in Ellies Arme und drückte sie fest an sich. »Ich bin so glücklich für euch beide. Ich danke dir.«

Ellie erwiderte die Umarmung. »Wofür?«

»Dafür, dass du meinen Bruder glücklich machst. Ich kann seinem Gesichtsausdruck ansehen, wie sehr er dich mag. Ich bin so froh, dass seine Gefühle erwidert werden.«

»Sehr sogar«, lachte Ellie.

»Ich weiß, dass du in deiner Jugend einen Narren an ihm gefressen hattest, und habe mich immer gefragt, ob da nicht immer noch etwas übrig war. Du hast oft nach ihm gefragt.«

Ellies Wangen röteten sich. »Es tut mir leid. Ich wollte ihn nicht ausspionieren. Ich wollte einfach...«

Also gut. Vielleicht hatte sie wissen wollen, womit Zane sich beschäftigte, mit wem er sich traf und alles andere, was sie über ihn in Erfahrung bringen konnte. Doch sie hatte es nicht mit Absicht getan.

»Ist schon gut. Er hat mich auch über dich ausgefragt«, versicherte Chloe ihr. »Ich bin nur glücklich, dass ihr jetzt zusammen seid. Liebst du ihn?«

Die Frage ihrer Freundin erwischte sie auf kaltem Fuß. Schließlich nickte sie. »Von ganzem Herzen. Ich wollte ihm das schon so oft sagen, aber ich wollte nicht zerstören, was wir haben.«

»Das würdest du nicht. Er liebt dich auch«, erwiderte Chloe bestimmt.

Ellie wollte gerade fragen, woher Chloe das wusste und ob sie wirklich davon überzeugt war, doch ihre Freundin wurde von ihrer Mutter abgelenkt, die sie in die Küche zog, um sich mit ihr zu unterhalten und die verpasste Zeit aufzuholen.

Chloe rief: »*Wir werden später reden!*«

Ellie nickte und wandte sich dann Blake zu, der fragen wollte, wohin Zane gegangen war. Ihr Herz zog sich zusammen, als sie erklärte, dass er ins Labor hatte fliegen müssen.

Lächerlicherweise vermisste sie ihn bereits jetzt schon.

Kapitel 17

Das unverhoffte Familientreffen zog sich noch über Stunden hin, mit viel Gelächter und Essen und Trinken, während sich die Mitglieder des Clans über die Ereignisse der letzten Zeit austauschten und aufholten, was sie an Neuigkeiten verpasst hatten. Aileen war glücklich und bemerkte, dass dies eine der seltenen Gelegenheiten war, zu denen sich alle zur selben Zeit in Rocky Springs aufhielten. Außerdem hatte sie durchblicken lassen, wie froh sie war, dass Zane jetzt jemanden hatte, der ihn von Zeit zu Zeit von seinem Labor loseiste.

Es war bereits sehr spät geworden, als Ellie den Anruf entgegennahm, der ihre ganze Welt über ihr zusammenbrechen lassen sollte.

Die meisten Familienmitglieder hatten sich im Familienzimmer niedergelassen, weil dieses geräumiger war, als Ellie den speziellen Klingelton ihres Handys wahrnahm, den sie für Zanes Anrufe reserviert hatte. Hastig sprang sie auf, stürzte in die Küche und kramte in ihrer Handtasche nach ihrem Mobiltelefon.

»Hallo?«, meldete sie sich schließlich atemlos.

»Ellie?« Das war nicht Zanes Stimme und Ellie stutzte für einen Augenblick, bevor sie sie erkannte.

»Sean? Was ist los? Wo ist Zane?« Ihr Herz begann, wie wild zu schlagen, denn sie wusste, wenn Zane Sean sein Telefon überließ, stimmte etwas nicht.

»Er ist hier, aber er ist mit etwas beschäftigt. Eigentlich könnte man sagen, er ist gefesselt. Im wahrsten Sinne des Wortes. Ich weiß nicht, ob es ihm gefällt, dass ich ihm eine Waffe an den Kopf halte, aber darauf scheiße ich.«

Ellies Herz krampfte sich zusammen, als sie Seans Gemütszustand erfasste. Das hatte sie schon einmal erlebt und es war nichts Gutes dabei herausgekommen. »Warum? Sean, warum sollten Sie so etwas tun, wo doch er derjenige ist, der Sie als Verantwortlichen für das Forschungslabor ausgewählt hat? Er hat Sie eingestellt, er war Ihr Mentor, nachdem er Ihnen diese hohe Position im Labor zugewiesen hat.«

»Sie glauben, ich sei ein Boss? Zum Teufel, nein! Ich verfüge nicht über so viel Geld wie Zane und werde niemals soweit kommen, wenn ich mein Glück nicht selbst in die Hand nehme. Ihr Liebhaber ist mit einem goldenen Löffel im Mund zur Welt gekommen. Ich jedoch nicht. Das Einzige, das ich jemals haben wollte, war Elena, und die hat mich wegen eines wohlhabenderen Mannes verlassen. Ich will sie zurückhaben. Und deshalb brauche ich Geld. Ich muss einen Weg finden, so reich zu werden, dass ich Elena zurückbekomme. Und Sie werden mir das Geld beschaffen!«

Ellie schlich ins Familienzimmer hinüber und jedes einzelne Mitglied der Familie verstummte, als alle ihre blasse Gesichtsfarbe wahrnahmen. Sie legte einen Finger auf ihre Lippen, um den anderen zu signalisieren, sich still zu verhalten.

»Ich werde es Ihnen bringen, wenn Sie mir versprechen, Zane kein Haar zu krümmen. Bitte!«

Tate stand hastig auf und ging zu ihr hinüber. Sie hielt das Telefon so, dass er mithören konnte.

Sean stöhnte. »Das ist noch nicht alles, was ich fordere. Zane führt private Forschungen durch. Es handelt sich um ein unabhängiges Projekt, das nicht unter dem Namen des Labors durchgeführt wird. Ich will das Forschungsmaterial haben.«

»I–ich weiß nicht einmal, wo es sich befindet. Worum geht es?«

»Er verfügt über ein unterirdisches Labor. Ich brauche den Laptop, den er dort aufbewahrt.«

»Ich habe nicht –«

Tate legte eilig einen Finger auf seine Lippen und schüttelte den Kopf. *Wollte er ihr zu verstehen geben, dass sie Sean nicht wissen lassen sollte, dass sie keinen Zugang zum Labor hatte?* Augenscheinlich war das Tates Absicht.

»Ich weiß nicht genau, wo der Laptop ist, aber ich werde ihn finden«, erklärte sie Sean eindringlich. Tate hatte Recht. Wenn sie zugeben würde, dass sie Sean nicht geben konnte, was er wollte, würde er Zane vielleicht töten.

»Beeilen Sie sich! Ich will, dass Sie um zehn Uhr morgen früh hier erscheinen, oder ich werde Ihren Liebhaber auslöschen. Dann werden Sie sehen, wie es sich anfühlt, jemanden zu verlieren, den man liebt. Vielleicht werden Sie dann verstehen«, schweifte Sean ab.

»Es ist Wochenende. Vielleicht kann ich nicht an das Geld heran«, hielt sie ihn hin.

»Das sind Colters.« Sean spie den Namen aus, als ob es sich um Abfall handelte. »Diese Hurensöhne können alles bekommen, was sie wollen. Ich will eine Million Dollar in unmarkierten Scheinen *und* den Laptop aus Zanes Heimlabor.«

»Ist noch jemand anderes bei Ihnen im Labor?« Ellie sah aus dem Augenwinkel, dass Tate ihr zunickte.

»Nein. Alle haben sich das Wochenende frei genommen. Ich bin allein mit dem Arschloch, das mir meine Frau ausgespannt und ihr mit seinem Geld den Kopf verdreht hat.«

Ellies Hände zitterten so, dass Tate ihr das Telefon abnahm, es ihr jedoch weiterhin in derselben Position ans Ohr hielt. Sie hätte am liebsten mit Sean diskutiert, ihm gesagt, dass Elena all dies nicht wert war, dass Zane sich niemals auch nur im Geringsten für Elena interessiert hatte, doch sie verzichtete darauf. Zane hatte die Frau niemals ermutigt. Ellie hatte das aus der ersten Reihe beobachten können. Doch es war unmöglich, vernünftig mit einem Mann reden zu wollen, der längst seinem Wahnsinn verfallen war. Das hatte sie leider bereits auf die harte Tour lernen müssen.

Während sie froh war, dass Sean keine Mitarbeiter des Labors in seiner Gewalt hatte, sorgte sie sich entsetzlich um Zane. »Ich will mit ihm sprechen. Geben Sie Zane das Handy, damit ich mich davon überzeugen kann, dass er noch lebt!«

Sie hörte ein Poltern und dann Zanes verzweifelte Stimme. »Ellie, komm auf keinen Fall hierher! Ruf die Polizei und lass sie den Fall übernehmen! Er wird keinen von uns gehen lassen. Er wird uns einfach beide töten.«

Sean musste Zane wieder geknebelt haben, denn es herrschte Stille, bis Sean sich wieder meldete. »Er hat Unrecht. Wenn Sie meinen Anweisungen folgen, werde ich ihn gehen lassen. Ich habe die Absicht, mithilfe des Geldes und seinem Forschungsmaterial ein sehr reicher Mann zu werden. Falls Sie die Polizei einschalten oder ich auch nur ein einziges Polizeiauto vor dem Gebäude entdecke, haben Sie verspielt. Bringen Sie mir die Sachen morgen früh und kommen Sie allein! Wenn Sie das nicht tun, ist Ihr Liebhaber tot.«

Ellie geriet in Panik, als sie den Ton erkannte, der für eine tote Leitung charakteristisch war. »Sean! Warten Sie! Bitte!«

Tate klickte auf die Aus-Taste und legte ihr Handy auf einen der Tische.

»Ein verärgerter Angestellter, richtig?«, erkundigte sich Tate.

Hastig berichtete Ellie Zanes Familie alles, was sie über Sean und Elena wusste, was herzlich wenig war. Dann informierte sie sie über den Verlauf des Telefongesprächs.

»Also ist Elena so eine geldgierige Hexe, die es nicht einmal wert ist«, bemerkte Marcus angewidert.

»Ich weiß nicht, was zu tun ist«, gab Ellie zu. »Ich weiß nicht einmal, wie ich mir Zugang zu Zanes Labor hier im Haus verschaffen kann. Er wollte mich immer mit nach unten nehmen, doch die Gelegenheit dazu hat sich einfach nicht ergeben, bevor wir nach Denver geflogen sind.«

»Weißt du etwas über das Projekt, an dem er arbeitet?«, fragte Blake.

»Ja. Nicht im Detail, aber er hat erzählt, dass er an Impfstoffen für einige weltweit verbreitete Krankheiten arbeitet. Da die Entwicklung sich über Jahre hinziehen kann, hat er das Projekt nebenbei begonnen. Ich weiß zwar nicht, wie nahe er einem Ergebnis ist, doch ich weiß, dass es verheerende Folgen hätte, wenn das Forschungsmaterial in die falschen Hände gelangt und jemand nur Interesse daran hat, weil er damit Geld machen will. Zane wollte kein Medikamente entwickeln, ihm ist an Vorbeugung gelegen. Deshalb hat er alles geheim gehalten. Er wollte Impfstoffe entwickeln. Er arbeitet peinlich genau, was seine Forschung und seine Testreihen betrifft, bevor er seine Ergebnisse preisgibt. Wahrscheinlich hat er gedacht, er könnte seine Projektinformationen mit Sean teilen. Er ist der Direktor des Labors in Denver. Zanes Informationen hätten bei Sean normalerweise in sicheren Händen sein müssen.«

»Wo befindet sich sein Labor?«, drängte Tate.

»Unter der Erde. Aber es gibt ein Sicherheitssystem.«

Tate grinste. »Kein Problem. Führ mich einfach hin!« Ernsthafter fragte er dann: »Marcus, kannst du das Geld auftreiben?«

Der älteste Colter versandte bereits Textnachrichten. »Bin schon dabei.«

Ellie führte Tate zum Eingang des unterirdischen Labors und ließ die Verkleidung der Tür zur Seite gleiten. Tate betrat vorsichtig den Eingangsbereich und betrachtete das Display, das an der Tür angebracht war.

»Es handelt sich um einen Fingerabdruckscanner«, stellte er fest und spielte mit einigen der Sicherheitsmechanismen der schweren Tür.

»Also kommen wir ohne Zanes Fingerabdrücke nicht hinein?«

»Normalerweise nicht. Nicht, wenn er das Gerät nicht so programmiert hat, das es auch deine Fingerabdrücke akzeptiert.«

»Das hat er leider nicht getan«, sagte Ellie traurig und wünschte sich, sie hätte ihn mehr bedrängt, ihr zu zeigen, was er in dem Labor tat. »Ich glaube, er wollte nicht, dass ich mich allein hier unten aufhalte. Er sagte, es würden sich zu viele gefährliche Substanzen im Labor befinden.«

»Mach dir keine Sorgen, Ellie. Ich kann das System überlisten. Ich muss mir lediglich ein paar Werkzeuge beschaffen und das wird vielleicht eine Weile dauern. Es gibt kein Sicherheitssystem, das nicht zu knacken wäre, wenn du genügend darüber weißt.«

Ellie wusste, dass Tate wahrscheinlich einer der besten Leute war, wenn sie jemanden benötigte, hier einzubrechen und ihr Zugang zu verschaffen. »Okay. Was kann ich inzwischen tun? Soll ich die Polizei benachrichtigen?«

»Zur Hölle, nein«, schaltete sich Blake ein, der heruntergekommen war, um zu sehen, was Tate ausrichten konnte. »Sie würden das Gebäude umschwärmen. In dem Moment, in dem das Arschloch ein Polizeiauto entdeckt, verschlechtern sich Zanes Chancen zusehends, dort lebend herauszukommen.«

»Er hat Recht«, bemerkte Marcus, der Blake in den Hausflur gefolgt war. »Die Polizisten werden das tun, wozu sie ausgebildet wurden. Das bedeutet Einsatzkommandos, Unterhändler betreffs Geiselnahme und alles mögliche andere, das Zane das Leben kosten könnte. Sobald Tate erst einmal in das Labor eingebrochen ist, werden wir klarkommen.«

»Ich werde mit euch gehen«, stellte Ellie starrköpfig fest. »Er hat gesagt, ich soll ihm alles bringen, und wenn er euch sieht, kann es schlimm ausgehen. Außerdem kenne ich das Gebäude. Ich weiß, wie man dort hineingelangt, ohne entdeckt zu werden. Ich kenne die Codes für das Alarmsystem und ich weiß, wo sich der Laborbereich und die Büros befinden.«

»Du wirst nicht mitkommen«, sagte Tate entschieden. »Zane würde uns niemals verzeihen, wenn dir etwas zustoßen würde. Mein Gott! Du hast dich gerade erst von einer Entführung erholt.«

»Wenn ihr mich nicht mitnehmt, werde ich auf eigene Faust dort auftauchen«, widersprach Ellie. Sie würde auf keinen Fall hierbleiben.

»Ich werde auch mitgehen«, warf Blake ein.

»Keiner von euch ist für eine Geiselnahmesituation ausgebildet. Überlasst einfach Tate und mir die Angelegenheit, damit nicht noch jemand verletzt wird«, erklärte Marcus barsch.

Ellie verschränkte die Arme vor der Brust und sah den drei Männern fest ins Gesicht. »Ich muss dabei sein. Er erwartet, mich zu sehen. Wie wollt ihr ihm erklären, dass ich nicht erscheinen werde? Wenn wir ihn unverhofft überraschen können, haben wir vielleicht eine Chance.«

»In dem Punkt hat sie Recht«, gab Tate zu. »Aber ihr wisst, dass Zane wütend werden wird.«

Blake zuckte mit den Schultern. »Besser wütend als tot.«

»Mir gefällt das nicht«, brummte Marcus. »Das ist zu gefährlich für Ellie.«

Frustriert drehte sich Ellie um und kehrte ins Familienzimmer zurück. Sie hoffte, dort etwas mehr Rückendeckung zu bekommen. Alle drei Männer folgten ihr.

»Es geht nicht darum, dass wir es dir nicht zutrauen, Ellie«, entschuldigte sich Tate, als er von den anderen gefolgt das Zimmer betrat.

»Dann nennt mir den wahren Grund, denn ich werde ohnehin dort erscheinen, ob es euch nun gefällt oder nicht. Das ist Zanes einzige Chance. Wenn Sean euch beide sieht, könnte er Zane töten.« Sie holte tief Luft und versuchte, sich zu beruhigen.

»Du musst verstehen, dass wir dich nicht in Lebensgefahr bringen dürfen. Ich würde jeden töten, der Lara dem aussetzen würde, einschließlich meiner Brüder«, erwiderte Tate gereizt.

»Ich werde auch mitkommen«, informierte Lara ihren Ehemann beiläufig. »Ihr könntet einen weiteren fähigen Profi mit einer Waffe gut gebrauchen.«

»Den Teufel wirst du tun«, widersprach Tate zornig und warf Lara einen warnenden Blick zu.

Ellie sah Chloe mit einer weinenden Aileen auf der Couch sitzen. Chloe versuchte, ihre Mutter zu beruhigen. All diese Streitereien machten es weder Aileen noch dem Rest der Familie leichter.

»Aufhören!«, erhob Ellie ihre Stimme, um über all dem Lärm gehört zu werden. Dies war der falsche Zeitpunkt für solche Diskussionen. »Ich denke, ihr alle müsst verstehen, dass mich nichts davon abhalten wird, morgen früh in diesem Gebäude zu erscheinen.

Zane hat mir das Leben gerettet. Er hat mich niemals aufgegeben, obwohl es naheliegend war.« Sie zögerte, bevor sie hinzufügte: »So wie er mich niemals aufgegeben hat, werde auch ich ihn niemals aufgeben. Ich würde lieber bei dem Versuch sterben, als in einer Welt ohne ihn zu leben.«

Die Tränen liefen ihr in Strömen die Wangen hinunter, als sie ihre Rede beendet hatte.

»Wir wissen, wie gern du ihn hast«, sagte Blake leise.

»Ich. Liebe. Ihn.« Ellie betonte jedes einzelne Wort. »Ich liebe ihn mehr als alles andere auf der Welt.«

Gott, sie wünschte, sie hätte Zane ihre Gefühle gestanden. Jetzt schien es so kindisch, sich um seine Reaktion zu sorgen.

»Schmieden wir jetzt einen Plan oder werden wir weiter hier herumsitzen und uns streiten?«, fragte Marcus trocken.

Alle waren der Meinung, dass es am besten war, einen Plan zu entwickeln.

Kapitel 18

Zane wusste, er würde sterben. Die Frage lautete lediglich, *wann* sich Sean entschließen würde, sein Leben auszulöschen. Sein einziger Trost bestand darin, dass zumindest Ellie nicht hier bei ihm war, und er wusste, seine Brüder würden ihre Sicherheit nicht gefährden.

Die Nacht war lang gewesen. Sean hatte Zane in einem Zustand der halben Bewusstlosigkeit gehalten, damit er selbst hatte schlafen können.

Als ob es nicht schon gereicht hätte, dass er so fest auf einem Stuhl in Seans Büro angebunden war, dass er sich unmöglich befreien konnte. Und verdammt, er hatte es versucht. Wenn er anfangen würde, zu viel Lärm zu veranstalten, würde Sean aufwachen und ihm unvermeidlich wieder einen Schlag auf den Kopf versetzen. Gott sei Dank konnte Zane seinen Angestellten jetzt auf einem Bürostuhl hinter ihm schnarchen hören.

Wirklich, er fand es reichlich ironisch, dass er in einem Büro gefangen gehalten wurde, das ihm selbst gehörte und das er Sean angeboten hatte, als er diesen vor nicht allzu langer Zeit eingestellt hatte. Nun bereute er es, seinem Direktor nicht irgendwo ein beschissenes Kämmerchen zugewiesen zu haben, sondern ihm stattdessen ein präsentables Büro zugestanden hatte, dass ebenso nett wie sein eigenes ausgestattet war.

Zane versuchte, jedes Geräusch zu vermeiden, als sein Kopf klarer wurde. Für den Fall, dass die Polizei eintreffen würde, wollte er wach sein, um vielleicht irgendetwas zu seiner eigenen Rettung beitragen zu können. Ehrlich, er hatte schon längst mit dem Eingreifen der Polizei gerechnet. Es war definitiv bereits Morgen und nach dem Stand der Sonne zu urteilen sogar schon weit nach Sonnenaufgang.

Mist! Er hoffte verzweifelt, Ellie würde nicht auf Seans Forderungen eingehen. Der Hurensohn würde sie beide im Bruchteil einer Sekunde töten, wenn sie mit allem, was er verlangte, in das Gebäude marschiert käme. Zanes Herz gefror.

Worin auch immer Seans Probleme bestehen mochten, Zane war nicht dafür verantwortlich. Er war lediglich zur Projektionsfläche seines Angestellten geworden, der sich ohne einen realistischen Grund auf ihn fixiert hatte.

Warum habe ich die Zeichen nicht gesehen? Wie war es ihm möglich, diesen Charakterzug so lange zu verbergen?

Zane wusste, dass so etwas passieren konnte. Zum Teufel, gerade erst hatte er in den Nachrichten einen Vater gesehen, verheiratet und scheinbar normal, ohne kriminelle Vorgeschichte, der plötzlich ausgerastet war und in einer Massenschießerei mehrere Menschen getötet hatte.

Vielleicht hatte Elenas offensichtlich endgültiger Abschied Sean zum Ausrasten gebracht, aber Zane hegte keine Zweifel, dass Seans mentale Probleme immer schon vorhanden gewesen waren und nur im Verborgenen darauf gewartet hatten, als Psychose auszubrechen. Der Kerl mochte einen brillanten Verstand besitzen, doch irgendwo in anderen Bereichen seines Gehirns lauerten definitiv einige schwerwiegende Funktionsstörungen.

Er drehte langsam den Kopf und warf einen Blick auf die Uhr. *Fast neun Uhr!*

Jetzt wurde er nervös und sorgte sich um die Tatsache, dass die Polizei immer noch nicht aufgetaucht war. Versuchte Ellie etwa wirklich, Sean zu bringen, was er haben wollte? *Bitte, Gott, nein!*

Nicht möglich. Ich habe ihr niemals einen Zugang zu meinem Labor in Rocky Springs eingerichtet.

Wie auch immer, Zane wusste, dass Ellie darauf angewiesen war, mit seiner Familie zusammenzuarbeiten, wenn sie die Summe auftreiben wollte, die Sean gefordert hatte, und seine Brüder konnten äußerst gefährlich werden. Zane argwöhnte, dass seine Brüder aufgrund der Fähigkeiten von Tate und Marcus vielleicht einen eigenen Plan entwickelt hatten. Das war die einzige Erklärung für das Ausbleiben der Polizei.

Verdammt! Ich will auf keinen Fall, dass irgendeiner von ihnen verwundet wird.

Seine Chancen zu überleben würden wahrscheinlich steigen, wenn Tate und Marcus gemeinsam einen Plan entwickelt hätten. In Wahrheit wollte er leben. Zane wollte Ellie nicht allein in dieser Welt zurücklassen und er wollte für sie da sein. Bis jetzt hatten sie noch nicht viel Zeit füreinander gehabt. Er war noch nicht bereit zu sterben.

Ich habe ihr niemals gesagt, wie sehr ich sie liebe.

Das bereute Zane am meisten. Vielleicht war er nicht gerade romantisch veranlagt und vielleicht war er nicht so gut darin gewesen, Ellie seine Gefühle genau zu erklären. Aber verdammt! War es so schwer, ihr zu sagen, dass er sie liebte, dass er beinahe alles tun würde, um sie lächeln zu sehen?

Offensichtlich war es schwierig, sonst hätte er es ihr schon längst gesagt. Er hatte sie nicht verängstigen wollen, indem er ihr all seine Gefühle mit einem Mal offenbarte. Jetzt wünschte er sich, er hätte die Gelegenheit ergriffen.

Plötzlich verstummte Seans Schnarchen und Zane schloss eiligst die Augen. Besser, er wirkte, als ob er noch bewusstlos wäre, wenn sich etwas ereignen würde. Und er wusste, das würde bald der Fall sein. Er kannte seine Brüder und sie würden Zanes Schicksal nicht in die Hände der Polizei legen, besonders nicht, nachdem Sean gedroht hatte, ihn umzubringen, sobald er eine Polizeiauto bemerken würde.

Etwas würde geschehen. Er wusste, seine Familie hatte etwas vor. Er wünschte nur, er wüsste genau, was sie planten.

Ellie wartete so lange, bis sie davon ausgehen konnte, dass Tate, Marcus und Lara in das Belüftungssystem eingedrungen waren. Sie hatte die drei durch den Liefereingang, für den sie einen Schlüssel besaß, ins Gebäude eingelassen, bevor sie den Code eingegeben hatte, der das Alarmsystem abstellte. Dann hatte sie den Hintereingang wieder blockiert, als die drei ihre Positionen bezogen hatten.

Sobald sie am Abend zuvor ihren Plan fertig ausgearbeitet hatten, war Blake von dem Unternehmen ausgeschlossen worden, denn was sie vorhatten, entsprach nicht unbedingt den Methoden, die die Regierung gutheißen würde. Immerhin stand bei Blake der Senatorensitz auf dem Spiel. Das hatte ihn nicht gerade glücklich gemacht, doch schließlich hatte er sich den Tatsachen gebeugt, jedoch hauptsächlich, weil er die anderen nicht durch seine Unerfahrenheit in solchen Aktionen behindern wollte.

Ich muss geduldig sein. Ich muss ihnen Zeit lassen, durch das Belüftungssystem zu kommen.

Ellie hatte nicht geschlafen, doch sie war weit davon entfernt, müde zu sein. Ihre Nerven waren bis zum Äußersten gereizt und ihre Hände zitterten furchtbar, als sie sich auf den Weg zum Haupteingang machte. Sie wusste, sie müsste lügen, um zu behaupten, sie fürchte sich nicht, doch im Moment ängstigte sie sich nur um Zanes Leben.

Was, wenn er schon tot ist?

Sie musste innehalten und tief Luft holen, um ihren Verstand von den negativen Gedanken zu befreien. Wenn sie in Panik geriet, würde sie nicht so gut funktionieren, wie es nötig war.

Ein kalter Schauer lief ihr die Wirbelsäule hinab und sie wusste sofort, dass sie beobachtet wurde. Seans Bürofenster gab den Blick auf den Haupteingang frei und Ellie war sich sicher, dass er jede ihrer Bewegungen misstrauisch verfolgte.

Sie hängte sich die Reisetasche über die Schulter, sodass er erkennen konnte, dass sie eine Tasche und unter dem anderen Arm einen Laptop trug. Dann öffnete sie die Tür zu den Colter Labors und trat ein.

Ein Blick auf das Kontrollbord der Alarmanlage sagte ihr, dass das Alarmsystem für das Hauptgebäude ausgeschaltet war. Sean hatte entweder niemals den Alarm für den Empfangsbereich und die Büros reaktiviert oder er hatte das System abgeschaltet, bevor sie das Gebäude betreten hatte.

Sie zuckte zusammen, als ihr Handy klingelte. Beinahe hätte sie Zanes Laptop fallen lassen. Hastig stellte sie die Tasche und den Computer auf dem Empfangstresen ab und zog ihr Telefon aus der Tasche ihrer Jeans.

Sie vergewisserte sich der Identität des Anrufers, bevor sie das Gespräch entgegennahm. »Ich habe, was Sie wollen. Jetzt will ich den Handel abschließen.« Ihre Stimme klang überraschend fest. Der Zorn darüber, dass Sean Zane für sein wahnsinniges Spiel als Einsatz benutzte, heizte ihren Mut an.

»Kommen Sie hoch in mein Büro! Aber allein«, warnte Sean.

»Ich *bin* allein«, gab sie zurück. »Ich bin auf dem Weg. Aber ich will Zane sehen.«

»Er ist hier und im Moment ist er nicht gerade sehr glücklich«, antwortete Sean heiter.

»Was haben Sie mit ihm gemacht?«, fragte Ellie wütend, nur um feststellen zu müssen, dass die Leitung tot war.

»Verdammt!« Sie schob ihr Handy in die Tasche zurück, sammelte die Sachen vom Tresen ein und machte sich dann auf den Weg zu den Aufzügen, die zu Seans Büro führten.

Inzwischen sollten Tate, Lara und Marcus ihre Positionen eingenommen haben. Ellie war sich nicht sicher, was Tate schließlich zum Nachgeben veranlasst hatte, Lara mitzunehmen. Allerdings hatte sie gehört, wie Tate seine Frau an ein Versprechen erinnert hatte, bevor sie in das Gebäude eingedrungen waren, daher wusste Ellie, dass Tate annahm, Lara von gefährlichen Situationen fernhalten zu können.

Ellie holte ein paar Mal tief Luft und versuchte, so ruhig wie möglich zu bleiben, bevor der Aufzug in dem Stockwerk anhielt, wo sich Seans Büro befand. Ihre größte Angst war, Zane nicht retten zu können.

Er hat mich niemals aufgegeben, also werde ich ihn auch nicht aufgeben.

Die Worte waren zu ihrem Mantra geworden, aus dem sie ihre Kraft bezog. Sie würde ohne zu zögern ihr Leben im Austausch für Zanes geben, sie befürchtete lediglich, keine Chance zu haben.

Seans Bürotür stand offen und Ellie fühlte ihr Herz gegen ihre Rippen hämmern, als sie langsam den Raum betrat und sich wild nach Zane umsah. »Wo ist er?«, fragte sie und hätte Sean am liebsten sein teuflisches Grinsen aus dem Gesicht geschlagen, als er sie an der Tür in Empfang nahm.

»Ich werde das hier nehmen«, knurrte er drohend und riss ihr die Reisetasche und den Laptop aus den Armen.

Plötzlich bemerkte sie, wie sich einer von Seans Bürostühlen bewegte, und auf dem Fußboden darunter entdeckte sie ein Paar Wanderstiefel. »Zane!« Sie ignorierte Sean, der die Tasche durchwühlte, um sich zu vergewissern, dass das Geld echt war, und lief zu dem Stuhl hinüber.

Sie wurde rasend vor Wut, als sie sah, dass er buchstäblich vom Hals bis hinunter zu seinen Knien an den Stuhl gefesselt war. Blut strömte aus einer Kopfwunde und sein Gesicht war zerschrammt. »Sie verfluchter Hurensohn!« Ellie drehte sich zu Sean herum. »Sie haben ihn verletzt.«

»Ich habe nicht gesagt, dass ich auf ein bisschen Spaß verzichten würde«, antwortete Sean lässig, während er seine Waffe aus dem Hosenbund zog und sie auf die beiden richtete.

»Wir haben eine Abmachung.« Sie versuchte, nicht zurückzuweichen, als Sean sorglos mit der Waffe durch die Luft wedelte, bevor er sie wieder auf sie und Zane richtete. Sie schützte Zanes Rücken und stellte sich vor dessen Stuhl, während sie Sean anblickte. Falls Sean auf Zane schießen würde, musste er zuerst sie töten.

»Sie sind doch sicher nicht so naiv, Ellie«, erwiderte Sean. »Wenn ich Sie gehen lasse, was dann? Ich würde für den Rest meines Lebens auf der Flucht sein. Das entspricht aber ganz und gar nicht meinen

Plänen. Ich töte Sie beide und wenn Ihre Leichen gefunden werden, bin ich schon längst aus dem Land heraus. Ich habe einen Flug gebucht und wissenschaftliche Entdeckungen lassen sich überall auf der Welt verkaufen. Eine Million Dollar bringen mich überall hin, wo ich in Sicherheit sein werde.«

»Zanes Familie wird sie verfolgen wie eine Hundemeute das Kaninchen. Bis zum anderen Ende der Welt, wenn es sein muss«, fauchte Ellie.

»Es gibt Orte, die selbst den Colters verschlossen sind. Außerdem werden sie nicht beweisen können, dass ihr zwei nicht einen kleinen häuslichen Streit ausgefochten habt, der mit Mord und Selbstmord endete. Ich kann es so aussehen lassen.«

»Sie wissen bereits, dass Sie Zane als Geisel genommen haben.«

»Sie werden beweisen müssen, dass ich Sie beide getötet habe. Glauben Sie mir, ich werde meine Spuren gut verwischen.«

Sean zielte, um seine mörderische Absicht in die Tat umzusetzen. Dann geschah alles gleichzeitig.

Ellie warf sich mit ihrem ganzen Körper gegen Zanes Stuhl und gab ihm einen so heftigen Stoß, dass sie beide auf der anderen Seite des Raumes landeten. Im selben Moment explodierte der Schuss, streifte die Stelle, an der sie und Zane sich gerade noch befunden hatten, und schlug in das Bürofenster ein, dessen Glas scheppernd zersprang.

Aus ihrem Blickwinkel auf dem Fußboden versuchte Ellie, die Situation zu überblicken. Nach und nach musste Marcus das schwere Metallgitter des Belüftungssystems gelockert haben, das dann auf Seans Kopf gefallen war und diesem die Orientierung genommen hatte. Marcus sprang von oben direkt auf Sean hinab und überwältigte ihn. Tate folgte und beteiligte sich am Kampf. Lara ließ sich nun auch hinunter, landete auf ihren Füßen auf dem Teppichboden und zog ihre Handfeuerwaffe.

Überzeugt, dass Marcus, Tate und Lara mit Sean fertigwerden konnten, wandte Ellie ihre Aufmerksamkeit Zane zu. In Seans Schreibtischschublade fand sie eine Schere und ein Taschenmesser und begann, die Fesseln zu lösen.

Zuerst löste sie das Klebeband von seinem Mund, was sich als ein großer Fehler herausstellen sollte.

»Was zum Teufel hast du dir dabei gedacht? Ich hatte dir gesagt, du sollst die Polizei einschalten. Du hättest wissen müssen, dass es unwahrscheinlich war, dass er auch nur einen von uns hätte gehen lassen. Warum hast du das getan, Ellie? Ich hatte dich gebeten, es nicht zu tun.« Zane war wütend, doch sie konnte auch die Angst in seinen Augen lesen.

Ellie hatte mittlerweile die meisten Bänder und Seile durchschnitten und löste noch einige Knoten. »Ich schwöre, wenn du noch ein Wort sagst, klebe ich dir den Mund wieder zu«, drohte sie ihm, während sie ihre ganze Kraft einsetzte, um eine seiner Fesseln zu durchtrennen.

Aus dem Augenwinkel konnte sie erkennen, dass Marcus und Tate Sean leicht hatten überwältigen können. Nun quollen Polizeibeamte durch die Tür und sie hörte Tate murmeln: »Gerade im richtigen Augenblick«, als die Beamten den um sich schlagenden Wahnsinnigen in Gewahrsam nahmen.

»Erklär mir nur warum? Ich hätte mich damit abfinden können, wenn das Arschloch mich getötet hätte, aber nicht, wenn dir etwas zugestoßen wäre«, grollte Zane.

Ellie sägte und zerrte an einem besonders hartnäckigen Seil, während sie antwortete: »Also, ich hätte mich *nicht* damit abfinden können, wenn er *dich* getötet hätte. Es wäre so gewesen, als ob er mich auch getötet hätte. Obwohl du im Moment nicht gerade besonders nett bist, liebe ich deinen sturen Hintern, Zane Colter, und ich hätte dich nicht aufgegeben. Du hast mich auch niemals aufgegeben.« Da war es wieder, ihr Mantra. Doch sie hoffte, dass sie es niemals wieder würde benutzen müssen.

Das Seil gab schließlich nach und endlich konnte Ellie Zane aus seiner Gefangenschaft befreien. Er musste Schmerzen haben sein. Er hatte sich die ganze Nacht nicht bewegen können.

In dem Moment, in dem die Polizisten Sean in Handschellen aus dem Büro führten, liefen Marcus, Tate und Lara auf Zane zu.

»Alles in Ordnung mit dir?«, fragte Marcus, der missbilligend die Stirn runzelte, als er die Schrammen in dessen Gesicht und das Blut sah, das an Zanes Kopf hinunterfloss.

»Hast du mir gerade mitgeteilt, dass du mich liebst?«, fragte Zane, der nur Augen für Ellie hatte.

»Ja. Ich bin es leid, es nicht auszusprechen, deshalb sage ich es jetzt noch einmal. Ich liebe dich, Zane Colter, und du konntest nicht von mir erwarten, herumzusitzen und die Hände in den Schoß zu legen.«

»Ich liebe dich auch«, erwiderte Zane heiser. »Es dir nicht gesagt zu haben, war das Einzige, das ich bedauert habe.«

Ellies Herz schmolz, als sie ihn anblickte. »Marcus hat dich gefragt, ob mit dir alles in Ordnung ist«, erinnerte sie ihn, da er seinen Bruder vollkommen ignoriert hatte. »Kannst du aufstehen?«

»Natürlich«, sagte Zane arrogant und begann, sich von seinem Stuhl zu erheben.

Glücklicherweise waren Marcus und Tate zur Stelle, um Zane aufzufangen, als dieser zusammensackte. Sie legten ihn vorsichtig auf den Boden.

»Entschuldigung. Ich glaube, mir ist schwindlig geworden«, murmelte Zane mit geschlossenen Augen.

Marcus untersuchte Zanes Verletzungen. »Er hat ziemlich schlimme Schnittwunden und Beulen. Ich glaube, wir brauchen einen Krankenwagen. Wahrscheinlich hat er eine Gehirnerschütterung.«

»Ist bereits auf dem Weg«, schaltete sich Lara ein, die in eben diesem Moment ihr Handy wieder in die Tasche steckte und offensichtlich gerade den Rettungsdienst angerufen hatte.

»Eigentlich wäre ich stinkwütend, wenn ich nicht so verdammt benommen wäre«, schimpfte Zane. »Ellie und Lara sollten definitiv nicht hier sein, genauso wenig wie irgendjemand anderes von unserer Familie. Ihr hättet einfach die Polizei rufen sollen. Und wie um alles in der Welt seid ihr an meinen Laptop herangekommen?«

»Du besitzt einen Bruder, der bei der Spezialeinheit war, einen anderen, der für die CIA arbeitet, und eine Schwägerin, die FBI-Agentin war. Wenn keiner von uns an deinen Laptop herangekommen wäre, hätten wir ein ziemlich trauriges Bild abgegeben«, erklärte Lara Zane in leicht scherzendem Tonfall.

Ohne seine Augen zu öffnen verzog Zane sein Gesicht, was Ellie ein Lächeln entlockte. Wahrscheinlich ärgerte es ihn, dass sein Sicherheitssystem nicht so idiotensicher war, wie er gedacht hatte.

Einen Augenblick später öffnete er die Augen und schielte jeden an, der neben ihm kniete. »Ellie liebt mich. Bin ich nicht ein glücklicher Hurensohn?«

»Er wird langsam verwirrt«, stellte Tate fest.

»In diesem Fall, denke ich, weiß er genau, was er sagt, und ich muss ihm zustimmen«, sagte Marcus ruhig und schaute Ellie an. »Danke für das, was du getan hast. Wir hätten unseren Plan ohne dich nicht ausführen können und dein Einsatz war gewiss nicht selbstverständlich.«

Ellie schenkte Marcus ein Lächeln, wusste sie doch, dass in diesem Bruder von Zane weit mehr verborgen lag, als Zane vermutete, der ihn für abgehoben und für nur an oberflächlichen Dingen wie schnellen Autos und Luxusgütern interessiert hielt. »Doch. Ich musste es tun. Ich liebe ihn.«

Lara und Tate lächelten und Marcus warf Ellie einen zufriedenen Blick zu. »Ich weiß.«

Zane bewegte seine Hand und Ellie ergriff sie und verschlang ihre Finger mit seinen. »Verhalt dich ruhig! Der Krankenwagen ist bereits hier.«

»Es wird schon gehen«, widersprach Zane und machte Anstalten aufzustehen.

Gemeinsam drückten Tate und Marcus Zane wieder in eine liegende Position, als die Sanitäter eintrafen, um nach ihm zu sehen.

Ellie trat zurück, um dem Rettungsdienst Platz zu machen, und Lara legte ihr tröstend den Arm um die Schultern. »Es wird ihm bald besser gehen. Ich habe herausgefunden, dass alle Colter-Brüder über einen sehr harten Schädel verfügen. Er hat zwar ein paar heftige Schläge abbekommen, aber er wird sich erholen.«

Ellie betrachtete erst das zerschossene Fenster und danach Zane. »Es hätte schlimmer kommen können, nehme ich an.«

»Du hast blitzschnell reagiert, als du dich und Zane aus der Schusslinie gebracht hast.«

»Instinkt«, fegte Ellie Laras Kompliment beiseite.

»Liebe«, konterte Lara mit einem Lächeln.

Ellie erwiderte das Lächeln. »Er liebt mich. Zane liebt mich wirklich.« Noch schwindlig vor Erleichterung und Zanes Liebeserklärung empfand sie sich als ein bisschen töricht.

»Ich weiß«, wiederholte Lara Marcus Worte. »Noch ein alleinstehender Colter-Junge, der vom Markt verschwunden ist.«

»Blake und Marcus sind immer noch zu vergeben«, erinnerte Ellie Lara, als die beiden den Sanitätern folgten, die Zane auf einer Krankentrage hinausschafften.

»Blake ist mit seinem Senatorensitz verheiratet und Marcus...«, Laras Stimme versiegte für einen Moment, bevor sie den Satz beendete. »Welche Frau würde es jemals mit Marcus aufnehmen wollen? Sie müsste in der Lage sein, ihn in den Hintern zu treten.«

Ellie kicherte, als sie im Aufzug waren. Sie ergriff Zanes Hand und spürte, wie er schwach ihre Finger drückte.

Im Moment war ihr nur der eine männliche Colter wichtig, den sie für immer vom Singlemarkt geholt hatte. Niemals wieder würde sie die Gefühle verstecken, die sie für ihn hegte. Wenn sie es nicht bereits aus eigener Erfahrung gelernt hatte, so würde dieser Vorfall es sie lehren.

Ellie hatte das Gefühl, schon ihr ganzes Leben lang auf Zane gewartet zu haben, und sie war nicht bereit, noch eine Sekunde länger zu warten.

Kapitel 19

Ellie war froh, dass Zane nur eine Nacht im Krankenhaus hatte verbringen müssen, denn er war ein furchtbarer Patient. Sie fand das recht amüsant, wenn sie daran dachte, dass er damals nach ihrer Gefangenschaft so eindringlich darauf bestanden hatte, dass sie geduldig wartete, als sie das Krankenhaus vorzeitig hatte verlassen wollen. Doch offensichtlich hielt er die gleiche Vorsicht für völlig unangebracht, wenn es um ihn selbst ging. Nachdem der Arzt es wegen seiner Gehirnerschütterung für nötig befunden hatte, dass Zane die ersten vierundzwanzig Stunden unter Beobachtung stand, hatte er sich sogleich über den Aufenthalt im Krankenhaus beklagt.

Er war mit Klammern im Kopf nach Hause zurückgekehrt, umringt von der ganzen großen Familie, von der jedes einzelne Mitglied sich Sorgen um ihn machte.

Drei Tage nach seiner Entlassung kamen Chloe und Gabe vorbei. Gabe und Zane sahen sich ein Fußballspiel im Fernsehen an, während Chloe und Ellie versuchten, ihre Erlebnisse mit James aufzuarbeiten.

»Manchmal scheint es mir so, als ob das alles vor langer Zeit geschehen wäre«, bemerkte Ellie nachdenklich. Sie saß Chloe am Küchentisch gegenüber. »Ich weiß, dass ich immer noch unter den Nachwirkungen leide, doch meine Erinnerungen lösen sich langsam auf. Vielleicht, weil ich mit deinem Bruder so viel Gutes erlebe, das die schlechten Erinnerungen ersetzt.«

Chloe seufzte. »Manchmal empfinde ich das Gleiche. Das Gefühl, dich wiedergesehen zu haben, ist noch recht frisch, doch der Schaden, den ich durch James genommen habe, wird durch mein Leben mit Gabe getilgt.«

»Bist du wirklich glücklich?« Ellie hatte die Frage nur zögerlich geäußert, denn es war ziemlich augenscheinlich, dass Gabe und Ellie einander anbeteten.

»Sehr glücklich. Er hat mir das Leben gerettet. Zwar nicht in dem Sinn, wie Zane deins gerettet hat, doch ohne Gabes Unterstützung und Liebe wäre ich jetzt sicher nicht dort, wo ich jetzt bin.« Chloe zögerte einen Moment, bevor sie fragte: »Und wann ist die Hochzeit?«

Ellie schüttelte den Kopf. »Nicht so bald. Wir haben noch nicht darüber gesprochen.«

Chloe lachte. »Die Hochzeit wird bald stattfinden, glaub mir! Zane hat noch niemals auf etwas gewartet, das er haben wollte. Jetzt, da er weiß, dass du in liebst, wird er seinen Ring an deinem Finger sehen wollen.«

»Ich habe es nicht eilig«, sagte Ellie hastig.

»Ich aber«, gab Chloe zurück. »Ich möchte Trauzeugin sein, bevor ich schwanger werde.«

Ellie starrte ihre beste Freundin an. »Versucht ihr es?«

»Noch nicht. Aber wir haben es vor. Gabe möchte gern, dass ich warte, bis ich bereit dazu bin. Aber ich glaube, ziemlich bald an dem Punkt angelangt zu sein. Ich will möglichst bald unser erstes Kind haben. Und hoffentlich bekommen wir mehr als eins.«

Ellie konnte sich Chloe gut in dieser Rolle vorstellen. Sie würde eine wunderbare Mutter abgeben. »Ich wäre gern die Erste, der du es mitteilst, wenn du schwanger bist.«

»Du weißt doch, dass du es zuerst erfahren wirst. Ich werde vor Ungeduld platzen, es dir zu sagen. Doch in der Zwischenzeit freue ich mich auf deine Hochzeit.«

»Warte nur nicht darauf!«, entmutigte Ellie sie. Obwohl sie und Zane sich täglich ihre Liebe gestanden hatten, wusste sie nicht, ob er jetzt schon zu diesem Schritt bereit war.

Chloe erhob sich, als Gabe und Zane in die Küche traten. »Willst du gehen?«

»Wann immer du möchtest«, antwortete Gabe einverständlich. »Wir konnten uns das Spiel nicht länger ansehen. Wir hatten es langsam satt.«

»Ich muss ohnehin gehen. Ich habe doch noch einige Pferde zu untersuchen«, erinnerte Chloe ihren Gatten.

Ellie beobachtete das Gespräch zwischen ihrer besten Freundin und deren Ehemann. Die zwei gehörten so offensichtlich zusammen. Sie konnte das stille Einvernehmen der beiden und die Liebe spüren, die von ihren Seelen auszustrahlen schien.

Sie verabschiedeten sich voneinander und Gabe und Chloe machten sich auf den Heimweg, das Haus wieder still hinter sich zurücklassend.

»Gott sei Dank!«, rief Zane aus, als er die Tür schloss und verriegelte. »Es scheint, als ob wir keine einzige Minute für uns allein gehabt hätten, seitdem ich aus dem Krankenhaus entlassen worden bin.«

Sie hatten eine Menge Besucher empfangen, zum größten Teil besorgte Familienmitglieder. »Du musst dich erholen.«

Zanes Kopf war immer noch übersät von Nähten und Klammern, doch er genas schnell. Die meisten Schrammen in seinem Gesicht waren bereits verheilt.

»Ich *habe* mich bereits erholt«, widersprach er und wandte sich wieder in Richtung Familienzimmer.

Ellie folgte ihm. »Nein, das hast du nicht. Setz dich hin und ich werde dir etwas zum Abendessen zubereiten!«

»Ich würde lieber dich verspeisen«, krächzte Zane und fing sie ein, bevor sie wieder in die Küche zurückgehen konnte. »Ich brauche dich, Ellie. Ich brauche dich so sehr, dass ich nicht mehr länger warten kann. Ich will dir sagen, wie sehr ich dich liebe, während ich tief in dir bin.«

Ellie verlor sich in seinem flehenden Blick, während ihr Körper sich nach seiner Inbesitznahme sehnte. Sie hatte sich dasselbe gewünscht, doch hatte sie seine Genesung nicht beeinträchtigen wollen. »Ich liebe nicht nur den Sex mit dir, Zane. Ich. Liebe. Dich.«

»Ich will auch nicht einfach nur Sex. Ich will dich, Ellie.«

Seine Miene war ein einziges Flehen und sie war sich nicht sicher, ob sie ihm widerstehen konnte. Entschlossen nahm sie ihn bei der Hand und führte ihn zur Couch. Dann öffnete sie die Knöpfe seiner Jeans und machte kurzen Prozess mit seiner Kleidung. Schließlich war er vollkommen und eindrucksvoll nackt und sie drückte ihn aufs Sofa hinunter.

Sie versuchte, sich nicht von seinem perfekt trainierten Körper ablenken zu lassen, entschlossen, seine Heilung nicht zu gefährden. Doch das war gar nicht so leicht, wenn ein Mann so heiß aussah wie Zane Colter, der dort in Reichweite vor ihr saß, ohne eine Spur von Kleidung, die seinen muskulösen, perfekten Körper hätte verdecken können.

Seltsamerweise schüchterte sie die Tatsache, dass er so fantastisch sexy aussah, keineswegs ein. Vielleicht weil sie wusste, dass sie ihn mit gleicher Heftigkeit begehren würde, selbst wenn er nicht so unwiderstehlich hinreißend aussähe.

»Du verhältst dich ruhig! Ich übernehme die aktive Rolle«, wies sie ihn bestimmt an.

Seine hungrigen Augen beobachteten sie. Sein Schwanz erigierte zu seiner vollen Größe, als sie sich Stück für Stück ihrer Kleider entledigte.

Ellie konnte immer noch nicht fassen, dass Zane sie ansah, als wäre sie eines der höchstbezahlten Models der Welt und als würde sie ihn auf jegliche Art anziehen. Er schien niemals eine ihrer körperlichen Schwachstellen zu bemerken oder zu sehen, dass sie nur einigermaßen attraktiv aussah. Wenn er sie betrachtete, sah Zane sie durch die Augen eines liebenden Mannes. *Das* erschien ihr wie ein Wunder und ihre Augen wurden feucht vor Tränen, weil er sie so liebte, wie sie war, etwas, das sie immer zu finden gehofft, doch nie zu finden geglaubt hatte.

»Du bringst mich noch um«, stöhnte Zane, der beobachtete, wie sie aus dem letzten Kleidungsstück glitt: ihrem äußerst knappen Stringtanga.

Sie bewegte sich auf ihn zu, während es ihr in den Fingern juckte, ihn zu berühren und sich zu vergewissern, dass er sich wieder erholen würde, obwohl er noch einige heilende Wunden zu beklagen hatte. Sie sank auf den Boden und ließ sich zwischen seinen Schenkeln auf die Knie nieder. Dann legte sie ihm ihre Handflächen auf die Schultern und ließ sie langsam über seinen muskulösen Brustkorb und seinen Waschbrettbauch hinabgleiten, während sie die Wärme und Härte seines Körpers genoss. Endlich umfasste sie seinen erigierten Schaft und streichelte dessen seidige Haut. So hart und gleichzeitig doch so weich!

»Ellie, ich werde es nicht lange aushalten, wenn du nicht aufhörst«, warnte Zane sie mit krächzender Stimme.

»Das ist mir egal«, antwortete sie lüstern. »Mir geht es nicht darum, wie lange es dauert. Ich will dir zeigen, wie sehr ich dich liebe, wie sehr es mir bewusst ist, dass ich dich beinahe verloren hätte. Es geht nur um uns.«

Sie senkte den Kopf und leckte gierig den Sehnsuchtstropfen von der Spitze seines Schwanzes und hielt einen Moment inne, um sich an dem Geschmack seines Saftes zu ergötzen, bevor sie ihn aufreizend langsam in ihren Mund aufnahm. Ihre Muschi wurde von einer Welle der Feuchtigkeit überflutet, als sie sein erotisches Stöhnen hörte. Ihr Körper war bereits erregt, nur weil sie ihn berührte und wusste, dass dies ihm äußerstes Vergnügen bereitete.

Er fuhr ihr mit seinen Händen durch die Haare, spielte mit ihren Locken und führte sie, während sie so viel wie möglich von seiner Männlichkeit in ihren Mund saugte, um sie dann wieder freizugeben, immer und immer wieder.

Sein Atem ging heftig und abgehackt und sein Stöhnen wurde immer unkontrollierter. Ellie begrüßte jeden einzelnen wollüstigen Laut, als er begann, sie zu einem schnelleren Rhythmus zu drängen.

Schließlich riss er ihren Mund von sich, indem er behutsam an ihren Haaren zog. »Verflucht! Nein! Ich will jetzt nicht in deinem

Mund kommen. Das braucht jetzt keiner von uns.« Er ergriff sie bei den Händen und zog sie hoch. »Reite mich, Ellie! Ich muss unsere Verbundenheit spüren. Ich muss fühlen, wie du um meinen Schwanz herum kommst. Das wünsche ich mir schon seit Tagen.«

Danach verlangte es sie auch, aber... »Ich will dir nicht wehtun.« Vorsichtig spreizte sie sich über seinen Schoß.

Gott! Er fühlte sich so gut an. Er roch so gut.

»Wenn du mich jetzt nicht fickst, wirst du mich umbringen«, drängte er mit vor Frustration rasselnder Stimme. »Küss mich!«, verlangte er herrisch.

Sie ließ ihre Arme auf seinen Schultern ruhen und stützte sich mit den Händen an der Rückenlehne ab. Dann beugte sie sich behutsam zu ihm hinunter und gab ihm einen zärtlichen Kuss auf die Lippen, bevor sie in seine stürmisch bewegten Augen blickte und ihm mit kaum mehr als einem Flüstern versicherte: »Ich liebe dich, Zane Colter. Kein Rätselraten mehr über meine Gefühle! Ich will nichts mehr bedauern müssen, was dich anbelangt. Falls dir etwas zugestoßen wäre, ohne dass ich dir meine Liebe eingestanden hätte, hätte ich nicht mehr mit mir leben können.«

Er schlang seine Arme um ihren Körper und streichelte ihr tröstend über den Po und über den Rücken. »Falls dir etwas zustoßen würde, würde ich überhaupt nicht mehr leben wollen«, gestand er. »Wie ich es bedauert habe, Ellie. Als ich dachte, Sean würde mich töten, habe ich einzig und allein bereut, dass ich dir niemals genau gesagt habe, was ich dir gegenüber empfinde.«

Seine Hand wanderte bis zu ihrem Hals hinauf und zog ihren Mund auf seinen hinab. Der Kuss war zärtlich und verlangend, süß und heiß.

Sie stöhnte und bewegte ihre Hüften und rieb sich mit unbewussten Bewegungen, die sie nicht hätte unterdrücken können, selbst wenn sie es gewollt hätte, an seinem Schwanz. Ellie hätte sich am liebsten in ihn hinein gegraben, um für immer dort zu bleiben.

Als sein Mund an ihrem Hals hinabglitt und an ihrer Haut knabberte, um sie gleich darauf mit seiner Zunge wieder zu beruhigen, flüsterte er heiser an ihrer Kehle: »Jetzt fick mich, bevor ich den Verstand verliere!«

Ellie verlagerte ihr Gewicht und führte seinen geschwollenen Schwanz mit einer Hand an ihre Muschi, um sich dann so behutsam wie möglich auf ihn hinabzusenken. »Nicht so wild!«, beruhigte sie ihn.

»Baby, ich glaube nicht, dass wir verhindern können, dass dies in einem wilden Ritt endet.« Ihre Hüften umfassend hob Zane seinen Unterleib an, um tiefer in sie einzudringen. »Oh, zum Teufel! Ja!«, stöhnte er. »Du fühlst dich so verdammt perfekt an. So eng, so verdammt heiß, Ellie. Du gehörst mir. Ich glaube, du warst immer schon für mich bestimmt.«

Ellie keuchte, als er sich noch einmal aufbäumte, und klammerte sich an seine Schultern. Sie stöhnte auf, als er seinen Kopf einzog und eine ihrer Brustwarzen in den Mund nahm. Mit Zähnen, Lippen und Zunge reizte er ihre Brüste, während er sie mit den Händen zu einem wilden Auf-und-Ab-Rhythmus trieb, der sie beinahe wahnsinnig werden ließ.

»Sag mir noch einmal, dass du mich liebst!«, knurrte Zane, als er ihr immer und immer wieder entgegenkam und in sie eindrang. »Sag mir, dass du mir gehörst! Sag mir, dass du mich so sehr brauchst, wie ich dich brauche!«

Atemlos vor Lust antwortete sie: »Ich liebe dich. Ich brauche dich. Ich werde immer dir gehören und du wirst immer mir gehören.«

Ellie empfand die gleiche Leidenschaft und Gier, von der auch Zane in diesem Augenblick besessen war. Sie verlor sich selbst in der fleischlichen Ekstase, die ihren ganzen Körper ergriff.

Der Orgasmus baute sich nicht langsam auf, nein, er raste auf sie zu wie ein beschleunigender Zug. Ihre kurzen Nägel gruben sich in seine Schultern und sie warf den Kopf zurück. Die spezielle Stellung erlaubte es, dass sein Schaft über ihre Muschi rieb. Und unfähig, es noch länger auszuhalten, ließ sich Ellie von ihrem Orgasmus durchschütteln, während die muskulösen Wände ihres Tunnels Zanes Schwanz zusammenpressten, wenn er in sie eindrang.

»Fuck, Baby! Komm für mich!«, befahl Zane. »Mein Gott, Ellie! Ich liebe dich! Ich liebe dich so sehr!«

Das Wonnegefühl, das ihren Körper erfasste, und die freudige Erregung, Zanes Liebeserklärung zu hören, während er sich in ihr bewegte, war wahrscheinlich die befriedigendste, heißeste Erfahrung, die sie je gemacht hatte. Als er seine Arme um ihren Hals schlang und sie zu sich hinunterzog, um gierig ihren Mund zu nehmen, ritt Ellie auf den Wellen des ausgedehnten Orgasmus, wissend, dass Zane sich gleich in sie ergießen würde.

Er riss sich von dem wilden Kuss los und warf den Kopf in den Nacken, umklammerte ihre Pobacken und gab sich ganz seiner feurigen Erlösung hin, die Ellie in Flammen aufgehen und ihm folgen ließ.

Kapitel 20

Sobald Ellie wieder Atem schöpfen konnte, stieg sie von Zanes Schoß herunter. »Ich dachte, ich hätte dir befohlen, dich *nicht* zu bewegen.«

Zanes spontanes, tiefes Gelächter dröhnte durch den Raum. »Hast du wirklich geglaubt, das würde ich schaffen?«

»Ja«, antwortete sie und fühlte sich ein wenig naiv. »Du hättest einfach dasitzen und es genießen können.«

Er zog ihren nackten Körper zu sich heran, legte den Arm um sie und bettete ihren Kopf auf seine Schulter. »Das könnte ich niemals, Liebes.«

»Warum nicht?«

»Weil ich dich zu sehr begehre, um nicht aktiv an unserer Vereinigung teilzuhaben.«

Er hatte mehr getan, als nur teilzunehmen. Er übernahm gern die Kontrolle. Vielleicht lag es daran, dass sie als Jungfrau zu ihm gekommen war, doch andererseits war sie sich ziemlich sicher, dass er von Natur aus so veranlagt war. »Geht es dir gut?«, fragte sie besorgt. Sie hatten einen rauen und schwindelerregenden Akt hinter sich und er war immer noch nicht vollkommen genesen.

»Nein. Du hast mich zu Grunde gerichtet«, klagte er gutmütig.

Ellie lächelte, denn sie erkannte an seinem Tonfall, dass er sich gut fühlte. »Was empfindest du bei dem Gedanken an Sean?« Der Topmanager seines Labors hatte ihn betrogen. Das musste wehtun.

»Ich hätte ihn am liebsten umgebracht. Doch wenn ich daran denke, was für ein Glück ich habe, kann ich keine Bitterkeit empfinden. Ich wünschte, ich hätte die Anzeichen erkannt, doch leider hat er nicht mit roten Fahnen gewedelt. Die ganze Sache erscheint mir tatsächlich irgendwie unwirklich.«

Ellie nickte an seiner Schulter. »Das denke ich auch. Es tut mir so leid, dass er dich verletzt hat.« Damit spielte sie sowohl auf seine körperlichen als auch seine seelischen Verletzungen an.

»Ehrlich. Das ist mir jetzt alles egal. Sein Hintern wird im Gefängnis verrotten und wir werden glücklich sein. Trotzdem müssen wir noch darüber reden, dass du dein Leben aufs Spiel gesetzt hast.«

»Nein, das müssen wir nicht. Es gibt nichts, das ich für dich nicht tun würde«, antwortete sie stolz. »Ende der Diskussion.«

»Das war aber kurz und bündig ausgedrückt«, neckte Zane sie, während er mit einer ihrer Locken spielte.

»Du weißt, dass du das Gleiche für mich getan hättest.«

»Zugegeben«, lenkte er ein. »Aber Tate und Marcus hätten dich und Lara aus der ganzen Sache heraushalten müssen.«

Sie starrte ihn an. »Warum? Nur weil wir Frauen sind?«

»Nein, keineswegs. Es ist nur so, dass ich nicht glaube, dass Tate oder ich ohne die Frauen leben könnten, die wir lieben. Es hätte mich umgebracht, wenn Sean dich verwundet hätte, Ell. Ich weiß, dass Tate das Gleiche empfindet. Ich kann mir nicht vorstellen, wie es Lara gelungen ist, ihn zu überzeugen, sie mitzunehmen.«

»Ich nehme an, dass sie einen Handel abgeschlossen haben. Sie sollte sich nur beschränkt beteiligen. Als ehemalige FBI-Agentin weiß sie, wie man eine Waffe benutzt und sich gegen Arschlöcher zur Wehr setzt. Ich denke, sie hat darauf bestanden und Tate blieben nur zwei Möglichkeiten: Entweder er gestaltete ihren Einsatz kontrollierbar oder aber er wäre das Risiko eingegangen, dass sie einfach getan hätte, was ihr gefiel. Sie wollte helfen. Das ist typisch

Lara. Sie kann nicht einfach dasitzen und warten, während sie über die Fähigkeiten verfügt, als Rückendeckung zu fungieren.«

»Das kann ich mir vorstellen«, stimmte er widerstrebend zu. »Es ist nicht so, dass ich nicht dankbar wäre zu leben, aber ich wollte verhindern, dass irgendjemand, den ich liebe, wegen mir zu Schaden kommt.«

Ellie streichelte ihm behutsam den Hals. »Der Einzige, der verletzt wurde, bist du.«

»Ich lebe«, scherzte er. »Ich bin fast geheilt.«

»Ich hoffe, dass du vorhast, dir ein bisschen Zeit zu geben, dich zu erholen, bevor du wieder in dein Labor eilst.«

»Mein stellvertretender Direktor hat Seans Position übernommen. Ich habe nicht vor, so bald wieder dort aufzutauchen. Sie kommen für eine Weile ganz gut ohne mich aus.«

»Willst du, dass ich nach Denver gehe und nachsehe, ob ich etwas tun kann, um dem neuen Mann zu helfen, da Elena doch nicht mehr da ist?« Ellie wollte Zane zwar ungern verlassen, doch das war immer noch besser, als dass er sich verfrüht wieder in die Arbeit stürzte.

»Zum Teufel, nein«, wehrte Zane wild ab. »Eigentlich habe ich sogar darüber nachgedacht, dich zu entlassen.«

»Was?« Sie hob den Kopf, um ihn anzusehen. »Warum? Ich habe deine Häuser aufgeräumt, ich halte dich auf dem Laufenden. Ich habe verdammt gute Arbeit geleistet.«

»Das stimmt.« Er küsste sie zärtlich auf die Stirn. »Aber dein Geschäft etabliert sich und ich will, dass du deinen eigenen Träumen folgst, Ell. Ich helfe dir und du hilfst mir von zu Hause aus, die neue Ordnung aufrechtzuerhalten, dann kannst du beginnen, deine eigene Firma auszubauen. Das Einzige, was dich davon abhält, ist der Mangel an Zeit. Du bist zu beschäftigt, wenn du jeden Tag im Büro sein musst.«

»Zane, ich brauche den Job noch. Ich muss mich absichern, während ich versuche, ein Geschäft aufzubauen.«

»Nein, das musst du nicht.« Er stand auf, um seine Jeans aufzuheben, und fummelte dann in deren Tasche herum, bis er schließlich gefunden hatte, was er suchte.

Ellie beobachtete ihn neugierig und fragte sich, was er vorhatte.

Er drehte sich herum, kam zur Couch zurück und kniete sich vor sie. »So hatte ich das zwar nicht geplant, sondern an alle möglichen romantischen Wege gedacht, doch es fühlt sich so an, als ob jetzt der richtige Zeitpunkt wäre, obwohl wir beide nackt und verschwitzt sind.«

Er grinste sie an und ihr schmolz das Herz, als er eine Schmuckschatulle öffnete, die einen riesigen Diamanten enthielt. Als es Ellie schließlich dämmerte, was das zu bedeuten hatte, begann ihr Herz zu jagen.

»Heirate mich, Ellie! Bitte! Ohne dich werde ich nichts mehr wert sein und ich verspreche dir, dich immer zu lieben und dir der beste Mann zu sein.«

Zane hätte kein besserer Mann sein können, als er es bereits war. Ihre Tränen begannen zu fließen, als sie den glitzernden, in Samt gebetteten Diamantring betrachtete, eine weitere Kreation von Mia Hamilton. Sie versuchte zu sprechen, doch sie brachte kein einziges Wort heraus.

»Sag nicht Nein!«, bat Zane sie hastig, als sie keine Antwort gab. »Falls du etwas Zeit brauchst, dich zu entscheiden, ist das in Ordnung. Aber sag nicht Nein!«

Sie streckte die Hand aus und berührte vorsichtig den wunderschönen Ring, indem sie die Konturen des großen Steins in der Mitte und die der kleineren Diamanten, die ihn umgaben, nachfuhr. »Er ist wunderschön. Ich möchte Ja sagen.«

»Dann sag es, verdammt nochmal!«, knurrte Zane, der die Wahl seiner Worte nicht mehr unter Kontrolle hatte, weil er sich so ängstigte.

Ellie zerschlug ihre alten Bedenken, nicht gut genug zu sein für einen Mann wie Zane oder dass er sie möglicherweise nicht wirklich liebte.

Er liebte sie.

Und niemand würde ihn jemals so lieben und seine Liebe so zu schätzen wissen wie sie.

Sie erkannte, dass das Einzige, was sie davon abhielt, ihre Träume zu verwirklichen, sie selbst war.

»Ja«, antwortete sie mit einem glücklichen Schluchzer. »Ja. Ja. Ja.« Er nahm den Ring aus der Schatulle und ließ ihn über ihren Finger gleiten. »Du hast gezögert«, stellte er vorsichtig fest.

»Alte Geister«, gab sie zu. »Aber ich denke, ich habe sie ausgetrieben.«

Er nickte, als ob er sie verstehen würde, was wahrscheinlich auch der Fall war. Oft konnten sie und Zane die Gefühle des anderen auf eine fast unglaubliche Art und Weise erfassen.

»Es gibt nichts, das ich mir mehr wünsche, als deine Frau zu sein.« Ellie zog ihn auf die Couch und küsste ihn mit all der Liebe und Freude, die sie in diesem Moment empfand.

Als sie schließlich Atem schöpfen musste, kuschelte er sie an seinen Körper. »Lass mich dir dabei helfen, dein Geschäft aufzubauen, Ellie! Mein Labor ist *mein* Traum. Ich möchte, dass auch du deine Träume verwirklichst.«

In vieler Hinsicht war *Zane* ihr wahrer Traum. Doch genauso verzweifelt sehnte sie sich nach ihrem eigenen Geschäft. »Manche Unternehmen scheitern«, erinnerte sie ihn.

»Ellie, du wirst einige der besten Geschäftsleute an deiner Seite haben, um dich zu unterstützen. Einschließlich mich selbst. Ich bin vielleicht ein Wissenschaftsfreak, aber mein Labor wirft mehr als nur einen gesunden Profit ab. Dann sind da noch Marcus, Gabe, Chloe und eine Menge anderer Freunde, die im geschäftlichen Bereich alle erstaunlich erfolgreich sind, und die dir jeden Rat geben können, den du brauchst.«

»Ich werde trotzdem weiterhin versuchen, dir beim Organisieren zu helfen«, warnte sie ihn.

»Das ist in Ordnung. Darin liegt deine Stärke und ich bin darauf angewiesen. Hoffentlich kann ich dir auch mit einem meiner Talente behilflich sein.«

Ellie lächelte ihn durch Tränen hindurch an. Er hatte niemals auch nur erwähnt, dass es keine Rolle spielte, ob ihr Geschäft Gewinn abwarf oder nicht, weil er so stinkreich war. Er hatte Vertrauen in sie und akzeptierte, was sie sich für sich selbst wünschte. »Ich brauche alles von dir«, flüsterte Ellie und ihre Stimme bebte vor Gefühlen.

»Ich gehöre dir«, antwortete er schroff. »Nun, da du Ja gesagt hast und meinen Ring an deinem Finger trägst, bist du offiziell an mich gebunden.«

Mit einem breiten Lächeln auf dem Gesicht nickte sie. »Ich denke, damit komme ich zurecht.«

Er küsste sie mit so viel Zärtlichkeit und Verehrung, dass sie glücklich seufzte, als er schließlich die magische Vereinigung ihrer Lippen beendete, die ein Akt der Liebe gewesen war.

Ellie kuschelte sich an Zane und empfand eine Art der Sicherheit, die ihr vollkommen neu war, insbesondere nach dem, was sie erlebt hatte. Sie war es gewohnt, allein zu sein, für sich selbst zu sorgen. Bis Zane sie gerettet und ihr gezeigt hatte, wie es sich anfühlte, wahre Liebe zu geben und in Empfang zu nehmen.

Ihre Unsicherheit und ihre Kämpfe gehörten nun der Vergangenheit an. Zane war jetzt ihre Zukunft.

Zum ersten Mal in ihrem Leben schlief Ellie ein, ohne sich darum zu sorgen, was der Morgen bringen würde. Jetzt, da Zane an ihrer Seite war, hatte Ellie das Einzige bekommen, was sie sich immer gewünscht hatte. Sie wusste, dass sie immer geliebt werden würde, egal, was die Zukunft für sie bereithielt.

Epilog

Sechs Monate später...

Als Blake Colter beobachtete, wie Ellie ihr Leben mit Zanes verband, empfand er eine gewisse Ruhelosigkeit. Nicht, dass er sich nicht für Zane gefreut hätte – er war glücklich, dass sein jüngerer Bruder die Frau gefunden hatte, mit der er den Rest seines Lebens verbringen wollte. Ellie und Zane verdienten jedes Quäntchen Glück, dass sie in diesem Moment erlebten.

Ellie sah wunderschön aus, ihre blonden Haare waren aufgesteckt und ihr Gesicht glühte aus lauter Liebe für ihren Bräutigam. Chloe stand neben ihr und wirkte äußerst elegant in ihrer Trauzeuginnenrobe. Marcus, an der Seite von Zane, war dessen Trauzeuge.

Blake konnte sich nicht einmal vorstellen, wie es sein musste, sich willentlich vollkommen an einen anderen Menschen zu binden, wie Tate und Chloe es getan hatten und Zane gerade im Begriff war, es zu tun. Da seine politischen Ambitionen für ihn an erster Stelle standen, gab es für eine Beziehung wenig Platz in seinem Leben, selbst wenn er eine Frau finden würde, die nicht nur von ihm in seiner Rolle als Senator und Milliardär beeindruckt wäre.

Wenn er sich zu Hause aufhielt, hatte er die Geschäfte seiner Ranch zu führen. War er dagegen in D.C. musste er sich seiner Arbeit widmen. Obwohl diese beiden Sachverhalte eine gute Entschuldigung boten, war Blake sich doch bewusst, dass der wichtigste Grund, warum er sich noch nicht ernsthaft auf eine Frau eingelassen hatte, darin bestand, dass er bis jetzt noch keine gefunden hatte, ohne die er nicht hätte leben können.

Die Frauen benutzten ihn, weil er Geld und politischen Einfluss besaß. Er wiederum benutzte die Frauen für Sex.

In Wahrheit hatte er noch nicht einmal eine Frau gefunden, die ihn so ansah wie Chloe Gabe oder wie Zane Ellie.

Blake betrachtete zuerst Ellie und dann Chloe, die beide strahlend glücklich aussahen. Genauso hatten sie ausgesehen, als sie noch Kinder und die beiden Freundinnen unzertrennbar gewesen waren. Jetzt hatten sie noch Lara in ihrer Mitte aufgenommen. Alle drei engagierten sich bewundernswert in Ashas Stiftung. Er fand es ziemlich erstaunlich, dass zwei Frauen, die so gebrochen wurden, jetzt anderen Frauen halfen, aus der Hölle zu entkommen, der sie selbst bereits entflohen waren. Und Lara mit ihrem psychologischen Hintergrund ergänzte das Kleeblatt perfekt.

Die Zeremonie war schnell vorüber und alle folgten der Hochzeitsgesellschaft zum Empfang, der ganz zufälligerweise am selben Ort stattfand: im Resort seiner Mutter.

Aileen Colter war entzückt gewesen, als sie gehört hatte, dass Zane und Ellie heiraten wollten. Da Ellies Mutter nicht in der Lage gewesen war, für die Planungsphase nach Rocky Springs zu kommen, hatte Aileen über jedes einzelne Detail der Vorbereitungen gewacht.

Alle fanden leicht von der großen Halle in den Ballsaal. Blake folgte der Menge und hoffte, etwas zu essen zu bekommen. Er war erst in der vorherigen Nacht aus Denver hier eingetroffen und hatte Hunger.

Bevor er sich jedoch einen Teller mit den köstlichen Speisen füllen konnte, näherte sich Marcus und bedeutete ihm, ihn nach draußen zu begleiten. Also trat er auf den Balkon hinaus und Marcus folgte ihm.

Blakes Zwillingsbruder hielt sich nicht erst lange mit Erklärungen auf, sondern kam gleich auf den Punkt. »Kannst du dich noch daran erinnern, dass ich dich gefragt habe, ob du mir einen Gefallen tun könntest?«

»Ja«, antwortete Blake vorsichtig.

»Jetzt bitte ich dich darum.«

»Jetzt?«, fragte Blake missmutig. Zum Teufel, er war gerade erst zu Hause angekommen, hatte gerade erst seinen Urlaub vom Kongress angetreten.

»Es tut mir leid. Ich weiß, es ist ein ungünstiger Zeitpunkt, aber es hängen Leben davon ab«, antwortete Marcus grimmig.

»Wirst du mir verraten, um was es geht?« Wenn er Marcus helfen sollte, konnte Marcus ihn nicht vollkommen im Dunkeln tappen lassen.

»Nur grob«, erwiderte Marcus. »An Einzelheiten nur das, was du wissen musst.«

Blake schüttelte den Kopf. »Ich muss alles wissen, Marcus. Ich weiß, dass da irgendetwas am Kochen ist. Ich habe das schon seit geraumer Zeit gespürt. Es handelt sich nicht nur um eine Angelegenheit der CIA.«

»Nein, mit der hat es nichts zu tun. Schau, ich würde es dir ja *gern* sagen, aber dieses Jahr stehen die Wahlen vor der Tür und ich weiß, du würdest niemals lügen. Es ist vielleicht besser, wenn du nicht zu viel weißt. Dann kannst du ehrlich behaupten, nichts geahnt zu haben.«

»Was muss ich nicht wissen? Wenn ich dir helfen soll, brauche ich Einzelheiten.«

Marcus durchmaß den kleinen Balkon mit unruhigen Schritten und ernster Miene. »Ich werde dir alles erzählen, wenn es nötig ist, um deine Hilfe zu bekommen.«

Blake hörte aufmerksam Marcus Erklärungen zu. Zu behaupten, er wäre überrascht gewesen, wie viel er *nicht* über seinen Zwillingsbruder wusste, wäre stark untertrieben. Marcus enthüllte eine Seite seines Lebens, von der nicht ein einziges Mitglied der Colter-Familie etwas geahnt hatte.

Wann hatte er die Verbindung zu seinem Zwillingsbruder verloren und was genau ging in dessen Leben vor? Sie waren es gewohnt, alles miteinander zu teilen.

»Warum hast du mir das nicht schon früher erzählt?«

»Weil ich mein Wort gegeben habe zu schweigen.«

»Dein Plan wird niemals funktionieren.«

»Das muss er aber«, widersprach Marcus. »Die Konsequenzen eines Scheiterns wären verheerend.«

Sein Bruder hatte Recht. Wenn der Plan scheiterte, standen Menschenleben auf dem Spiel.

»Ihr zwei müsst hineinkommen und essen!«, verlangte Aileen Colter, die an der Balkontür stand. »Sofort!«, drängte sie. »Ihr beide seid erst gestern Nacht angekommen. Ihr müsst hungrig sein.«

Blake und Marcus tauschten einen Blick des stillen Einverständnisses, als sie den Balkon verließen. »Wir sind auf dem Weg«, sagte Blake laut, sodass ihn seine Mutter hören konnte. Leiser sagte er dann an Marcus gewandt: »Wir müssen später noch darüber reden.«

»Wir können uns nach dem Empfang bei mir treffen«, stimmte Marcus zu.

»Ich bin tatsächlich hungrig«, gestand Blake.

»Ich auch. Und wir haben mit unserem Bräutigam und der Braut etwas zu feiern. Ich habe nicht damit gerechnet, dass Zane jemals heiraten würde.«

»Er ist glücklich«, sagte Blake zu seinem Bruder, als sie in den Ballsaal zurückkehrten.

»Und Ellie ebenso.«

Blake und Marcus begannen, ihre Teller zu füllen, sobald sie am Buffet angekommen waren. Blake verlor in der Menge seinen Zwillingsbruder aus den Augen, doch das spielte keine Rolle. Er würde ihn später sehen und wenn es soweit war, hatte er ihm noch eine Menge Fragen zu stellen. Er wusste, dass er Marcus helfen würde, doch er würde nicht blind in irgendetwas hineinstolpern. Bevor der Abend vorbei war, würde er von seinem Zwilling die

Antworten erhalten, die er brauchte, um an dem gefährlichen Spiel teilzunehmen, das Marcus plante.

~Ende~

Ich hoffe, die Geschichte von Zane und Ellie hat Ihnen gefallen. Der zehnte Teil der Serie, die Geschichte von Blake, »Milliardenschwer und unerkannt«, wird ab Mitte Juni 2017 erhältlich sein.

Biografie

J.S. Scott ist eine Bestsellerautorin pikanter Liebesromane. Sie ist eine begeisterte Leserin von Büchern und Literatur jeglicher Art. J.S. Scott schreibt, was sie selbst gern liest, und das sind zeitgenössische sowie paranormale erotische Liebesgeschichten. Sie handeln meistens von einem Alphamännchen und haben ein Happyend, denn so schreibt sie sie einfach am liebsten!

Besuchen Sie mich auf:
http://www.authorjsscott.com
https://www.facebook.com/J.S.ScottGermany/

Oder senden Sie eine E–Mail an:
JSScott_author@hotmail.com

Sie finden mich ebenfalls auf Twitter:
@AuthorJSScott

Bitte tragen Sie sich auf meiner E–Mail–Liste ein, um über Neuigkeiten, neue Veröffentlichungen und exklusive Textauszüge informiert zu werden: http://eepurl.com/b2DuYn

Bücher von T. A. Scott

Die Sinclairs – Die Serie:

Kein gewöhnlicher Milliardär (Die Sinclairs, Buch 1)
(ab Ende Mai 2017 erhältlich)

**Und auch die folgenden Bücher von J.S. Scott werden in Kürze
auf Deutsch erhältlich sein:**

Aus der Reihe »Ein Milliardär voller Leidenschaft«:
Billionaire Unveiled ~ Marcus (Buch 11)

Aus der Reihe »Die Sinclairs«:
The Forbidden Billionaire (Buch 2)

The Billionaire's Touch (Buch 3)

The Billionaire's Voice (Buch 4)

The Billionaire Takes All (Buch 5)

The Billionaire's Secrets (Buch 6)

Aus der Reihe »The Walker Brothers«:
Release! (Buch 1)

Player! (Buch 2)

Obwohl die Serie »The Walker Brothers« zwanglos mit der Reihe »Ein Milliardär voller Leidenschaft« verbunden ist, stellt sie eine eigenständige Serie dar, die auch gelesen werden kann, ohne die Bücher von »Ein Milliardär voller Leidenschaft« zu kennen. Es handelt sich ebenfalls um eine heiße Liebesromanreihe mit Alpha-Milliardären.